河治和香

どぜう屋助七

実業之日本社

実業之日本社文庫

『どぜう屋助七』目次

一、君は今　駒形あたり　どぜう汁　6
二、アメリカが来ても日本はつつがなし　44
三、恋は思案の外　欲は分別の内　72
四、鯰もおどる神の留守事　107
五、鯨汁　椀を重ねて叱られる　147
六、冥土の旅へコロリ欠け落ち　174

七、きゅうりごしん　しんごしん　216
八、風雷神　身は灰となり風来人　247
九、江戸の豚　都の狆に追い出され　288
十、きんのに変わらぬけふの味　333

あとがきにかえて――〈駒形どぜう〉余話　370

解　説　末國善己　383

目次・扉絵／杉井ギサブロー

どぜう屋助七

一、君は今　駒形あたり　どぜう汁

東京の浅草に〈駒形〉という地名がある。今は「コマガタ」と言い習わされているが、土地の人は、「コマカタ」と濁らない。

芥川龍之介(あくたがわりゅうのすけ)は、昭和二年の新聞連載「大東京繁盛記(だいとうきょうはんじょうき)」の中で、駒形の呼び方について次のように書いている。

駒形は僕の小学校時代には大抵「コマカタ」と呼んでいたものである。が、それもとうの昔に「コマガタ」と発音するようになってしまった。

どうやら昭和二年に駒形橋(こまがたばし)が架橋された頃から、次第に「コマガタ」の方が幅をきかせるようになったようだ。芥川はさらに、コマカタと時鳥(ほととぎす)について言及している。

「君は今駒形あたりほとゝぎす」を作った遊女も或(あるい)は「コマカタ」と澄んだ音を

「ほと、ぎす」の声に響かせたかったかも知れない。

駒形といえば、この遊女高尾の句が有名であるけれど、たしかにこの駒形あたりは、ホトトギスのよく鳴いたところだという。

駒形は、ホトトギスの通り道であったかのように思いました。

明治になってから、そう語り残しているのは、彫刻家であり、詩人高村光太郎の父でもある高村光雲である。彼がまだ少年だった幕末から明治のはじめ頃……奉公していた仏師高村東雲の家は、この駒形にあった。

なるほど、駒形は時鳥に縁のあるところであるなと思ったことがあります。というのは、その頃おい、駒形はまことによく時鳥の鳴いた所です。……五月の空の雨上がりの夜などには、……時鳥が駒形の方へ飛んで来て上野の森の方へ雲をば横過って啼いて行ったもの……句の解釈は別段だけれども、実地には時鳥のよく鳴いた所です。

幕末の頃、この仏師東雲の家の向かって右隣は大嶋屋という提灯屋、その隣は川小と呼ばれる芋問屋、そして道を挟んで真向かいは〈駒形のどぜう屋〉として知られるドジヨウ屋であった。

今年十六になる伊代が、このドジョウ屋……〈駒形どぜう〉にやって来たのは、嘉永七年（一八五四）四月……世の中は、黒船の再来で騒然としていた頃である。

伊代は江戸の生まれではない。いわゆる江戸の人が〈近所田舎〉と呼ぶ江戸近郊……荏原郡の小山というところの出であった。

はじめての浅草で、道に迷った。

人の多さだけでなく、ここでは町にも人にも、さまざまな色や香りがある。それが田舎出の者には、まばゆく目が回るようで、往さ来るさの人の波に酔ってしまったようだった。

大小さまざまな形の提灯が所狭しとぶら下がっている店先で、どっかり胡座をかき、提灯の上に規で家紋の丸を描いている若い男に、「あのぅ……浅草寺近くの駒形のドジヨウ屋は、どこでしょうか」と恐る恐る声をかけたところ、

「ああ？　センソウジ？」

などと提灯屋の若主人は、口に筆を咥えたまま聞き返してくる。

「……ねえさん、どこの田舎の仁だ。このへんでセンソウジなんて言っちゃあ誰も知らねぇよ」

伊代は、俯いて風呂敷包みを胸に抱いた。くりっとした大きな目の愛嬌のある顔なのに、両頰から額まで顔いっぱいに痘痕がある。

店先で提灯を箱に詰めていた若女房の方が、くすっ、と口の端で笑いながら、顎で前の店を示した。

「……ドジョウ屋さんなら、それ、そこだよ」

「えっ？　ど……ぜ……う？」

伊代が前の店に気付いて、その店先にひるがえる紺暖簾に白抜きになった文字を拾い読みして首をかしげた。

「あれで、ドジョウって読むんだよ」

「あっ、駒形のドジョウ屋って……ここ」

やっと笑われた理由に気付いて、伊代は赤面した。

「ねえさん、言っとくがここは〈コマガタ〉じゃねぇぜ」

「えっ？」

「コマガタじゃねぇ……コマカタだ」

「あ……コマカタ」

土地っ子は余所者を差別する。どこへ行ってもそれは同じだ。それを陰で言わずに、面と向かってずけずけ言うのは、親切心の裏返しでもあるのだろう。

コマカタ、コマカタ……伊代は忘れないように口の中で反芻した。

伊代が浅草に来て最初に学んだことは、駒形はコマカタと発音し、ドジョウというのは、江戸では〈どぢやう〉ではなく、〈どぜう〉と表記するのだ、ということであった。

駒形のドジョウ屋……〈駒形どぜう〉は、店の表に屋号どころか看板も出していない。店の戸口にかけた五巾の暖簾の真ん中に……〈どぜう〉とあるばかりである。

伊代が恐る恐る覗き込むと、いきなり、

「おしとりさん、醤油樽へどうぞーっ、へいーっ！」

と、店にいた中年女に怒鳴られて立ちすくんでしまった。

「あのぅ……旦那さんは、いらっしゃいますでしょうか」

「旦那さん？」

中年女は、伊代をジロジロと見つめた。色黒の痩せた小さな年増女で、小さな髷に継ぎのあたった着物を着て、肘までみえそうなくらい襷で威勢よく袖をからげている。

「旦那さんならいませんよ」

「あの……おかみさんですか？」

「へ？　あたしはここの女中ですけど」

伊代は途方に暮れながら浅蜊河岸の金七から紹介されてきたと書付を渡すと、中年女中は、「あら、お客さんじゃないんだね？」とあわてて「おシナさーん」と、奥に声をかけた。

店の奥から出てきた粗末な木綿の着物を着た若い娘は、まだ十七、八の切れ長の目が印象的な美人であった。

「まぁ、あんた信さんの妹なの？」

書付を読んだ別嬪娘は、驚いたように伊代を見つめた。

「はい。あの、おかみさんでいらっしゃいますか？　あたし伊代と申します。あの兄が……」

「ちょいと、いやだよ。あたいは、おかみさんじゃありません。ここの娘だよ」

「あ……すみません。お嬢さんですね。お、おシナさんとおっしゃいますか」

伊代はシドロモドロ口ごもりながら赤くなった。

「お嬢さんなんて、気味が悪ィや。それにね、あたいの名前は、本当はヒナってぇんだ。ひ、な。江戸っ子はヒとシがごっちゃになるから、みんなシナって呼ぶけどさ」

ヒナは、可愛い顔で、ポンポン男みたいな口のきき方をする。伊代はなんだか怒られているような気持ちになって、オドオドと視線をそらし店の中を見回した。昼過ぎだというのに、客もなく妙にがらんとしている。

こうしてその日から、伊代はこの〈駒形のどぜう屋〉の厄介になることになったのだった。


駒形の朝は、早い。

まだ日も昇らぬ時刻から、どぜう屋の前はにわかに騒がしくなる。朝、夜明け前から野菜を神田多町の市場に運んだ帰りの近郊近在の百姓たちが、朝飯を食べようとやってくるのだ。

百姓たちが〈やっちゃ場〉に運ぶ荷を引いているのは、牛や馬である。

店の前には、牛や馬をつないでおくための専用の柵まであった。

つながれて待っている牛たちは、店の前でも遠慮容赦なく排泄する。それを店では、専従の者が片付ける。これを〈牛番〉といった。

「……ホカホカのうちだよ、ホカホカのうち」

とにかく排泄と共に、間髪を入れずに回収せよと、女中頭のハツは、ちびた竹箒を握りしめている伊代に、くどいほど繰り返した。ハツは、伊代が最初に店に来たとき客と間違えて案内した女中頭で、店の表全般を取り仕切っているらしい。

「それから牛が小便したら、すぐ水をまいて流しておくれ。地面に染み込む前にね！」

「へい」

伊代は、恐る恐る排泄した牛の尻の下にかがみ込んだ瞬間、驚いた牛にいきなり蹴飛(けと)ばされてひっくり返ってしまった。

「ねえさん、大丈夫か」

客の方が心配して声をかけてくる。

「おめえさん、新入りかね」

「へい……」

めげずに伊代は立ち上がって、着物の土埃(つちぼこり)を払った。

「この店の新入りは、みんな牛番からはじめるんだ。なぁに牛も慣れれば恐いことはねえだよ」

「へぇ……」

「花のお江戸にやって来て、いきなり牛の糞取(ふんと)りばかりじゃ、気の毒なことだて」

竹箒を手に逃げ回りながら、おっかなびっくり糞取りをしている伊代の姿を眺めながら、百姓たちは人の良さそうな笑い声をたてた。

店の中から番頭の正(まさ)どんが出てきて、上げ戸を開け、〈どぜう〉と書かれた暖簾を表に出すと、待ちかねていた客たちは、戸口の盛り塩を蹴散らすようにぞろぞろと入ってゆく。

「……おしとりさーん、醤油樽にどうぞーっ、へいーっ」

客を席に案内するハツの声が響いてくる。

「お初（はつ）つぁんは、体中が口のようだ」

と客に笑われるほど、体は小さいのに声ばかりが大きい。なぜか最後に「へいーっ」と大声を張り上げるのが癖で、周辺の住人たちは、このハツの声が聞こえてくると、

「……お初つぁんの『へいーっ』が聞こえてきたから、そろそろうちも飯にするか」などと時計がわりにしている。

店の中からは、女中たちの注文を通す独特の声も聞こえてくる。

「じょろぜーん、じょろぜーん、おしとりまあえー」

「御酒（ごしゅ）一本、おふたりまあえー」

符丁（ふちょう）なのだろう、お経か呪文（じゅもん）のように何を言っているのか客は意味がわからなくても、その唄うような独特の節回しが耳に心地よい。この女中たちのまるで鈴を転がすような通しものの声も、〈駒形のどぜう屋〉の名物であった。

ハツは客の足元を見て、履き物を脱いで入れ込みの座敷に上げる客と、履き物のまま庭にまわり、廊下に並べられた膳に向かって椅子がわりの空（から）の醤油樽に腰掛け、食事をする客とに振り分けてゆく。

荷車を引いてくる百姓たちは、足元が泥で汚れているので入れ込みの座敷には上げず

に、〈醬油樽〉に案内される。醬油樽に腰かけて廊下に一列に並べられた膳に向かって食べるのである。

この〈やっちゃ場〉帰りの男たちは、朝から重い荷を引いて来た帰りだから腹をすかせている。湯気の立った〈どぜう汁〉に、おのおの薬味のネギを山盛り入れてまず汁をちょっと啜(すす)って、中のドジョウをおかずに飯をかっ込んだ後は、おかわりした白い飯に、残った味噌汁をざーっとかけて、フーフー汗をかきながら平らげてゆく。

農夫たちに混じって、駕籠(かご)かき人足もやってくる。吉原からの朝帰り客を運んで一仕事やっつけた後なのだろう、こちらは誰もが気が荒く、一年中片肌脱(かたはだぬ)ぎになって背中の倶利伽羅(くりから)モンモンをそびやかしながら豪快に食べているのだった。

「やい聞いたか。ペルリの黒船は大島(おおしま)を乗っ取って、そこを足場に江戸に攻めて来るんだとサ」

飯を食いながら、隣り合った者同士が世間話をしているのも、大声で怒鳴(どな)り合うように喋っているので、往来まで筒抜けだ。

人々の関心事は、やはりペリーと黒船のことである。昨年、嘉永六年（一八五三）の夏、突如として黒船というものが浦賀(うらが)の沖に出現したのが事の起こりであった。今年の正月早々再来した黒船は、今度は江戸湾にまで進攻して、世間ではいよいよ戦になるという噂さえある。

「飯食(まんま)ってる時に、縁起(えんぎ)でもねぇ。朝から、いやなこと言いやがって。てぇげぇにしゃがれッ」

　世間知らずの伊代は、喧嘩(けんか)でもしているのかと驚いて聞いていると、「食った、食った」、「ああ、ありがてぇ」と、それぞれ何ごともなかったように腹を叩きながら出てくる。どうやらこんな怒鳴り合いの会話が江戸の人足たちにとっては、ごくふつうの日常であるらしかった。

　どぜう屋の前の道は、浅草寺への参道であり、吉原への道でもあり、また水戸(みと)や奥州(おうしゅう)へと続く街道でもあるから、様々な人々が行き来している。向かいの店の裏は駒形河岸(こまかたがし)で、その裏は大川(おおかわ)と呼ばれる隅田川(すみだがわ)であった。

　川の方からは、船頭たちのかけ声が響いてくる。早船(はやぶね)が櫓(ろ)の音を揃えてゆくのだろう。太陽は高く上り、向かいの家並みの瓦(かわら)が照り返してまぶしいほどだ。

　キョキョキョ……と鳴きながら、時鳥が頭上を過ぎてゆく。

　伊代がぼんやりと空を見上げていると、店に入ろうとした坊主頭の老人もつられたように見上げた。

「あ、いらっしゃいませ」

　あわてて伊代は、客が入りやすいように暖簾を持ち上げた。

「うむ……時鳥だの」

黒羽二重の小袖に黒縮緬の紋付羽織姿の老人が呑気に空を見上げたまま、

「君は今、駒形あたり……」

と、呟くので、伊代は思わず続けてしまった。

「……ホトトギス」

「ん？」

男は、伊代を見て、「ほぅ」と感心したように笑った。

「どぜう屋の牛番にしておくのはもったいないような発明なお女子衆さんだの」

「……ホトトギスは、〈帰るに如かず〉と鳴く、っていいますね」

なんとなく自分の境遇と重ね合わせて、伊代は泣けてきそうになってしまった。

「ほぅ……だが、ここでは、『君は今、駒形あたり……どぜう汁』というのだ」

「……え？」

冗談かと思ったら、本当に大田南畝という有名な狂歌師の作であると老人は飄々と笑っている。

そのとき、〈どぜう〉の暖簾の間からヌッと顔を出したハツが、「お伊代さん、裏に回って、子守をしておくれ」と言うので、伊代はあわてて店の裏へと飛んでいった。

店の裏では、男衆が数人、薪を割ったり、樽を洗ったり立ち働いている。

足元には、店で飼っている猫がのしのしと歩いてゆく。なぜか二匹ともでっぷりと肥え太り、同じように尻尾がなかった。

裏木戸近くでは笊にあけたドジョウの前で、赤子を背負ってねんねこ半纏を着た老人が屈んで作業をしている。

「あのう……」

伊代は老人に声をかけた。

「ここのうちの猫は、なんで尻尾がないんですか？」

「ああ？」

老人は、顔を上げて伊代を見るとまたすぐに視線を笊のドジョウに落とした。白髪交じりの小さな丁髷を乗せたその顔には深く皺が刻まれ、まるで田舎の農夫のような老人である。

「お初つぁんにちょん切られたんだろう」

伊代は、驚いて足元にすり寄ってきた猫の尻をまじまじと見た。哀れなことに申し訳程度の尻尾がちょんとついているきりである。

「あの……私が子守を」

「……ああ」

老人は気がついて、伊代にねんねこごと赤子を渡した。

「わぁ、かわいい。なんて名ですか？」

「七三郎」

赤子は丸坊主にした頭の耳の上の毛だけ残している。

「ごめんなさいまし。おはようごぜぇやす……」

という男の声に振り返ると、裏の戸口のところに重ねた深い笊を担いだ若い男が立っていた。

男が持ってきた三つほど重ねた笊のひとつを、老人は水を張った樽にあける。黒いドジョウが樽の中を飛び跳ねるようにして、上がったり下がったりうごめいた。

老人は、厳しい表情で、手にした蓋笊と呼ばれる浅い笊で、すーっと樽の上の真ん中あたりに泳いでいるドジョウを掬ってみせた。

「もう少しつぶさきを揃えてもらわないと……すまねぇが、うちでは、こんな鳥の餌にもならねぇような腹の黒いドジョウはいただけないよ。他へ持っていってくんな」

にべもなく言って、老人は、ザーッと樽から元の笊へとドジョウを戻した。ドジョウ問屋の男衆は、仕方なく突き返された笊を担いで帰ってゆく。

老人は、また先ほどの作業に戻っている。笊から、弱っているドジョウ、大きいドジョウ、小さいドジョウと選り分けてゆくのであった。

「あの……一匹ずつ選っていくんですか」

伊代は半ば呆れて声をかけた。

「そうだよ。この〈ドジョウ選り〉がドジョウ屋で一番肝心（かんじん）な仕事さ」

老人は、その気の遠くなるような作業を黙々と続けている。

「あんなふうに腹の黒いドジョウは、どうしたって骨が硬いんだよ。腹の透き通っているようなドジョウを選り抜（お）かねぇとな。田んぼでとれたドジョウは腹が黄色くて、川でとれたドジョウは腹が白いから、すぐわかる」

「まぁ」

伊代は、ドジョウに〈田んぼ〉と〈川〉の区別があることさえ知らなかった。

「田んぼのドジョウの方が、川のドジョウより味はいいよ。それにな、頭の大きなのより小さい頭のドジョウの方がうまいのさ。腹の黒い骨の硬いドジョウは、長いこと煮たって柔らかくなるもんじゃねぇ」

「つぶさき、って、何なんですか」

「つぶさき、ってのは……何だろうなぁ。つぶ、ってのは……」

老人は、ぐったりと動きの鈍（にぶ）いドジョウを、ピッと別の笊にはじいた。

「大きさとか、ドジョウの善し悪しとか」

「あんなちょっと掬っただけで……」

「ドジョウっていうのはね……樽の水の中で、ただ上いったり下いったり踊ってるわけじゃねぇんだ」

ドジョウの動きを〈踊る〉という。ドジョウのことを〈踊り子〉とか〈舞子(まいこ)〉と呼ぶのはそのためだ。

「こう、樽にドジョウをあけると、元気のいいドジョウは下へ下へとむぐっていくから、弱ってるドジョウは真ん中の上の方に押し上げられてかたまっているものさ。だから、この弱ったドジョウをみれば、その時のドジョウの善し悪しがわかるというものだよ」

伊代の家でもドジョウは、味噌汁になって膳に上ることもあったが、「ドジョウなど、鷺(さぎ)の餌だ」と、口の肥えた伊代の兄などはよく言っていたものだ。

その時、伊代の背中の赤ん坊が、急に火のついたように泣き出した。泣きやまない背中の赤ん坊に気付いた老人が、「すまねぇけど前(めえ)の提灯屋に連れて行ってくれ」と言うので、伊代は訳のわからないまま、店の表に出た。


伊代は、前の道を突っ切って、どぜう屋の前に店を構えている提灯屋〈大嶋屋〉の店先に立つと、ぶら下がっている提灯の間から顔を突っ込むようにして奥に声をかけた。

「ごめんください」

伊代の背から落ちそうになりながら泣きわめいている赤子を持て余して、伊代の方が、泣きそうな顔になっている。

「あら、あんたは……なんだ、四代目のねえやさんになったの。おやおや……たいそうおむずかりだこと」

出てきた若女房が、慣れた様子で赤子を抱き上げた。

「四代目？」

この提灯屋の若夫婦には、ちょうど同じ年頃の赤子がいるので、どぜう屋の赤子は乳をもらっているということがやっとわかった。

「この坊が、どぜう屋さんの次の主、四代目の助七さんなんですよ」

「あのぅ……この子のおっ母さんは？」

「なんかね、病に伏せってるとかで……小梅の実家に帰ったままなんですって」

この提灯屋は、宝暦年間から百年近く続く手描き提灯大嶋屋の分家で、職人肌の亭主の音次郎と、まだ少女のような初々しい女房のサトは、伊代のような余所者にも親切だった。

「あたし、はじめは店にいるきれいな女の人がおかみさんかと」

「おヒナさんのこと？　あの人、きれいだよねぇ。駒形小町って評判なのよ。もう十八かな……年頃なのに、兄さんは実家に帰ってるし、おかみさんは糸の切れた一文凧みたいにしょっちゅうどこか行っちまっているし、おかみさんは実家に帰ってるし……で、ひとりで店をきりもりしているの。ご隠居さんは楽隠居もできず、いまだに孫を背負って働きづめで……お気の毒なことで」

「ご隠居さんって……あっ、あのおじいさんのことですか？」

「倅さんが、あまりにフラフラしているので、思い切って所帯を譲れば少しはシャンとすると思ったんでしょうけどねぇ」

伊代が、下僕の老人かと思っていたのは、実は〈駒形どぜう〉の二代目の当主であった。

「そのご隠居がね……」

孫の七三郎が乳を飲んでいる間は、いつもぼんやりと提灯の間から往来を隔てた自分の店を眺めている。

「道のこっち側から見ていると店の様子がよくわかるというの」

ご隠居は、孫を連れてこの提灯屋に来ては、若夫婦ととりとめもない話をして、自分の店をこっち側からこっそりと眺めては帰ってゆく。それがどうやら苦労の多いこの老人にとって唯一のなぐさめであるらしい。

たしかに道一本へだてただけで、往来を行く人々の向こうに浮かぶ風景は、違って見えるもののようにも伊代には思われた。

その頃、〈駒形どぜう〉の方では、おかしな客が居座っていた。

まるで相撲取りのような大兵肥満の男が、汗をかきかきどぜう汁と飯を黙々と食べている。

「ねえさん、飯おかわり!」

木綿の着物によれよれの袴をつけて、田舎から出てきた侍といった雰囲気の、額のはげ上がった頭が馬鹿に大きな若い男である。

「ああ、うまかった」

若い男は、立ち上がって、いざ勘定の段になったところで、

「すまんが……今日は、持ち合わせがない」

と大声で悪びれずに言うので、帳場にいた番頭の正どんは青くなった。

「あの、それでは、手前どもも困ります……」

「うむ。それならば、主を呼べ」

開き直った武家は、ふんぞり返っている。

主人を呼べと言われても、当主は、どこへ行ってしまったのかわからないので、仕方なくご隠居が、奥から呼ばれて出てきた。濡れた手を前掛けで拭きながら、しきりににおいをかいでいるのは、今まで糠漬けの樽でもかきまぜていたのだろう。

「へい、手前が隠居の平蔵でございます。当主助七が店をあけておりまして……」

平蔵は、慣れたものである。〈たかり〉は商売にはつきものなので半分あきらめている。

「これはうちの者が失礼をいたしました。お代は、おついでの時で結構でございます」

「うむ。しかし……それでは、わしが勘定を払わぬように聞こえる」

「そ、そんな、滅相（めっそう）もない」

平蔵は、ぺこぺこ頭を下げている。

「今は持ち合わせがないが、道場に戻れば工面（くめん）もつくであろうから、ご足労（そくろう）だがついてまいれ」

これには、店の者一同顔を見合わせてしまった。

こんな男にノコノコ付いていったら最後、人気（ひとけ）のない路地にでも差し掛かったところで、カネ違いの抜き身をギラリと抜かれて一刀両断（いっとうりょうだん）にでもされかねない。

若い武士は、広い額をてかてか光らせながら、ゆうゆうと店を出て行こうとする。六尺はあろうかという大男である。手にした刀がまた長かった。仕方なくついてゆこうとする正どんを制し、平蔵が前掛けをはずし腰を屈めて出て行こうとした。

するとその時である。

「へいへい、そいじゃぁ、わっちがお供いたしやしょう」

と、威勢のいい声がして、奥から二十を少し出たばかりとみえる若い男が飛び出してきた。江戸っ子らしい苦（にが）み走った面長（おもなが）の顔だが、頭を下げてにこにこしているところなどは、いかにも人が良さそうだ。

「……旦那」

店の者は、当主が突然降って湧いて出てきたのでびっくりしてしまっている。

細身に仕立てた縞の広袖の着物の下には、下馬の浴衣を覗かせて、三尺帯を低くキリリと結んだその姿は、粋といえば粋だが、ほとんど破落戸のようだった。

この店では、代々当主は〈助七〉を名乗る。

今、三代目助七を名乗っているのが、この元七であった。家に戻ってきたものの、何日も店をあけていたので気まずくあたりをうろうろしているうちに、この騒動で入るに入れなくなって、こっそり店の裏から回って事の次第を覗いていたらしい。

「……ンもう、兄さん！」

ヒナは、怒りのあまり、こっそり元七の尻を叩いた。

「元七……」

ご隠居が心配そうに呼び止めると、元七は振り返りざま、ニッと笑うと、いきなり威勢よく尻を端折った。緋色の褌が覗いている。

「あの……あれが、旦那さんですか？」

こっそり店の奥から覗いていた伊代は、呆気にとられたように、出て行く主人を見送った。

強請たかりは日常茶飯事のことなのか、元七が出て行くと、また何もなかったように店の者は立ち働いている。

「どぜう汁、ヤマでーす！」

若い女中のキヨが、伊代の脇をすり抜けながら店のハツたちに声をかけた。

「……ヤマ？」

伊代は、その言葉に首をかしげた。

キヨは振り返って、「ヤマってのは、売り切れってこと」と教えてくれた。

「それほど客がきたわけでもないんだけどさ、ドジョウの仕入れが少ないと、すぐ売り切れになって、店閉めちゃうのよ。この店、そのうち潰れるんじゃないかしらね」

キヨがズケズケ言うので、伊代の方が身を縮めるようにして聞いている。

「店中が、だらーんとしてるから、泥棒にもよく入られるの。去年なんて、七回も空き巣にやられたんだよ」

そうこうしているうちに日が暮れかかってきたので、伊代は、店の前の掃除をはじめた。〈駒形のどぜう屋〉では、店じまいの前に〈夕掃除〉をする。商家だけでなく、ふつうの家でも一日の終わりにさっと掃除するのが当時の慣習であった。夕暮れ時の点灯頃になるとどの店の前も、裏の横丁の路地でさえ、さっと掃き清められて水がまかれているものだ。この家の板戸も、よく拭き込まれていて木目が浮き上がり、所によっては摩滅して薄くなっているほどであった。

曇ってきた鈍色の空を時鳥が甲高い声で鳴きながら飛んでゆく。

……帰るに如かず。

伊代は手を止めると、ふっと時鳥の飛び去ってゆく姿を見送った。


半刻もしないうちに、店の前にはいい声が響いてきて……ひょっこり元七は戻ってきた。弥蔵で鼻歌まじりに暖簾をくぐろうとしながら、ふと店先の赤い暖簾に気付いたらしく、店の中に声をかけた。

「おや、もう今日は売り切れかい」

この店では売り物のドジョウがなくなると、表の五巾の暖簾の真ん中の一枚……〈どぜう〉と白く染め抜かれた上に、〈売切御礼申上候〉という赤い暖簾を重ねてかけることになっている。

「元七……おめえ、店をほったらかして、どこへ行ってたんだ」

平蔵は、呑気に帰ってきた元七を問いつめた。

「そりゃその……黒船見物よ」

「黒船⁉ ……もう、兄さんたら」

「せっかく黒船なんてものが来たんだ。帰っちまう前に見ておかなきゃ、と思ってサ」

店の者は白けた表情で聞いている。元七が黒船見物にかこつけて、品川の女郎屋あたりにしけこんでいたことはすでにみんなお見通しなのだった。

　するとその時、若い武士が店に飛び込んできた。

「元さん……うちの妹が来てるって？」

「どうしたんでぇ、信さん……」

　元七の声に、裏にいた伊代が思わず店先に飛び出してきた。

「……兄さま」

　伊代は、こらえていたものが吹きだしたように号泣しはじめた。

「兄さま、どこ行っていたの？」

　伊代は、泣きながら兄の信太郎に詰め寄っている。

「どこって……黒船見物に。こいつと」

　と、信太郎は元七を指した。

　伊代は、本当にやりきれなくなってしまった。

「兄さま……馬鹿にもほどがあります。大兄さまと母さまが亡くなったというのに、のんびり黒船見物なんかにいらっしって」

「ええっ？」

「……家が爆発したの」

「爆発したァ？」

伊代の言葉に、信太郎も、元七も店の者たちも驚いたようにその話に耳を傾けた。

昨年、黒船の来航以来、江戸の近郊では、水車小屋の爆発が相次いでいた。

三月五日には、板橋宿字原の百姓太左衛門方の水車小屋が爆発、四月六日には、牛込矢来下酒井修理太夫下屋敷内の水車小屋が、そして、四月二十日には、荏原郡世田ケ谷村小山の百姓三次郎方の水車小屋が爆発した。三次郎というのが伊代と信太郎の長兄にあたる。

水車小屋が次々に爆発したのには理由があった。どの水車も、昨年来、穀物を挽いていた水車小屋の石臼で硝石や硫黄を挽き潰し、杵で火薬を搗き固めていたのである。

異国船の脅威により砲術稽古が解禁されたため、幕府、大名の間では、にわかに火薬の需要が高まっていた。寺の鐘を潰して大砲と小銃にするという噂さえまことしやかに囁かれていた。

父が亡くなった後、水車小屋を受け継いだ三次郎が、火薬製造に踏み切ったのは、一日八両という利益の大きさに目がくらんでのことだった。

明け六つ（午前六時）頃、一度目の爆発が起こったとき伊代は台所でひとり朝飯を食べていた。

実は、信太郎と伊代は妾腹の子で、本宅に引き取られたものの、生母はすでに亡く、父親も亡くなってからは、当主である腹違いの長兄と本妻の元で、気兼ねしながら小さくなって暮らしていた。

火元は、硝石を煮立てているところであるらしかった。爆音に、別室で朝餉を取っていた兄が飛び出して行き、給仕をしていた母が追うように水車小屋の方に走ってゆくのが見えた。

伊代が二人を追いかけようとするのを、父の弟に当たる叔父に引き留められ、とにかく今すぐに屋敷を離れ、浅蜊河岸の信太郎のところに身を寄せるようにと言われたのだった。

「それで……とにかく兄さまのところへと思って、浅蜊河岸の桃井道場を訪ねたところ、他行なされてるということで」

信太郎は、桃井道場に住み込みで剣術修行にいそしんでいた。伊代は途方に暮れて、道場に隣接している刀預所の茶屋の主、金七に話をしたところ、すぐに人をやって、事故のその後の様子を調べてきてくれた。

近隣の人々の話では、最初の爆発からしばらくして二度目の大爆発があり、伊代の兄と継母は即死、この二度目の爆発は、出来上がった火薬の詰まった土蔵に引火してしまったため一帯は猛火に包まれた。

「お伊代さんとやら、それが妙なことになっているらしい……」

金七は、さらに不思議な話を聞き込んできていた。

なぜか伊代の着物が焼け残った松の木にかかっていたという。村の人々は、伊代も死んだものと思いこんでいるらしかった。恐らく叔父の咄嗟の機転によるものだろう。

板橋の水車が爆発したとき、周囲の村人たちは水車の稼動を停止するよう激しく抗議してきたが、三次郎は耳を貸そうとしなかったのである。

こんな事故を起こしてしまったら、村の人々の怨嗟を買い、たとえ生き残っても、村人の意趣返しに遭うことは目に見えていた。伊代の叔父は、伊代を爆発からというより、周囲の人々の私刑の餌食になることから逃そうと考えたに違いなかった。

金七はいたく同情してくれて、自分の店は場所柄、女中は置けないけれど、信太郎とも親しい駒形のどぜう屋ならば、ちょうど子守もできる女中を探していたから世話してやろう……と、さっそく紹介状を書いてくれたというのである。

「叔父さまが……私は行方不明ということで、兄さまもしばらくは、どこぞへ雲隠れなさるのがよいのでは……とおっしゃっていました」

信太郎は、突然の話に呆然とした。

「それで、伊代、おまえはどうする？」

伊代は俯いたまま、背をゆすって七三郎をあやしている。

「信さん、水くさいこと言うねぇ。お伊代さんは、うちにいたらいいさ」

元七は即座に口を挟んだ。

「元さん、こんな痘痕面でも女中がつとまるかい？」

気にしていることを信太郎はズケズケ言うので、伊代は、固まったように俯いた。

「信さん、いやだねぇ。女中は顔じゃないよ、気立てだよ」

ヒナは、小気味いいくらいピシリと言い放った。

「兄さま……あたしのような者でも置いてもらえるのならば、あたし、ここで働く」

伊代がそう言うと、信太郎は、改めて威儀を正して、「妹を頼む」と、元七たちの前に手をついて頭を下げた。

「信さん、堅苦しいこと言うねぇ。それにしても、まったくペルリの野郎のせいで、火薬なんて物騒なもの町中でこさえることになっちまって……これじゃ戦をおっぱじめる前に、味方の火薬に吹っ飛ばされそうで生きた心地もしねぇや」

元七は、いまいましそうに舌打ちした。黒船などがやって来たせいで、とんでもない世の中になってしまったと言わんばかりの口ぶりである。

信太郎が、夜陰にまぎれて小山の実家へ行って様子を見てくると出て行ったあと、ふと思いついて元七は伊代に尋ねた。

「ところで、どうだ、お伊代さん、うちの〈どぜう〉はもう食ったかい？」

伊代は、首を振った。

「そいつァいけねえや。まずはうちのどぜう汁を食ってみねぇ。たまにはうめぇもん食って、血の巡りをよくしなよ」

元七は、張り切って料理場の方に入ってゆく。

「おい、巳之さん！　明日のために餌止めしたドジョウがあるだろう、それを今晩の夕飯の汁にするか」

と、火を落とそうとしていた煮方の巳之吉をせっつく大声が料理場から聞こえてきた。

「……旦那さん、あっ、そんなたくさんドジョウ使っちまって」

料理場からは、巳之吉の悲鳴にも似た声が響いている。たまに店に戻ってくる主の気まぐれに、店中が振りまわされているようだった。

しばらくすると、当の元七は上機嫌で、湯気の立つどぜう汁の椀を盆に乗せて夕餉の席に持ってきた。こうした小さな店では、朝と夜は、客のいない入れ込みの座敷で、平蔵やヒナも奉公人と一緒に食事を取っている。

実は、伊代は、ドジョウの泥臭さと、喉にひっかかる骨の感触が苦手だった。

「まぁ、食ってみねぇ。これが江戸口の味ってもんサ」

伊代は、恐る恐るどぜう汁の椀を受け取った。

「こうして熱いうちにネギを入れてな……」

元七は、汁の中に刻んだネギをどっさりと入れる。

「それから、唐辛子(とんがらし)を、こう……」

手際よく椀の中に唐辛子を振りかけた。

「この唐辛子を七味(しちみ)なんていうのは上方者(かみがたもの)だぜ、江戸では〈なないろ〉っつうんだ。さあさあ、かき回して、まず汁を飲んでみな。ほら、熱いうち早くしねぇ」

江戸っ子は、何かにつけて早く早くとせっつくから気ぜわしい。

ふつう〈ドジョウ汁〉といえば、ドジョウが薄い味噌汁に黒い背を見せているものだが、ここの〈どぜう汁〉は濃い味噌に隠れて、その姿はよく見えない。

やかましい旦那の言う通り、伊代は目をつぶるようにして口に含んだ。

「……あ」

トロリとした味噌は、甘くてまろやかだ。

「どうだ、甘いだろ？　深川(ふかがわ)、乳熊屋(ちくまや)の〈江戸甘(えどあま)〉っつう味噌を使ってンだ」

ただ塩辛いばかりの田舎料理に慣れた伊代には、このしょっぱくて甘い味は新鮮だった。

「もう一(ひと)つ、この汁には不思議なことがある。ふつう味噌汁ってぇのは、時が経つと味噌が下の方にたまって、上は澄んだ汁になるだろ？」

伊代は、コクンと頷いた。

「ところが、うちのどぜう汁は、いつまで経っても味噌が下に沈まねぇんだ。ずっと置いといても澄んでこねぇ、とろっとしたままさ」

伊代は驚いて味噌汁の椀を揺すってみた。

「ほら、早く食わねぇと冷めちまう。ほらほら、次に中のドジョウをネギと一緒に食いねぇ」

伊代は、恐る恐るドジョウを一匹箸でつまんで口に入れた。

「……柔らかい」

今、食べている〈どぜう汁〉のドジョウは、今までのドジョウとはまったく別の食べ物のようだった。

「どうしてこんなに柔らかいんですか」

「さてな。うちには骨を柔らかくする秘伝(しでん)があるんだヨ」

「秘伝？」

「ははっ、まぁ、めぇもお初つぁんくらい背中に鰭(ひれ)がついてきたら、煮方の巳之さんに教えてもらいいな」

「あの……」

伊代は、ふと思い出して元七に尋ねた。

「浅草寺のこと……土地の人は、何というのですか」

「ははっ、浅草寺なんて知らねぇなぁ。〈かんのんさま〉なら知ってるけど」

元七がおかしそうに笑うと、

「あっ、観音様」

なんだ、そんなことだったのか……。伊代もつられて笑ってしまった。

「浅草では、みんな二言目には、『かんのんさまのおかげ』って言うのよ」

聞いていたヒナが笑いながら教えてくれた。

「そうそう、とりあえずはなんでも『かんのんさまのおかげ』ってことにしておくんだ」

浅草寺のご本尊聖観音菩薩は、一寸八分……小指ほどの小さな仏様で、秘仏であるという。その小さな誰も見たことのない仏様によって、浅草という大きな町は成り立っているのだ。

「あの……お客さんでいらした、お坊様みたいなおじいさんが、『君は今、駒形あたり……どぜう汁』って」

伊代がそう言うと、元七や店の者はドッと笑った。

「……赤圓子のご隠居だな」

例の飄々とした坊主頭の老人は、〈赤圓子〉と呼ばれていて、なぜか必ず新入りの牛番には、この歌を教えるらしい。

「赤圓子？」

「坊主頭だけど、坊主じゃねぇんだ。御城のお茶坊主さ。公方様のお世話しているのかと思ったら、公方様じゃなくて……御鳥掛って、御城で鶴の世話をしなさっていたんだそうだ」

「まぁ……鶴の」

元七がこの赤圓子の旦那と懇意になった発端も、鶴であった。

鶴の餌というのは……ドジョウである。

「いや、実のところ、三羽も御鶴が相次いで亡くなりましてな」

赤圓子の旦那にしてみれば一大事であった。

出入りの川魚問屋が将軍家御用達にあぐらをかいて、高い金を要求する割りには、いいドジョウを持ってきているのかどうかということが素人の赤圓子の旦那にしてみればわからない。

「いいドジョウの見分け方をご伝授願いたい」

と、大真面目な顔で言うのだが、ドジョウの良し悪しで鶴が死ぬとも思われなかった。

「おじさん。ところで、鶴ってぇのは、いっぺんにどれくらい食うんだい？」

その時、まだ子供だった元七は尋ねた。

「だいたい六十四匹くらいかな……」

「ええっ？　一羽の鶴が……一回に？」

「中には、一日百匹くらい召し上る御鶴もおる」

「そいつぁ……食わせすぎだよ」

「だが、やればやるだけ食うもんだから……はて、そうだな。そういえば、たしかに食ってるさなかに吐いたりしている奴もおるな」

「いくら鶴が徳の高い鳥だからって、やっぱり馬鹿なんだ。食うだけ食わしたら、そりゃ早死にするよ。鶴が死んだのは、餌なんかより、食い過ぎだよ。三河島（みかわしま）あたりに飛んでいる鶴なんて、虫なんかしか食ってないんだから。そんなに食わしちゃだめだ」

子供の元七にまで言われて、赤圓子の旦那はハタと気付き、餌の量を減らしたところ、鶴は元気を取り戻し、以来、赤圓子の旦那はどぜう屋の花主（とくい）になった。

「それでまぁ、付き合いが出来て、今は三好町（みよしちょう）に隠居所があるからしょっちゅう来るよ。隠居した今は、千社札（せんしゃふだ）に凝（こ）っていて、〈赤圓子〉ってぇのが題名（でえめえ）さ」

茶坊主というのは、御家人であるが、身分は低くても余得（よとく）が多く蓄財している者が多いという。悠々自適（ゆうゆうじてき）のご隠居なのだろう。

「赤圓子の旦那は、今はお寺などに札を貼ってまわるのが楽しみっていう粋人でね。いつ何時（なんどき）でも札を貼れるように、腰に差した刀には、刀じゃなくて札を貼るための振り出し竿を畳んで仕込んであるっつうんだからおもしれぇや。あの旦那、よっぽど大田南畝が好きなんだな」

大田南畝は、初代助七がこの地に店を始めた頃からの常連客で、隠居の平蔵などは、若い頃に店でその浅酌低唱する姿をよく見かけたものという。

「えっ、本物の大田南畝もこの店には来ていたんですか」

伊代は、ちょっとびっくりした。

「はは、来ていたも何も……父つぁんは実物を見たことあるんだろ？」

「ああ、よく来てたね。スコハゲの爺さまだったよ」

「……スコハゲ」

有名な狂歌師も、どぜう屋では、頭の少し禿げた気のいい老人であった。

するとその時、

「おおーい、主はおるかぁ」

と、戸締まりした表の戸を破らんばかりに叩いて、吼えるような大声が響いてきた。

「あいすみません。もう今日はカンバンなんです」と、戸口に出た正どんは、驚愕のあまり凍りついたようになっている。一緒に覗きに行ったハツが、あわてて奥に戻ってきた。

「旦那さん、昼間の大頭のバケモノですよ」

近所迷惑な大声は、ますます激昂するばかりだ。

「おい。主を出せ！　練兵館の渡辺昇だ。昼の借りを返しに来たぞ！」

ヒナも店の方に飛んでいって、ハツの後ろから覗き込んだ。

「……おめえ、昼間、あのお武家に何したんだ」

声をひそめて平蔵が聞いた。

「あぁん？　バッサリやられる前に、大川にぶち込んでやった」

元七は、鼻毛を抜きながら平然とうそぶいている。

平蔵は、泣きそうな顔になった。

「おめえ、お客さん川に叩き込んじまって、どうする。わしらは客商売だよ。店の者にも、お客さんには何を言われても辛抱するように言っているのに、主のおまえがそう喧嘩っ早くちゃ、店の者への示しがつかねぇよ」

「へん、あんなの客じゃねぇや。タダ食いタダ飲みして、ただの盗人じゃねぇか……なんでぇ」

表からは、「不意打ちを食らわせ川に落とすなど、卑怯千万、神妙に勝負いたせ」と大音声が聞こえてくる。

元七も、その声にカッとして出て行こうとするのを、ヒナが戻ってきて押しとどめた。

「今、お初つぁんが言いくるめてるから。兄さん、早く裏から……」

「馬鹿、逃げるもんか。おぅ、お伊代さん、こちとらこう見えても鏡心明智流なんだぜ」

元七は、勢いよく腕を捲りあげた。

「兄さん、だめ、だめ。あの大頭のバケモノの方は、神道無念流の塾頭だって大声で怒鳴ってるよ。子分をいっぱい引き連れて」

「なにッ、神道無念流？」

昼間の男は、道場の者たちと店を取り囲んで一斉に鬨の声を上げている。

「……練兵館か。練兵館は、まずいな。転負だ」

元七は、急に塩をかけられたナメクジのようになった。鏡心明智流、桃井道場の門人は、試合で神道無念流の練兵館に勝ったためしがない。誰もが練兵館と聞くだけで腰砕けになってしまうのであった。

「あんな与太者のアンポンタン、うちとは関わり合いないんですよ」

戸口のところでは、乗り込もうとする男の前に立ちふさがり、ハツが大声で、果敢にも〈練兵館〉と渡り合っている。

「ちぇっ、お初つぁんたら、言いたいこと言ってやがる」

聞こえてくる大声に、元七はくさって舌打ちした。

「元七……伝法院、伝法院に早ぉ行ってこっ！」

切羽詰まったように平蔵は小声で言って、元七を裏へと追い立ててゆく。

「ちぇっ、食い逃げが祟りやがるなぁ」

とぼやきながらも、あっという間に元七は尻をからげて裏の戸口から消えていった。

「伝法院？」

思わず伊代は、平蔵に尋ねた。

武家との争いから逃げるには、お寺が一番である。いつも逃げ込む先は、浅草寺の伝法院と決まっているのだという。

「……まったく馬鹿なやつだよ」

平蔵は、ポツリと呟き嘆息した。

どうやらこの店では、旦那が店にいるとロクなことがないようであった。

二、アメリカが来ても日本はつつがなし

〈駒形のどぜう屋〉は、出桁造りと呼ばれる二階建ての建物で、表通りに面した二階の壁は塗りこめられていて窓がない。店の前の道は、参勤交代の行列も通ることから、二階から見下ろすことのないように……ということで、はじめから窓がない造りになっているのだった。

その戸口には、紺地に白く〈どぜう〉と染め抜いた暖簾が下がっているばかりである。その〈どぜう〉という表記も、実はこの店の創業者である初代助七の考え出したものであった。

安永五年（一七七六）に、武蔵国北葛飾郡松伏領広島村（現在の埼玉県吉川市南広島）に生まれた初代助七は、寛政の頃、江戸へ出てきて、享和元年（一八〇一）、浅草の駒形町にドジョウ屋を開業した。もともと松伏という土地は、鰻や鯰など川魚の捕れるところで、ドジョウの産地でもあったから、故郷の味であるドジョウで一膳飯屋を……と、考えたのであろう。

本来ならば、旧仮名でドジョウは、「どぢやう」と書く。実際、初代助七がこの駒形の地に店を構えた当初は、〈どぢやう〉と書いた暖簾を出していたといわれている。

それが、店を出してわずか五年後、繁盛していた店が火事で類焼してしまったことから、店を再建したとき、初代助七は考えた。

「もしかしたら〈どぢやう〉と店の名が四文字で、〈死文字〉に通じるのがよくなかったのかもしれない」

だいたい芝居の外題(げだい)でも何でも、偶数は忌(い)み嫌われる。三とか五といった奇数の方が縁起がいいのだ。

それで初代助七は、〈どぜう〉という表記を考えついた。

さっそく有名な看板書きの初代撞木屋仙吉(しゅもくやせんきち)という男に字を書かせ、暖簾に染め抜こうと依頼したところ、〈どぜう〉などという間違った字を書き残したら一生の恥になると撞木屋は請け負わない。それを、どう初代助七は説得したものか、ようよう書いてもらって五巾(いつはば)暖簾の真ん中に、ただ太々と〈どぜう〉とだけ書いたものを染め抜いて掲げたところ、これが評判になった。

以来、この店は屋号も看板も出さず、ただ〈どぜう〉の暖簾だけを掲げて、〈駒形のどぜう屋〉で通してきた。いつの間にか〈どぜう〉の表記も世間に浸透して、今では他のドジョウ屋も、みな〈どぜう〉になっている。

「やっぱり〈どぜう〉じゃないとな。〈ドジョウ〉なんつっちゃあ、なんだか食う気にならねえ」

元七が逃げ込んでいる伝法院の僧侶、宗圓僧都はそんなことを言って、差し入れの〈どぜう汁〉を美味そうに食っている。

昔から、武家と係争があったとき、かくまってもらうのは浅草寺の伝法院と決まっていた。万が一、意趣返しにあったり、訴えられたりしても、寺ならば寺社奉行の管轄になるので追及を逃れられるからだ。

元七が伝法院で世話になっている手前、一日一回、番頭の正どんは差し入れに〈汁だね〉と呼ばれる、どぜう汁に入れるための下煮したドジョウを大鍋にいっぱい持ってゆく。元七がそれでどぜう汁を作って寺僧たちにもふるまうのであるが、これが僧侶たちの間ですこぶる評判がいいのであった。

「お伊代さん、たまには小梅に、さぶちゃんの顔を見せに連れて行っておくれ」

ヒナに言われて、伊代は七三郎を背負い、小梅に療養中という元七の別居中の妻を訪ねることになった。ところが、道案内に連れて行ってくれるという正どんの方は、伝法院に〈汁だね〉も運ばなくてはならないから、伊代も一緒に伝法院に寄ってから向島の小梅に行くことになった。

番頭の正どんは、大鍋を両手で抱えて額に汗をにじませながら伝法院への道を急いでいる。

伝法院は、浅草寺の坊のひとつで、小堀遠州作という庭がある。庭には大きな池と築山と……仲見世から一筋裏に入っただけなのに人々の喧噪は遠く、ここが江戸の浅草とはとても思えないような静謐な風景が広がっていた。特に初夏のこの時期は、池に映り込む新緑がまぶしいほど鮮やかだ。

伝法院は、かつて寺男に勇み肌の者が多かったことから、威勢のよいことを好む気性の者をさす、いわゆる〈伝法肌〉という言葉の語源になった寺である。

寺で世話になっている宗圓僧都は、今や伝法院を牛耳る高僧であるが、子供時分から元七を知っているので、元七の作るどぜう汁を、「うまい、うまい」と、二杯も三杯も飲んでいる。

「元七よ。大坂夏の陣で豊臣方が敗れたのは、ドジョウのせいだ……って、知ってたか？」

宗圓僧都は、そんな蘊蓄をたれながら食べている。

「徳川方の兵士は、大坂城を包囲しているとき、近くの田んぼでドジョウをとって食べていたが、かたや豊臣方は城の中で塩イワシくらいしか食えなかったから、精力のつき方が違う。これが戦力の差になったのだ。大坂夏の陣は、その名の通り夏の暑い盛り……ドジョウの一番うまい時期だったからな」

ドジョウは夏の食べ物だ。体が温まるので冬が旬のように思われているが、初夏の梅雨の時期のドジョウが一番美味しいといわれており、俳句でもドジョウの季語は夏である。元禄の頃に出版された『本朝食鑑』の中にも、ドジョウの効用は次のように記されている。

腹中を温め、気を益し、腎を補い、血を調え、専ら陽道の衰廃を興す。汗を止め、渇を解し、酒毒を消す。

（体をあたため元気をつけ、腎臓を補い、血液の循環をよくし、もっぱら男子の精力の衰廃を盛り返す。汗を止め、喉の渇きをいやし、悪酔い二日酔いなどの酒の毒を消す）

「ああ、うまいなぁ。この〈どぜう汁〉を食った翌朝は、肌もつやつやになって、お経を上げる声も朗々と響くから、なんともいえずいい気持ちだ」

ふだん肉食はもちろん、魚も食べず、麦飯ばかり食べている坊さんも、自ら求めるのではなく、施しとなれば、いくら食べてもかまわないと宗圓僧都は言いはるのである。

「〈馬鹿の三杯汁〉と言われても、こればっかりはサ……こうツルッと喉に通ってゆくのがたまらねぇや」

　世間では、汁を三杯もおかわりするのは作法を知らない馬鹿者というが、自ら生臭坊主を名乗る伝法肌の宗圓僧都にしてみれば、ドジョウをたらふく食べることができるとあれば、馬鹿と誹られても平気であるらしい。

「巳之吉さんはいい煮方に育ったもんだ。だが元さんよ……奉公人に頼りすぎている店は、いつか味が変わってゆくよ。やっぱり代々の当主の目が届いていねぇとな」

　たしかにこの五十年、まがりなりにも変わらぬ味を守り続けることができたのは、初代助七と二代目平蔵が、いつも店の中にいて、自分の舌で吟味したものを出し続けてきたからだろう。

「うちの父つぁんは、味が変わったら一大事と、日に十ぺんは汁を飲んで味見してるよ」

　平蔵は、朝、店を開けると、「朝の汁は風呂のサラ湯みたいなもんで、汁本来の味がすぐには出てこないもんだ」と心配して味見する。客が立て込んできて忙しくなると、どんどん汁が出るのでドジョウから出る出汁が薄くなっているのではないかと、また味見する。客足が引いたら引いたで、汁の味噌が煮詰まって香りが飛んでいるのではないかと、さらに味見である。とにかく店を開けている間中、味見していないと気がすまないのであった。

　実のところ〈どぜう汁〉は、夏と冬では味が微妙に違う。夏は塩気を強くするし、冬は甘みを強くする。それでいて、客には一年を通じて同じ味のように感じさせなくてはならない。逆にいえば、一年中、計量して同じ味付けをしていたら、夏の暑い中、大汗かいて入ってきた時と、冬の寒い日に冷えきった体で入ってきた時とでは、違った味に感じられるということなのだろう。

その味を決めるのは、煮方の舌であり、当主の舌である。

「ところで、旦那さんは、お寺のどこに泊まっているのですか」

と、伊代が尋ねると、「そこ、そこ」と、元七は指さした。なんと宗圓僧都の部屋の押し入れである。

「……押し入れの中！」

伊代は思わず絶句した。このどぜう屋の主は大きななりをして、なんだかまるで年中悪戯をして押し入れに押し込められている子供のようであった。

浅草寺から〈三社さま〉を抜けて、待乳山の聖天さまのところから〈竹屋の渡し〉で向越すれば、向島の小梅である。

元七の妻は、登美といった。植木屋勘四郎の娘で、実家の広い敷地の一隅に、離れを建ててもらって小女と暮らしている。

伊代が、縁側に続く庭で待ちながら、背中の七三郎を下ろそうとすると、火がついたように泣き出した。

「……うるさいねぇ」

突然、カラリと障子が開いて、伊代が驚いて振り向くと、すらりとした女が立っていた。眩しそうに、少し目を細めながら伊代を見つめている。

「おや。新顔だね？」

「へぇ。ねえやさんのお伊代さんです」

正どんは、あわてて伊代を紹介した。伊代は、ぼんやりと見上げている。こんなに美しい人を見たのは初めてだった。

髪は洗い髪のまま、前髪だけをこよりで結んでいる。白地に紺の大柄の浴衣に、浅葱色の伊達締めをくるくると巻いていた。色は抜けるように白く、頰がほんのり上気していて、まるで錦絵から抜け出たような立ち姿である。

そして、その腕には、大きな丸い目をした狆を抱いていた。白い頭に黒い長い耳、口は小さくあけて桃色の舌をチロリと出している。

「正どん、この子が子犬を産んで、方々にやったんだけど……その黒いのだけが残っちまってね、乳も飲まないし……始末に負えないから、店に持っていっておくれ」

登美が邪険に足で廊下に押し出した籠の中には、黒い塊が蹲っている。

「へぇ……」

正どんは、黒い塊を取り出すと、持ってきた空の鍋に入れた。黒い狆の子である。

「じゃ、頼んだよ」

登美は、部屋に戻ろうとして振り返り、伊代を一瞥した。

「旦那さんは、息災かい？」

「……あ、あのぅ」

狆を抱きかかえようとして俯いていた正どんが顔を上げる前に、伊代は答えていた。

「旦那さんなら……伝法院さんの押し入れに」

「あはは。相変わらずだ」

登美は笑って、そのまま部屋に戻るとピシャリと障子をしめた。

「あの……おかみさんって、おきれいな方ですね」

伊代は、遠ざかってゆく三囲神社の森の方を眺めている。渡し船が岸に近づいたので、船頭は櫓を置いて、竹竿に持ち替えた。

「それ者あがりだもの」

正どんは、ポツリと答えた。

「それ者？」

「柳橋の芸者だったらしい」

伊代は驚きながらも、ぼんやりと考え込んでいる。どうすれば、あんな馬鹿の代表みたいな旦那さんが、あんなきれいな人をものにできたのか不思議だった。

「でも、伏せってる、って……言う割りには、元気でしたね」

「ははは、おかみさんは、どうせさぶちゃんの顔見せたって、今日みてぇに、チラッと見ただけで抱いたりはしねぇのさ。着物が汚れる、とか言って」

「まぁ」

伊代は、背をゆすってあやしながらも、なんだか七三郎が不憫（ふびん）になってしまって、思わず涙ぐみそうになった。

「それにしても、こんなの押っつけられて……どうするかなぁ」

正どんは、鍋の中の狆を覗き込んでいる。

「……かわいいですね」

黒狆は、じっとつぶらな瞳で、鍋の中から見上げている。

「うちは食いもの屋だから、猫以外は御法度（ごはっと）って言われてるんだ」

それでも、正どんは、もう情が移ってしまって、黒狆の頭をしきりに撫でている。

「まずは、旦那さんに聞いてみるか」

伊代は七三郎を背負ったまま、正どんは鍋を抱えて……二人はふたたび伝法院へと向かった。

「旦那さん、旦那さん」

正どんは慣れたもので、ズカズカと宗圓僧都の部屋に入って、押し入れを開けると、ごそごそと元七が這いだしてきた。伊代は、これが自分の主かと思うと、なんだか情けなくなってくる。

「旦那さん……小梅から、こんなものを預かってきちまったんですが……」

「……なんだこりゃ？」

元七は、鍋から黒い塊をつまみ出した。

「……狆だそうで」

「狆？」

元七は、掌の上でふるえている黒狆をまじまじと見つめた。

ところが、狆の姿に気付いた伝法院の坊様連中は、仰天して大声を張り上げた。

「狆！　元七、この寺で狆は禁句じゃ！　早く持って帰れ！」

その過剰な反応に、元七たちは面食らって顔を見合わせていると、宗圓僧都まで飛んできた。

「元七、この伝法院は、その昔、あの狆屋と、この狆めらのために寺を取り潰されかけたのだ」

いつもの冗談かと思いきや、そうでもないらしい。宗圓僧都は険しい顔になった。

「伝法院は昔、智楽院（ちらくいん）といっていたのだが、その名を返上して、伝法院となったのには理由がある」

「昔っから伝法院っていうんじゃないのかい？」

「伝法院と名が変ったのは元禄（げんろく）のころからさ。その前の智楽院といっていた頃、寺の者が〈浅草筋の犬ども〉を捕らえて大川に沈めようとして閉門になったという」

「浅草筋の犬って……狆屋のことかい？」

狆屋といえば、五代将軍綱吉（つなよし）公の時代から将軍家に狆を納めている家である。代々の墓も家康公ゆかりの寺にあり、徳川家の庇護（ひご）を受けた〈浅草筋〉の狆は、狆の中でも特別と評判であった。

「寺でも、なぜ、僧侶の身分の者が、そんなことをしたのかわからない、といわれているが」

当時から、この事件の詳細は謎だったようである。『江戸砂子（えどすなご）』にいう。

> 智楽院は何に因（よ）りて退転（たいてん）せしや詳（つまび）らかならず。貞享（じょうきょう）二乙丑年浅草筋の犬共を捕へ、浅草川に沈めかけ候義に付、七月廿五日閉門被仰付（おおせつけらる）。僧侶の身分として犬を沈めにかくるといふこと、いと不審なり。此には何か縁由（えんゆう）あるべし。

時代は貞享……元禄と元号が変わるひとつ前の時代。将軍は綱吉公で、狆好きのこの公方様は、狆を百匹も飼っていたといわれている。出入りをしていた〈浅草筋〉の権勢(けんせい)は、今の狆屋も及ばぬほどであった。何かよほど腹に据えかねることが智楽院の坊様にもあったに違いない。

「……伝法院と名が変わったのは、狆が原因だったのか」

元七は、クスッと笑った。

「ところで正どん、この黒いの、本当に狆か？　……真っ黒じゃねぇか」

ふつう狆という犬は黒と白の毛色で、長く垂れた両耳が黒く頭のてっぺんは白いことが多い。

「それにしても、この黒狆、だいぶ弱っているぜ。そうだ。まぁすぐそこだし、その狆(ちん)屋(や)にでも連れて行ってみるか」

伝法院から仲見世(なかみせ)を通り、浅草広小路(あさくさひろこうじ)の方へ出る一角に広大な屋敷がある。

「狆屋ってなんですか？」

伊代は、歩きながら尋ねると、元七は振り返りざまに怒鳴った。

「お伊代さん、狆屋っていうのはな、狆の医者様よ」

「狆の医者！」

伊代は、さすが江戸は違うと驚いた。狆の専門医がいるという。

ところが、狆屋にたどり着いた元七たちは、あっさり門前払いを食わされてしまった。

「うちは権現様の狆を扱う家でございます」

「ンなこと知ってらァ。将軍家や大名に差し上げる〈浅草筋〉の狆なんだろ？　だが、ちっとくらい診てやってくれよ。こいつが、ぐったりしているんだ」

元七は、食い下がって鍋の中の狆の子を見せた。が、黒狆と見ただけで、取り次ぎの者はあからさまにいやな顔をした。

「そのような駄狆は、鳥屋にでも連れて行かっせえ！」

「……駄狆？」

元七は、ムッとして鍋を抱えて踵を返した。

「ちぇっ、何が狆屋だ。帰るぞッ」

ずんずん帰ってゆく元七に遅れまいと小走りになりながら、伊代はまた正どんに声をかけた。

「……番頭さん、駄狆ってなんですか？」

「さて……駄鳥ってぇ図体ばっかりでかい鳥は、花鳥茶屋で見たことあるけど……あっ、駄馬ってのもあるな。きっと、駄狆っていうのは、だめな狆ってことだ」

「まぁ、黒いとだめなんですかねぇ」

突然、元七が立ち止まって振り返った。

「……ったく、やっぱり狆ってのは、なんか柄がないと、しまらねぇもんだなぁ」

元七は、歩きながら鍋の中の狆をまじまじと見つめた。


店に帰ると、黒狆の姿に、ヒナや女中たちは大騒ぎになった。

「かわいい……」

「ほらほら、いじりまわすと死んじまうぞ。まずは精をつけさせねぇと」

そこではじめてわかったのは、猫は生のドジョウを食べるが、犬は煮てやらないと食べないということだった。そこで、どぜう汁にする下煮した〈汁だね〉のドジョウを食べさせてみると、これはよく食べる。

驚いたことに、そうして〈汁だね〉のドジョウを食べさせているうちに、黒狆は、みるみる元気になっていった。

ヒナも伊代も、黒狆のあまりの可愛らしさに、取り合うようにして抱いたり頰ずりしたりしている。黒狆は、雄(おす)だったので狆太(ちんた)と名付けられた。

不思議なことに、狆というのはにおいがほとんどない。狆が座敷犬として好まれるのは、このにおいのないところと、鳴かないことだといわれていた。

食べ物屋に動物は不衛生と、鼠取りの猫の尻尾を取ってしまうようなハツも、この小さな黒狆には、抱き上げたとたん、ペロリと頰を舐(な)められ、すっかり骨抜きにされてしまった。

「狆太ちゃーん」

と、今や人目も憚らず、頬ずりしたりしている。

「あの閻魔さまみたいなお初つぁんが、あんな可愛い声出すとはねぇ……」

「……なんか気味悪いくらいですね」

元七と正どんは、ハツのその姿を見ていると、見てはいけないものを見てしまったような気がして、バツ悪そうに顔を見合わせた。

以来、元七は店に戻ってきている。この頃では練兵館もあきらめたのかやって来ないし、正どんも毎日、伝法院に鍋を運ぶのもさすがに疲れてきていたところだったので、内心はホッとしていた。

それから、十日も経った頃だろうか。日差しが強くなって、人通りはシンと絶え、どこかの家の軒先の風鈴が思い出したようにチリリンと鳴っている昼過ぎのことだった。店がすいている頃合いを見計らったように、中年増の女が、小僧を連れて店に入ってきた。

藍微塵の小紋柄の着物に呉絽の帯という、いかにも品のいい姿の女は狆屋の女主人の安だと名乗り、主はいるかとハツに声をかけた。

正どんは、あわてて裏の寿湯という湯屋に走った。夜遊びに備えて、この時間になると元七は湯屋に行ってしまうのである。

「狆屋のおかみさんが、何の御用でござんすか」

　額の汗を拭きながら、茹だったような赤い顔で元七は戻ってきた。

「あの……不躾なお願いではなはだ恐縮なのでございますが……おたくの黒狆をお譲りいただけないでしょうか」

「……狆太を？　こいつぁ不思議なこともあるもんだ。おまえさんのところは狆屋で、狆は売るほどあるはずだろう？　なんでうちの狆を……」

「仰せの通り、うちは徳川さまのご恩顧を長年賜ってきた狆屋でございます。このたび、よんどころない事情で黒狆のご所望がございまして……ところが、私どもでは黒狆などは扱っていないのでございます」

「……駄狆だからな」

　元七は、思わず嫌味を言ったが、安は意味がわからなかったのだろう、思わず「そうでございます」と大真面目に答えた。

「狆屋の狆は、犬ではなく、狆でございます」

「犬じゃねぇのかい」

「はい。狆屋の御狆は、ふつうの鳥屋の狆とは、犬と狼くらい違います」

　安が小僧に目配せすると、小僧は持参した箱から、黒と白の狆を取り出した。確かに、狆屋の狆は、頭が大きく毛もフサフサとしており、床を歩く音がバッサバッサとして、狆太などとはまるっきり違っていた。

「……もしよろしければ、黒狆のかわりに、こちらを差し上げます」

「……そんなの、いりません！」

聞いていたヒナが、元七を押しのけるようにして割り込んできて口をはさんだ。

そのドロンとした大きな目でこちらを見つめている御狆は、狆太とは別の生き物のようで、見慣れないヒナたちには、不気味な感じさえしたのである。

「そんなバケモノみたいな狆なんかいらない。いきなり来て、狆太を取り上げようなんて。兄さん、帰ってもらってよ」

ヒナは、ものすごい剣幕で、柳眉を逆立てて怒っている。

「狆屋さん、まずは、訳を聞こうじゃねぇか」

見れば、安の方も憔悴しきった様子であった。

「実は……数日前、北町奉行の井戸対馬守様から内密のお呼び出しがありまして……」

「町奉行？」

「井戸様は、メリケンとの応接に駆り出されていらっしゃるのでございます。それで、その御奉行がおっしゃるには、いよいよ黒船がメリケンに帰国するというので、土産にお茶とか紙とか持たせてやらなくてはならないから、その土産のひとつとして、つがいの狆も用意せよとの仰せで……わたくしどもの方からも、よりよき狆をと……」

「それで、いいチンコロをペルリにやったのかい？」

「はい。ところが、差し出した狆を見て、ペルリは、これは見事な狆だから、なんでもエンゲレスという国のビクトリアとかいう姫さんに差し上げると言いだしたそうなんです。それで、ご自身は黒い狆をご所望だと仰せになっているとのことで……」

「ペルリが？」

「なんでも、ペルリのおかみさんが、黒い犬が好きだとかで」

「ペルリのかみさんが……」

「でも……黒い狆なんていないんです」

「現にうちにはいるぜ」

「それは……」

駄狆だからだ、と安は言いたいところだったろう。

犬といえば外で飼うものと相場が決まっていたこの時代、座敷で飼う狆などの小型犬は、小鳥などと同様の扱いでふつうは鳥屋で売られていた。その中で、狆屋の扱う狆は、長い尾をひらひらと振りながら座敷を駆け回る姿から、〈陸(おか)の金魚〉とまで称せられる特別な存在だったのである。

狆の善し悪しは、その骨格や性格などにもよるが、もっとも重要なことは、その頭部の白と黒の毛色であった。片耳だけ黒かったり、毛の色が左右対称でないものは、大名家など武家方には差し出せないので、富裕な町人に売りつけられることになる。

そして……毛の色が、真っ黒だった場合は、〈面かぶり〉といわれ、鳥屋の狆ならばいざ知らず、狆屋では生まれた時に始末されてしまうものなのだという。

「再三、御奉行様も、通詞を通して、狆に黒いのはいないと伝えたのですが……ペルリはシーボルトというオランダ人の記録した書物を見ていて、その中にシーボルトが長崎で求めたという黒狆の絵があったと言って聞かないとかで」

「そのシーボルトってヤツぁ、長崎でヘンな狆を高く摑まされたんだぜ」

元七が口を挟むと、安はほとほと困り果てたように肩を落とした。

「……あたしも、江戸中の鳥屋にも聞いて回りました。でも、鳥屋にいるような黒狆は、やっぱりうちのに比べれば見劣りがするんですよ。その時うちの者が、ここの黒狆は、骨格がよく、しかも毛並みがいいと聞いて……たしかに、これで毛の色がよければ、大名家に渡るような狆でございます」

安は、ヒナに抱かれている狆太をジッと見つめた。

「そういやぁ……この狆太のおっ母さんの狆は……たしか、桂川とかいう医者様からもらったとか、登美の奴、言ってたっけ」

「えっ、御殿医の桂川様から？」

実は、登美が柳橋に出ていたとき、この御殿医の桂川甫周と懇意にしており、引き祝いに狆をもらったのであった。

事情を聞いてみれば、異人とお役人に振り回されている安の言い分もわからないでもない。狆屋は、なぜか女系家族で、安も婿養子をとったものの死に別れ、その後は後家を通している。もっとも狆というのは寂しい女性に愛玩される宿命のようなものがあるので、狆屋の主人は、男よりも女の方が都合がいいのだろう。

「ただとは申しません。ここに五両あります。代わりといっては何ですが、この狆も差し上げます。どうかこれで御国のためにお宅の狆をお譲りいただけないでしょうか」

元七も、国のため……と言われれば二の句が継げない。

「そうか、ペルリがねぇ。ま、ペルリんちに飼われるとなりゃ、狆太にとっても名誉なことだろうけど……」

元七は、安がだんだん気の毒になってきてしまった。元が単純で根っからのお人好しなのである。

ところが、次の瞬間、元七は、いきなり「ひとでなし！」と一喝された。振り返ると、ハツがワナワナと震えながら仁王立ちになっていた。

「旦那さん！　メリケンとやらは、だだっぴろい海をひと月もふた月も船で漂って行くというじゃありませんか。狆太みたいな小さい犬がそんな旅に耐えられるわけがありませんよ。なんてむごいことを！」

「お初つぁん、なにもめぇが泣くことないじゃねぇか」

　狆太を抱えたヒナをはじめ女中たちも、店のことなどほったらかしにしたまま、みんなが詰めかけていた。

「……もし、ペルリが黒狆よこせ！って怒って、大砲をボンボンぶっ放して戦にでもなったら『アメリカが来ても日本はつつがなし』って……あんな浮き台場みてぇな黒船からポンポン大砲打ち込まれた日にゃァ、こちとら〈砲がなし〉で江戸中あっという間に火の海だぜ。……しょうがねぇ。徳川様のお役に立てるならば、狆太も犬冥利ってもんだ。狆屋さん、狆太は差し上げましょう。そのかわり金は受け取れねぇ。狆太を売ったことになっちまうからな」

「兄さん、あんまりだわ。狆太をひとりぼっちで、異人の国にやるなんて」

　ひとりぎめしてしまった元七に、ヒナは狆太を抱きしめたまま、奥へ駆け込むと、わーっと泣き始めた。

　伊代は、呆然と見守っている。ふっと、いつもはしっかりしているヒナの満たされない寂しい横顔を垣間見たような気持ちになっていた。

　数日後の朝、狆屋の安と一緒に、元七も浦賀まで狆太を見送って行くことになった。

狆太は、狆屋の若い衆が用意したキリギリスを入れる籠を大きくしたような箱に入れられて背負われている。

　ものものしく数人の武家方の役人たちも同道するためにやって来た。

「あれっ、タメじゃねぇか」

「……こんにちは」

　役人と一緒についてきた少年は、元七と同じ桃井道場に通っていた米田為八という少年であった。このところ道場で姿を見ないと思っていたら、今は、幕府の通詞方の家に養子に入った叔父立石得十郎の元で通詞見習いをしているという。きちんと二本差しを差して、小さいながらも侍の姿である。

「なんだ、そうしていると、いっぱしの立派なお侍にみえるぜ。タメ、幾つになった？」

「はい。十四になりました」

　御家人の次男に生まれた為八は、生まれたときから虚弱で、「これは長生きできないだろう」と、出生の届けも出さず、母親の乳母の元で育てられていたのだが、案に相違して、十四のこの年まで育ってしまい、かといって出生の届けも出していないため、どこへ行っても厄介者扱いされていたのだった。

「稽古しても剣術の筋は悪いし、今さら漢籍の修業もできないので、新しい学問のオランダ語でも身に付けておけば、食うには困らないだろうって……今は、叔父さんについて横浜の接待所に通っているんです」

「そうか。そいつはいいや」

元七も金七も、この身寄りのない少年を、子供の頃から可愛がっていたのだった。

「あっ、これが献上の狆か。わぁ、かわいい！」

為八は、箱に入れられて震えている狆太を見て歓声をあげた。そんなところは、まだまだ子供である。

そこに、信太郎と金七もやってきた。

信太郎は、落ち着くまで、大坂にある母親の実家である艾屋に身を寄せることになったと語った。横浜まで道中一緒に行くつもりだという。

伊代は、心配そうに信太郎を見上げている。

「兄さま、大坂でも、あんまり馬鹿なことしないでね」

「ははは、そうだな。しかし伊代……もう、家もなく寄る辺もないのだ。まぁせいぜい馬鹿やって、面白おかしく生きていくさ」

狆太を囲んでにぎやかに去ってゆく一行の後ろ姿を、伊代とヒナは並んでいつまでも見送っていた。

「……男って、なんであぁ自分勝手なんだろ。いろいろ理屈をくっつけて」

ヒナがポツリと呟いているのを、伊代は黙って聞いている。

「言いくるめられちゃって……女なんて、つまんねぇや」

伊代は、思わずクスッと笑ってしまった。

「なによ、お伊代さん」

「……ううん。すみません。あたしもいつもそう思ってたんだけど……口に出せなかったんで、おヒナさんが言ってくれて、ちょっとスッとしちゃった」

「あはは。ほんと、男なんて唐変木のうすらとんかちのコンコンチキだよ」

啖呵を切るように威勢よく罵るヒナの口ぶりに、二人は声を揃えて笑った。


その晩、狆屋の安がひょっこり店にやって来た。

「狆太は船に乗ると、もう異人の船乗りたちになついて愛嬌を振りまいてましたから、きっと可愛がってもらえることでしょう。それより、こちらの旦那さんは、黒船に乗って、そりゃあまぁ、たいそうなはしゃぎようで……」

「えっ、兄さんたら黒船に？」

ヒナも仰天したが、平蔵にいたっては顔面蒼白で卒倒しそうになってしまった。

「そんな異船などに乗って、異人の虜にでもされたらどうするんだ。あの馬鹿は、まったく……」

「あの、それで……。こちらの旦那さんは、わたくしどもとは横浜で別れまして……

『せっかくなので、ちっと外の世界を見てくる』とかおっしゃって、お連れの方と一緒に上方に向かわれたようでございます」

「そんな……」

狆屋が帰った後、平蔵をはじめ、ヒナもハツも店の者一同、「それで、いったいうちの旦那はどこへ行っちまったんだろう」と顔を見合わせた。

以来、元七の音信はふっつりと絶えてしまったのだった。

品川(しながわ)あたりの女郎屋でふらふら遊んでいるのだろうと思ってたかをくくっていたのが、元七からは、ひと月たってもふた月たっても便りはなく、月日はどんどん過ぎてゆく。

やがて、黒船は去っていったという噂を聞き、夏が過ぎ、地震があったりして、ようよう冬も近づいた頃、ひょっこりと元七からの便りが届いた。

発信元は大坂になっている。

手紙には京の三条で料理の修業をしたあと、大坂の五十鯨(いさば)屋という問屋で鯨(くじら)を買い付けたと書いてあったのだった。

「……鯨？」

みな、狐につままれたような顔で、何度もその手紙を読み返した。

「もう……兄さんたら、人の気も知らないで」

ハツは、安堵と怒りで泣き出したヒナの背中をさすった。

「まったくうちの旦那さんは極楽とんぼで、心配しているこっちの方が馬鹿に思えてきますよ」

そう言いながら、ハツも涙ぐんでいる。正どんなど、帳場に隠れて鼻をかんでいた。

誰もが口に出しては言わなかったけれど、この数ヶ月、みんな心配でたまらなかったのだ。それが、なんだか本気になって心を痛めていた方が拍子抜けするほど、元七の言動は、見事なまでに自分勝手なのであった。

「まったく……生きていたのはよかったが、なんで鯨なんかを……あの馬鹿が」

と、平蔵は深いため息をついた。

「鯨って……見世物にでもするのかしら？」

江戸っ子には、鯨は眺めるもので、食べるなどという発想はない。

「あの馬鹿……大坂くんだりまで行っちまってたのか」

季節はいつの間にか冬を迎え、台所には贈答品の鮭が名札の紙もついたまま、いくつも下がるようになると、空っ風が板戸をガタガタ鳴らすようになってくる。こうして主の不在のまま月日が経って、あと数日で師走……という十一月二十七日、元号が嘉永から安政へと変わった。

黒船来航から京の都の大火事、東海の大地震と異変が続き、世の乱れを刷新しようと年の瀬にもかかわらず改元が行われたので、安政元年はわずかひと月ほどしかなかった。安らかに政(まつりごと)が治まるように……という願いを込めた新しい元号を、町の人々は皮肉な眼差しで見つめていた。

安政（アンセイ）を下から読めば異船（イセン）にて
　　残る一字は（ア）メリカの国

巷(ちまた)では、すぐにそんな落首(らくしゅ)が流布(るふ)したという。

三、恋は思案の外　欲は分別の内

江戸の町は、どこからでも富士が見える。

安政（あんせい）と元号が変わって、わずかひと月ばかりで正月が来て……安政二年（一八五五）となった。ところがこの年の富士は、どうも様子が違っていた。ふつう冬の富士はまばゆいばかりに白く耀（かがや）いているものなのに、真っ白にならず妙に黒いところが残っているのである。

去年、東海から南海にかけての地震があった時には、富士山の山頂に黒い不気味な雲がかかり、八合目のあたりからは、あちこちで火が出たといわれていた。

その半年前の二月には、肥後（ひご）の阿蘇山（あそさん）が突然噴火して、参拝者に死者が出ている。

噴火だけではない。昨年の嘉永（かえい）七年寅（とら）年には、不気味な大地震が全国各地で起こった。昨年末、急に〈安政〉と改元されたのは、この〈寅の大変〉も一因と噂されている。

「やっぱり異人が来たからに違いない」

人々は不安な気持ちを、全部、異国と異人のせいにして片付けようとしていた。

元七は「上方にいる」という便りがあったきり、相変わらず行方知れずのままである。

「ねぇ、このごろ元さんの姿が見えないけど、どうしたの？」

店に入るなり、ヒナにそう声をかけたのは、〈と組〉の銀次である。正月らしく繭玉を担いでいるのは、恵方参りにでも行った帰りなのだろう。この駒形周辺の火消しの町割りは〈と組〉で、銀次は駒形どぜうに出入りしている鳶の者だった。

「……さぁ、いつもの〈無しの沙汰郎〉で、どこでどうしているやら」

ヒナは、そっけなく答えて、どぜう汁と飯を銀次の前に置いた。

銀次は、ヒナに岡惚れしていて、ことあるごとに声をかけるのだが、ヒナは、この銀次を毛嫌いしている。

「あの脳天から出たような声がいや」

黙って立っていれば、〈と組〉の蛇の目つなぎの半纏を着たその姿は、スラリと絵に描いたようにいなせないい男なのだが、しゃべりはじめると、どこからそんな声が出るのかと思うような、甲高い裏返った声なのである。しかも動作がクネクネしていて頼りないことこの上ない。

鳶の者の仕事として、銀次は毎日、駒形の店にやってくる。店の蔵の脇に置いてある〈用心土〉が乾かないよう、有事に備えて毎日、水をたして足でこねて手入れをし、筵をかぶせておく。終われば店にまわってどぜう汁と飯を食べて帰ってゆくのである。

「元さんが帰って来なかったら、おシナちゃんが、いい婿さんめっけて、兄さんの代わりに店を継ぐの？」

「……ンもう、いけすかない人だねぇ」

と、ヒナは、怒ったように銀次の肩を叩いて、プイと料理場の方へ逃げていった。

元七が姿を消してからもう半年になろうとしていた。

家中の誰もが口には出さないけれど、誰もが元七の安否と店の行く末を、心のどこかで心配していたのだった。


牛番にも慣れてきたので、店にも出てみたらどうだとハツに言われ、伊代も店に出ることになった。伊代は気がすすまなかったが、若い娘の仕事といえば、まずは客の前に立つ表の女中である。この店では、女中頭のハツが、入ってきた客を案内し、娘のヒナをはじめ、若い女中たちが客の注文を取り配膳することになっていた。

「端のお客さん、通しものが通ってないよっ」

伊代は、最初からハツに怒鳴られっぱなしである。

醤油樽の客の一番入り口に近い席を、店の符丁で〈端〉という。わずか四、五人の席だが回転が速いので、店に出た初っ端から受け持たされた伊代は、目が回りそうになった。

「……ご、御酒一本、おあと、じ、じょろ膳、おひとり、おひとりまあえー」

伊代は、十七のこの年になるまで、これほど大きい声を出したことがなかったから、恥しさが先に立って声が思うように出ない。

しかも、ただ大声で注文を叫べばいいというものではない。独特の節をつけて歌うように通すのである。少女の高い声が、客には鈴のように心地よく響くのが、この店の名物でもあった。

注文のことを「通しもの」という。品書きは少ないから単純である。どぜう汁とご飯のことを〈じょろ膳〉といい、酒を通すときは〈御酒二本〉などと最初に言って、最後に人数を申告する。〈じょろ膳〉というのは、「ドジョウ汁とご飯の御膳」がなまってそう言うようになったものらしい。人数を申告するのは、その人数分だけ〈お膳だて〉といって、お膳と、箸やら椀やらお新香皿など必要なものを用意するためである。

「ここの主はどうした？　このところとんと見ねぇが……また伝法院の押し入れかい？」

「ちょっと上方に……」

「まさか……」

誰も信じてくれないので、「鯨を買いに」と伊代がシドロモドロ説明すると、みんな冗談だと決めつけて笑い出す始末だ。

女中のキヨなどは店の雰囲気に嫌気がさして、出替わりの時に重年せず、やめてしまっていた。

「おや、牛番のねえさん、今度は女中に昇格かね」

といって、茶碗を差しだした客は赤圓子の旦那であった。

「はい……あの、ご飯のおかわりですか？　お湯ですか？」

伊代が尋ねると、赤圓子の旦那は、やれやれという顔になった。

「給仕するときは、ちゃんと椀の中をよく見てごらん。こんなふうに中に少しでも飯粒が残っていたらご飯のおかわり。中が空っぽになっていたら、お湯なんだよ。おまえの家では、飯のお代わりの作法は教えられなかったのかい？」

そう言われて、伊代は真っ赤になってしまった。飯のお代わりを頼むときは、茶碗に米粒を残しておくのが常識であるというのである。

この店が混み合うのは、朝のほんの一刻だけで、あとは日がな一日閑散としていた。

「ちょいと、お伊代さん……」

客の姿が見えない店で、伊代がぼんやり所在なげに突っ立っていると、いきなりハツに呼びつけられた。

「お伊代さん、これでいくら？」

ハツは、料理場から借りてきたお膳の上に、空の茶碗や銚子を並べる。

この店では、注文の書付はせずに、みな女中が頭で覚えて調理場に伝えるのである。客が食べ終わると、女中は膳に残った空の什器を見て暗算で勘定し、客から金を受け取って帳場へと持ってゆくのだ。

「いったいまぁ、この人はどんなお姫様だったのやら。……いいかい、どぜう汁が十六文、飯が十四文……だから、じょろ膳は三十文。これに御酒一本が二十四文だから……」

と、ハツがいくら教えても、伊代はなかなか客からもらった銭勘定ができなかった。実のところ、実家にいた時は、銭勘定どころか金というものに触れたことさえなかったのである。

ハツは、あきらめ顔でため息をついた。

「お伊代さん、あんた、表の女中はだめだわ。やっぱり、裏に回った方がいいよ」

伊代は、半ばホッとして裏の仕事にまわった。

〈裏番〉の中でも、洗い物は〈下番〉と呼ばれている。ところがここでもまた、伊代はしくじりっぱなしであった。

「あのぅ」

伊代が、お椀は何で洗うのだろうと、干してあったササラを手に、裏で働いているご隠居のところへ行った。

「お伊代さん……ササラは、樽のヌルを洗うときに使うものだよ」

店の表は、ハツが取り仕切り、裏では平蔵が立ち働いている。

「飯茶碗を洗うのはタワシ、汁の塗椀を洗うのはヘチマだ」

伊代は、一度洗い場に立っただけで、二つも茶碗を落とし、欠けさせてしまった。

「あの娘が洗い場に立っていると、どうも怪我すンじゃねえかと気が気じゃねぇから、やっぱりどうだい、七三郎の子守でもさせておいちゃあ……」

平蔵が控えめにハツに意見しているのを耳にして、伊代は情けなくて涙ぐみそうになった。

それにしても、実家にいたときは、家が豊かだったこともあってすべては女中まかせだった。その上、伊代のひどい痘痕面に、これでは嫁のもらい手もあるまいと、父親は、寺子屋師匠にでもなれと四書五経を諳んじさせても、いわゆる花嫁修業のたぐいはさせなかったのである、そのツケが、このような形で降りかかってくるとは、伊代も夢にも思わなかった。

「はじめはみんなしくじってばかりいるものさ」

早朝、七三郎を背に負った伊代が火を焚き付けようと、ションボリ使い古しの裂き箸をくべていると、後ろから煮方の巳之吉に声をかけられた。

「……すみません」

伊代は、この店に来てから、始終謝ってばかりいるような気がする。

「なぁに気にするこたぁねぇや」

巳之吉は、もう三十に手が届くという年で、七つの時からもう二十年以上も、この店にいる男であった。

ご隠居の平蔵は、物静かで真面目な巳之吉を信頼していた。一時は、娘のヒナの婿にと考えた時期もあったが、その気配を察知して、巳之吉はさっさと店の女中と所帯を持ってしまったという。実子の元七に遠慮をしたのであろう。どこまでも物堅い男なのである。

「お伊代さん、ご隠居は、実は初代の実の子じゃあねぇ。大旦那は子に恵まれなかったんで、自分の故郷から兄の子だったご隠居を呼んで養子にしたんだそうでさぁ」

二代目の平蔵は、初代助七(すけしち)の実子ではなく甥(おい)なのだった。そのせいか、いまだに田舎の訛(なま)りが抜けきらない。

「ご隠居は、よく昔から言っていなさったもんだ。自分が松伏の田舎から江戸へ出て来ることができたのは……気はしがきかなかったからだと。初代にそこを見込まれたのだろう……って」

「えっ」

「食い物屋でもね、うちみたいに、ドジョウだけしか扱っていないような、品数も少なく、毎日同じことの繰り返しの店は……あまり気はしのきくヤツは、飽きちまって続かないっていうんですよ」

「そういうものですか」

「だから、少しくらい鈍な方がね、うちのような店はいいんだよ」

「……あ」

たしかに、どぜう汁にいれる牛蒡など、その役を受け持った者は日がな一日、牛蒡かきばかりをさせられることになる。よほど根気のある者でなければつとまらない仕事ともいえた。

「さぁ、そろそろ店を開けるのに、めそめそしてたらいけねぇよ」

伊代はコクンと頷いて、前掛けでゴシゴシと顔を拭いて、裏の井戸に水を汲みに行った。やはり水汲みや牛番が一番性に合っているような気がした。

伊代は、時々、七三郎を連れて小梅に行く。このごろは、七三郎も歩けるようになったので、竹屋の渡し船に乗っていくこともあるし、歩いたりおぶったりしながら吾妻橋を渡って行くこともあった。

小梅の屋敷の近付くと、三味線の音が響いてくる。

「ごめんくださいまし」

そう声をかけると、ピタリと三味線の音色が止まる。伊代が庭にまわると登美（とみ）はカラリと障子を開けて縁側に出てくる。髪はいつも結わずに無造作に横櫛（よこぐし）で留めていた。そして、いつも伊代の背中の七三郎のことは、ちらりと見るばかりである。

「……旦那さんは、まだ上方から戻らないのかい？」

登美は、小さく咳（せき）をしながらも、煙草盆（たばこぼん）を引き寄せて、煙草を吸っていた。

「はい。上方で地震にでも遭ったんじゃないかと、それは気にかけているのですが……」

「あのね……」

登美は、クスッと笑った。

「案外、あの人のことだから……吉原（よしわら）あたりでグズグズしているんじゃないかしら」

「えっ？」

「上方行く、なんて法螺話（ほらばなし）で、本当はずっと吉原とか深川（ふかがわ）なんかで遊び呆けていたりして」

「……そんな」

伊代はにわかには信じがたいと思ったが、よく考えてみると、あの旦那ならば、そんなこともありそうな気もした。

「やっぱり外の風はまだ冷たいね」

そう言って、立ち上がった瞬間、登美は激しく咳込んで前のめりに膝をついた。

「おかみさん！」

伊代が駆け寄ろうとした瞬間、ゴボッと登美は血を吐いた。

追い払うように登美は手で遮り、「梅や、梅や……」と小女を呼んでいる。小女が飛んでくると、手拭いで口元を拭い、「早くお帰り」と、何事もなかったような平気な顔をして大きく息をついた。

登美は労咳に冒されていた。七三郎に伝染することを登美は恐れていることに、伊代はその時はじめて気付いたのだった。

「さぁ、さぶちゃん。帰ろうね。おっ母ちゃん……病気だったんだね」

伊代は、七三郎の手を引いて歩きながら、なんだか急に泣きたい気分になっていた。

そのまま帰るには早すぎるような気がして、伊代は竹屋の渡しで待乳山の河岸に渡った。そこから北にいけば吉原だ。

「伊代ちゃん、おんぶしてぇ」

と疲れてきた七三郎が甘えるので、背に負って吉原の近くまで行ってみたけれど……さすがに女の身で、しかも幼子を背負って中に入ることなどできるはずもない。吉原近くの編み笠茶屋のあたりで日も暮れかかってきたので、伊代は、すごすごと帰ろうとして、はっと立ち止まった。

「……あれ？」

大門の手前あたりの雑踏の向こうに、三味線を抱えて流している新内の二人連れがヒョイと現れた。男の方は粋な縞の着物の尻を端折り、頭には豆絞りの手拭いを吉原被りにしている。

「もしかして……」

後ろについて三味線を弾いているむっちりした女の姿に記憶があった。

数日前の朝、伊代がいつものように七三郎を近くで遊ばせながら店の前で牛の糞取りをしていると、「駒形のどぜう屋はここかい？」と、女の声がした。ちょっとかすれたような色っぽい声だ。実は、駒形どぜうにやって来る客は、ほぼ全員が男である。女の客は、ひと月に数えるくらいしか来ない。

「……女の客ですよ」

と、通しもののときに女中が小声で料理場に声をかければ、「なに、女？」と、煮方から、お燗番まで、こっそり配膳口から覗いて見るくらい、女の客は珍しかった。当時は、女性が出歩くことが少ない上に、ドジョウを好んで食べに来る女など、そういなかったのである。

女客というだけでも珍しいのに、連れもなく一人というのは、もっと稀なことだった。

今、道の向こうを流してゆく新内の片割れは、その時の女だったのである。

「あの人、新内流しだったんだ……ええっ？」

ふっと顔を上げた吉原被りの男が……元七とそっくりだった。

「……旦那さん？」

「あれぇ、どうしたんだ？」

気付いてこちらを見た元七は、しれっとした顔で笑いかけた。

とても半年も家を空けていた主の態度には見えない。昨日あたり、ふらっと吉原に来たのを見とがめられたような顔であった。

「な、なにしているんですかッ！」

思わず伊代の方が声高になった。どぜう屋の主が、なぜ新内流しになってしまっているのか、まったく理解できなかった。

「ちっと、その……見ての通りの流しの新内さ。わっちァー新内が好きで……」

「なんでこんなところで新内なんか……!?　みんな心配してたのに！」

伊代は、元七の手をむんずと両手で摑むと、ぐいぐい引っ張って歩き出した。

「お伊代さん、いてぇいてぇ……帰るから、この手を離してくれ」

ここで逃げられたら、たいへんだと、とにかく連れて帰らなくてはという思いで伊代は頭がいっぱいになっている。

「お父っちゃん、お父っちゃん」

と、七三郎が大声を出すので、思わず伊代は、七三郎を元七の背に押しつけた。

「さぶちゃん、久しぶりにお父っちゃんにおんぶしてもらおうね」

「おいおい……七三郎、ずいぶん重くなったなぁ」

先ほどまでのいなせな新内流しは、子供を背負った情けない姿になった。

伊代は思わず半泣きになって、元七の袖を握りしめた。

「お伊代さん、なに泣いてるんだよ。牛番がつらいかえ?」

「いいえ……旦那さんが無事で。よかった」

「泣くな、泣くな。外聞がわりィや。ちゃんと一緒に帰るから、鼻かみなよ」

「うふふ。『恋は思案の外、欲は分別の内』ってね。早く帰ってやんなさいよ」

連れの新内の女は、伊代の姿に覚えがあったのだろう、そばに立ったまますくすと面白そうに笑って見送った。

「この人、帰るに帰れなくて、あたしを店に物見に行かせたりしてたんだから」

元七は、都合の悪いことは聞こえないふりをして呑気に新内節の一節などを口ずさみながら歩いていく。

それは、たしかに惚れ惚れするような、いい声だった。

店じまいしようとしていた〈駒形どぜう〉では、いきなり吉原被りに着流しの男が、七三郎を背負い、しかも三味線を持った伊代と一緒に入ってきたので、大騒ぎになった。

「旦那さんッ！」

正どんが、入口で叫ぶと、「えっ、旦那さん？」とハッが戸口に突進してきた。

「なんですか、その恰好は！　また新内なんか……！」

実は、元七は、十七、八の頃から新内に凝っていて、もともと器用な男だから、そこそこの腕前だったのである。

「お伊代さん、いったいこれは……」

ハツは、ものすごい剣幕で、伊代にまで怒鳴りつけた。

「あのぅ……小梅の帰りに、見つけたんです」

「まぁッ、やっぱり吉原！」

ハツは奥へ向かって叫んだ。

「ご隠居さん、シナさんッ、旦那さんが帰ってきましたよッ」

その大声は、近隣の家にも響き渡るほどだった。

「旦那さん！　まったく今の今まで、店をほったらかして、それでも店の主ですかッ！」

と、振り返りざまに元七には、障子の桟が震えるほどの怒声を浴びせかけ、怒鳴るだけでなく、元七に飛びつくと、乱暴に襟元を引っつかみ、ぐいぐい引っ張りまわした。

正どんや伊代の方がびっくりして、「まぁまぁ」となだめるのに、ハツは聞く耳を持たない。

「ご隠居さんや、ご先祖様に申し訳がたちませんよ。ご仏前(ぶつぜん)にぬかずいてお詫びなさいましッ」

と、怒鳴りながら、元七を仏間へとぐいぐい引っ張ってゆく。

「お初つぁん、堪忍(かんにん)、堪忍……あやまる、あやまる」

かぞえの六つで奉公に上がったハツは、もともとは店でさんざん飲み食いした父親に、支払いのカタに置き去りにされたのであった。平蔵が養子に来る前の話で、のちに元七が生まれると背負って子守をしたという間柄だから、元七はハツには今も頭が上らない。

ところが、怒っているはずのハツは、いきなりワーッと顔を覆って泣き出したのである。

「……まったく人騒がせな奴だよ」

裏から飛び出してきた平蔵は、騒ぎに驚きながらも、安堵(あんど)のあまり手拭いで顔をゴシゴシこすっていた。

それにしても、上方で修業をしてきたのだ、と言い張る元七は、たしかに以前とはどこか違って見えた。

「なんか……兄さん、帰ってきてからヘンじゃない？」

最初に異変に気付いたのは、妹のヒナだった。

「たしかに、そう言われると……」

正どんも、薄々気付いている。

「あたしも、なんか気になってるんですよ。見た目は同じだけれど、中身が別人みたいで……」

と、ハツも首をかしげた。

どこが、と聞かれても誰も答えられないのであるが、なんとなく、何かが……昔の元七とは違っているのであった。

帰って来るなり、元七は、どぜう汁を飲んで、

「うーん、やっぱりうちのどぜう汁はうめぇなぁ」

と、椀(わん)を握ったまま、しみじみ呟いている。

「……何、言ってンのよ。今さら」

ヒナたち店の者が返す言葉もなく見ていると、もう一杯よそって、まじまじと椀の中を覗いている。

「あのさ。汁っていうのは……〈汁だね〉と汁の濃さの関係が肝心(かんじん)なんだ。おすましみたいな軽い汁には、ワカメみたいな軽いタネが合うし、大根みたいな水っぽいタネには薄い味噌汁、芋みたいな重いタネには濃い味噌汁……〈汁だね〉と〈汁の濃さ〉には何か決まりがあるんだな」

店の者が、旦那はへんだ……と思いはじめたのは、元七がこんなことを言い出しはじめた頃からであった。

どぜう汁には、ささがき牛蒡を入れる必要があるから、駒形どぜうでは毎日大量に牛蒡を〈ささがき〉にする。

「牛蒡かきってのはさ……」

元七は、いきなり卒塔婆のような長い板きれを持ってくると台に腰かけて、その足元には水を張った盥を用意した。そして板きれの先を盥の水に浸け、左足で支えた板に牛蒡を当てるように左手で持ち、スッスッと小刀の先で削ぐようにかいてゆく。

それは今まで誰も見たことのないような〈ささがき〉のやり方だった。

ヒラヒラと、ささがきになって足元の盥の水の中に落ちてゆく牛蒡は、透き通るように薄く、しかも左手は器用に牛蒡をまわしているから、一片にはきれいに皮がついていた。

「こうやって上から下へ、下へ……とこそげるようにかいていくと、同じような大きさで、透けるほど薄くかけるんだ。そのとき、いくら薄くても必ず皮を付けておくのが肝心だぜ。ほら、めぇたちもやってみな」

以来、駒形どぜうでは、この独特の牛蒡かきの方法が定着した。

牛蒡だけではない。元七は、飯の炊き方にもうるさくなった。毎朝、炊きたてを一口食べては、「しだしがたりねぇ」、「火加減が悪い」などと小言を言っている。水加減は、計ればいいが、火加減はなかなかむずかしかった。それが、上方での修業から戻って来た元七は、どこで習い覚えたのか、〈飯の早炊き〉の名人になっていたのである。

急に客が立て込んで、飯を炊くのが間に合わず、客止めにしようかというときなど、「ちょっと待て」と、それこそ、客が煙管を出して煙草を一服吸って、女中と無駄話でもしている間に、飯を炊きあげてしまう。

秘訣はいくつかあった。まず米を炊く釜に水を入れ湯を沸かす。水から炊かずに温かい湯で炊くのだ。しかも湯の沸いた釜に、後から米を、釜の縁にぶつけるようにして入れるのである。そうすると米に浮力がついて軽く積み重なるため、ふっくらと炊きあがる。

「まぁさ、だてに諸国漫遊していたわけじゃねぇ。京は三条大橋の近くにある美濃屋吉兵衛っていう、京じゃ有名な川魚料理屋があって、そこの板場に潜り込んで、ちっと修業してきた、ってわけサ」

「美濃屋といえば、京都所司代から認められた川魚生洲料理八軒のうちのひとつ……たいへんな大店じゃないか。よくそんな大店の板場に……」

平蔵は驚愕のあまりオロオロ声になった。

実は、思いがけないことに同行した信太郎が役に立ったのである。

信太郎は、母方の縁者が大坂高麗橋で古くから艾屋を構えており、併設していた鍼灸所の医者が名医だったので、京からわざわざ点を下ろしてもらいに来る患者もあとをたたなかった。その中に美濃屋の主もいたのだ。

「浅草で五十年どぜう屋をやっている」などと言っても相手にしてもらえないが、大坂高麗橋の艾屋の紹介、といえば下にも置かぬ対応であった。

「それが、女将さんのりせさんっていうのが、太っ腹な女で、面倒見がいいんだな。信さんの口添えもあって、すんなり板場に入れてもらえたのさ」

元七は美濃屋のつてで、紀伊の南部まで足を延ばし、炭焼きまで修業してきたという。

「炭焼き？」

「おう、炭焼きなんざ、半月もあれば誰でもわかるようになるぜ」

店の者は半信半疑で聞いている。

「炭は、備長炭がいっちだけどな、炭屋ってのは、必ずまがいものを混ぜるから、本物の〈馬目樫〉かどうかちゃんと見分けねぇとだめなんだ……」

元七は、店にある炭の端に唾をつけて逆側からぷーっと吹いてみせた。

「こいつは駄目だ。本当の備長炭なら、こっちから吹くと、唾つけた方がブクブクと泡立つものなんだ。それに、炭と炭をぶつけたとき、備長は音が違う。本当の備長炭はキーンという音がするんだぞ」

元七が手にした炭でもう一方の手の炭を叩いてみると、ブスッと鈍い音がした。

「こいつはいけねぇや。違うのが混ざってるな。これからは、もっと炭もしっかりしたものを仕入れないと……」

ハツは狐につままれたような顔で、たまらずに尋ねた。

「旦那さん……どうしちゃったんですか」

「なんだ、お初つぁん」

「なんか別の人みたいになっちゃって」

「ははは、父つぁん、お初つぁん、わっちァ京に上って改めて気付いたんだが、うまい飯屋っていうのは……客がたくさん来る店なんだよ」

元七が得々として語るのを、平蔵は渋い顔をして見つめている。

「……あたりめぇじゃねぇか」

平蔵は、ため息のように小声で呟いた。

「いやさ、あたりめぇだと思うだろ？　うまい飯屋だから客が押しかける……って。でも、逆なんだな」

平蔵もハツも怪訝そうに首をかしげて聞いている。

「客がたくさん来るから、たくさん作る。特に川魚みてぇな小魚は、量が大事なんだ。たくさん作らねぇと、いい味がでねぇ」

元七は、京に乗り込むと、新内語りとして方々の料理屋の座敷に出入りするようになった。

帰りはご祝儀と一緒に、その日の座敷の料理を折に詰めて持たせてくれる。元七は、そうやってそれぞれの店の味を吟味した。

その中で元七が目を付けたのが美濃屋だった。美濃屋の戸口には、〈うなぎ　どぜう〇(まる)〉という看板がある。〈〇〉とはスッポンのことである。美濃屋のどぜう汁は、赤だし味噌で仕立てたものだった。

赤だしは色は濃いが、味はいたってあっさりとしている。どぜう汁は、とろっと濃厚なものだと思っていた元七には意外だったが……それがなぜか美味かった。

「わっちァー、そのからくりを突き止めてやろうと、美濃屋に潜り込んだんだけどさ……」

結局、わからなかった。どぜう汁の作り方など、基本はどこも同じようなものなのだ。ただ……江戸では醤油と砂糖で味付けした、とにかく濃い味が好まれるから、出汁(だし)というものにあまり頓着しないが、上方は江戸と違って昆布(こんぶ)の出汁を取る。

「特に卵焼きや野菜の煮付けは、江戸とは全く違う味なんだ。なにかその……料理っていうのは、料理するものそのものから出る〈うまみ〉っていうのが大事なんだろうなぁ、でなきゃ、上方のあの薄味が美味いわけねぇんだ。その〈うまみ〉は、昆布なんかで取る出汁、っていうより……量の問題なんだな。いっぺんに煮る量が、うちなんかと比べて美濃屋は桁違いに多いのサ」

実は、〈どぜう汁〉というものは、鰹節や昆布などの出汁はいっさい取らない。ドジョウそのものの出汁だけが旨味の素になるのである。

「だから、うちにも美濃屋ほどの客が来れば、もっとうまい味が出るに違いねぇ」

ガハハ……と、朗らかに笑う元七を、平蔵は呆れたように見つめている。

「まったく、おめえはそんな夢みたいな戯言を……」

「もしかして伏見稲荷でキツネでも憑いたんじゃないでしょうね」

ハツなど、真顔で元七に詰め寄ったほどであった。

数日後、正どんがハツを小声で呼び止めた。

「さすがにお初つぁん、たいした眼力ですね」

「えっ？」

正どんは、大真面目で感心している。

「たしかにうちの旦那には、憑いてるみたいです……」

「なに？」

「……キツネ」

「旦那さんがキツネ憑きに？」

「ええ。一匹……」

首をかしげるハツの前で、正どんは、困ったように小指を出した。

「まぁ、女？　そういえば、なんかこの頃、夕方になるとソワソワしていておかしいとは思ってたんだ」

「伏見のお稲荷さんあたりでくっついてきたんじゃねぇでしょうか」

「いやだよ……旅の道連れかい？」

「新内流しですかね。旦那は、駒形河岸に家を一軒借りてやって、せっせと通っているようです」

正どんは、ふらふらしている主をいつも捜し回っているので、今回も元七が通いつめている女の居所をすぐにつきとめてしまった。

ちなみに、駒形町でも、どぜう屋の向かい側……提灯屋や仏師の東雲の家の裏手、川岸に面した河岸通りには、音曲の師匠が多く、通称〈お妾横丁〉と呼ばれている。

元七の方は、正どんに見つかってもあっけらかんとしていて、隠し女の後ろめたさは微塵もなく、逆に嬉々として女を紹介したというのだ。

「この人ァ、お百さんていって……気の毒なんだ、京で連れの旦那に見捨てられてサ、ちょうどおれも新内流しで稼いでいたところだから、これ幸いと、道中一緒に稼ぎながら江戸に戻ってきたってわけよ」

元七のうじゃじゃけている姿に、正どんの方がどんな顔をしたらいいのか困ったほどだという。

「それで……どんな女なんだい？」

ハツもヒナも……女たちは、興味津々で根掘り葉掘り聞いてくる。

「どんな、って……なんかこう、むっちりした、目玉の大きな、メザシみたいな女で。お百さん、って名前だそうです。なんでも『妲妃（だっき）のお百』の彫り物背負（もんも）っているとかで」

「……モンモン」

「京からの帰りの道中は、その〈メザシ〉と組んで流していたそうで……」

もともと新内節は、夜の町に出るときは、〈本手（ほんで）〉と〈上調子（うわぢょうし）〉の二人一組で流すものである。

なんでも〈メザシ〉は、日本橋の旦那のお供で宇治まで来たというのに、つまらない喧嘩から旦那と別れ、知る人もない京の都で途方に暮れていたというのだった。

「それで、そろそろ江戸に帰るか、ってぇんで、このお百さんと二人で夜な夜な宿場を流しながら帰ってきたわけさ」

どう考えても体のいい用心棒にされたとしか思えないのだが……本人は人助けしたつ

もりで得意満面であったと正どんは語るのだった。

「兄さんたら、すっかり取りのぼせちゃって……」

「それにしても、なんでうちの旦那さんは、芸者衆につけ込まれちゃうんだろうねぇ。お伊代さん、〈メザシ〉のことは〈小梅〉には内緒だよ」

ハツに念を押されて、伊代は神妙な面持ちで頷いた。

「それにしても、旦那さんのお相手って、きれいな人ばっかり。小梅のおかみさんだって、人形みたいに色が白くて……」

ふつうは一人の男のものになって眉を落とすと老け顔になるものだが、登美の場合は、剃り跡も青々とした眉が、黒目がちな瞳をいっそう際だたせて独特の雰囲気を醸し出していた。

「まぁねぇ。兄さんは、義姉さんのアレ、で女房にすることになっちゃった、っていうんだから」

「アレ？」

「……眉毛」

ヒナとハツは、やれやれと顔を見合わせて笑っている。

元七が、まだ独り身の頃、新内に凝って、夜な夜な色街を流していたとき……当然、夜が遅くなって、昼近くに帰ってくることもあった。そんなある日、ある芸者屋の庭に盥を出して、諸肌脱ぎ（もろはだぬ）になって襟（えり）の後れ毛を剃っている女の姿があった。元七が、ヒョイと見ると……顔見知りの姐（ねえ）さんだ。剃刀を危なっかしく遣っているのを見かねて、元七が声をかけると、ちょうどいいから剃ってくれと頼まれた。元七は、もともと手先が器用な方だから、上手に剃ってやると、ついでに顔の方もあたってくれと言う。

　元七がおやすい御用と、顔の産毛（うぶげ）を剃っているとき、何かのはずみで登美が動き、眉をちょっと剃ってしまった。あっと思ったときはもう遅い。

「しようがない、全部、剃っちまって」

と、思い切りよく言うので、元七も言いなりに両眉をきれいに剃った。と、その瞬間、

「……こうなったら、おかみさんにしてもらわなくちゃ」

と、登美はそう言ってにっこり笑ったのだという。

「それで？」

「そう、それで女房に」

「そんなことって……」

　伊代は、にわかには信じられなかった。

「あたいだって、開いた口がふさがらなかったわよ」

　ヒナは口をとがらせている。

「まったく、今度は、またメザシみたいな新内流しに引っかかっちゃって……」

ハツも、やれやれと大きく息をついた。

元七が江戸へ舞い戻ってからも吉原を流して稼いでいたのは、この女の借家を借りるための金を稼ぐためだったのだろう。

「いやもうただの新内流しじゃないみたいですよ。なんかこう……飛び切り上等な女でして……逆に、うちの旦那さんなんかには、不釣り合いなくらいで……元をただせば、そのメザシ、なんでも日本橋の芸者あがりなんだそうです」

「何言ってんだい、正どん、しっかりおしよ。日本橋芸者が、京の都で門付けなんぞするものかね。うちの旦那は人（しと）がいいから、すっかりメザシにたぶらかされているんだよ」

ハツは、頭が痛くなったらしくて、こめかみのあたりを押さえている。まったく家の主が帰ってきたらきたで、問題の種が増えるばかりであった。

実は〈駒形どぜう〉が、地道に商売しても蓄えが全く出来ないのには原因があった。

「今日は晦日（みそか）で……楽屋新道（がくやじんみち）のご隠居さんが来る日だよ」

そっと、正どんが伊代に教えてくれた。

「楽屋新道のご隠居？」

午後になって、下げ髪にした老女が店にやってきた。連れの若い娘は、派手な着物に、頭には大きな珊瑚の五分玉の簪をつけている。

「さぁ、みんな好きなだけお食べ」

と、二人ほど連れていた相撲取りにも大盤振る舞いである。

「あれが、大纏だよ。広小路にある蕎麦屋の倅だ」

正どんが小声で教えてくれた。大纏の名は、伊代も聞いたことがあった。土地っ子の人気の関取である。

「……ったく、いい年して、あんな裸芸人を連れて歩いて」

この大纏を贔屓にしている羽振りのいい老女が、この店の初代助七の妻げんであった。

「ちょいと、宮下の聯に埃がたまっているよ。お初つぁん、あんたが店にいて、どうしてこんなだらしのないことをさせておくんだい？　ちゃんと主に意見するのも奉公人のつとめだろ」

「へい……」

さすがのハツも、初代の妻の前では小さくなっている。

聯というのは、品書きと値段を書いた板状のもので、神棚の下に並んでいる。

ご隠居のげん婆さんは、ハツには声をかけるものの、平蔵のことは、まったく無視して声もかけない。元七は、もともとこの老女のことは毛嫌いしているから、ふくれっ面で奥の煮方に立ったまま、店に出て行こうともしなかった。

初代助七と妻のげんの間に、子がなかったことから、初代の兄吉平の三男だった平蔵が十六歳の時にもらわれてきたのだが、この派手好きの養母と平蔵はそりが合わなかった。

初代が探して妻合わせた平蔵の妻トメとも、げんは当然のことながら反目した。

初代助七が亡くなってから、げんの横暴はますますひどくなった。すでに跡目養子の平蔵が二十六歳になっていたというのに、頑として家督をゆずらず、自らが当主となって所帯を切り盛りしはじめたのである。同時に、自分の弟である錺屋の政吉の娘のあさを可愛がり、このあさに養子を取って、どぜう屋の二代目を継がせようとさえ目論んでいた。

当然のことながら、げんの嫁いびりは凄烈をきわめた。トメをいじめ倒して、いたたまれないようにすることで、平蔵ともども追い出してしまおうという魂胆だったのである。

しかし、すでに平蔵夫婦には、元七も誕生していた。初代が亡くなった年に生まれたこの嫡男を、平蔵は、自分を葛飾の田舎から呼び寄せてくれた叔父の生まれ変わりと信じ、夫婦は、どうにかこの子に店を継がせたい、という一心で、この養母の迫害に耐え続けた。

その間には、妹のヒナも生まれたのだから、夫婦仲はよかったのだろう。

ところが、この生まれたばかりのヒナを、げんは、奪うように勝手に養女に出そうとしたのだった。さすがにトメの我慢も限界に達した。

「元七をこの家に置いて、二人でやり直そうか」

平蔵も精根尽き果てて、養子縁組を解消し、トメと家を出ようと思ったどいう。

「いいえ。おっ母さんは、あたしのことが気に入らないだけなんです。あんたはこの家の跡目養子で、それは世間も認めていることですから、どうぞもうしばらく辛抱して、この家で元七とヒナを守っていって下さい」

この時は、親戚に間に入ってくれる者があり、ヒナを養女にはやらないかわりにトメとは離縁する……ということになったのだった。

その後も、げんのわがまま三昧は止まらず、湯水のように店の金を使うことから、見かねた周囲の人々が仲立ちとなって、げんをどうにか説得して隠居させ、平蔵はやっと二代目を継ぐことができたのである。

隠居する条件として、隠居所は浅草から芝居小屋の並ぶ猿若町に通じる、通称〈楽屋新道〉に構えること、毎月五両を小遣いとして渡すこと……と言いだした。平蔵は黙ってその条件を呑んだ。

「相手は、婆さんだ。平蔵、辛かろうがいましばらくの辛抱だぞ」

その当時、親戚の者はみな口を揃えてそう言ってくれたものだったが……以来十数年、げん婆さんは元気いっぱい、毎日のように芝居小屋に通い、家には相撲取りから役者まで呼び寄せて好き勝手をやって暮らしている。

帰りに平蔵は、黙って金包みを養母に差しだした。毎月一回、店の売り上げから五両の金を養母に渡すことは、店にとっては重い負担になっていたが、げんは、どこ吹く風で一向に頓着（とんじゃく）していない。

「おトメさんは、達者かね？」

いつも金を受け取る時だけ、げんは平蔵にそう尋ねる。

「……へぇ」

嫌味（いやみ）とわかっていて、そのたびに、平蔵は無表情に頭を下げる。

離縁された後、身寄りのなかったトメの食い扶持くらいは店の金で……と平蔵は思っていたのに、トメは意地になってその援助を受けようとはしなかった。それでも賃仕事くらいでは食べてゆけず、数年前から勧める人があって、トメは油問屋（あぶらどんや）のご隠居の元に妾奉公（めかけぼうこう）に上がっている。

「よくもまぁ、自分の女房を油屋なんかの妾にして、いけしゃあしゃあとしていられるもんだわねぇ。そんなにまでして店が大事かねぇ……ああ、あさましい」

げんは平蔵の顔を見ながらチクチクとそんなことを言いながら店から出て行くのだった。しかし平蔵はもう慣れっこだった。

……それほどまでしても店を守りたかったのだ。

平蔵は養母に嫌味を言われるたびに、その言葉を心の中で反芻していた。しかし、店を守りたかったのは、いったい誰のためなのだろう。恩のある叔父のためだろうか。次の世代を担う倅のためだろうか。あるいは、単に自分の意地のためだけなのかもしれなかった。

「親父さん……いいかげん、あの婆さんに金を渡すのをやめられないか」

げんが帰ったあと、料理場から店に出てきた元七は真顔で詰め寄った。

「……どんな人でも、わしにとっては養母だ。約束は反故にはできんよ」

平蔵は、何もなかったように平然としている。

「この間、おっ母さんに会ってきたわよ」

ヒナは毎月、本所にあるトメの家を訪ねている。たまには孫の七三郎を連れて行くために伊代も一緒に行った。

見越し松の植わった、いかにも妾宅という風情の小さな家は、小女とトメの二人住まいで、いつもシンと静かで清潔感に溢れていた。

「まぁ、世の中からは妾と言われてはいるけれど、なに、お相手は八十過ぎのおじいさんだもの、別になんてことないし、女中みたいなものなんだよ」

隠居の佐平は、万年青の栽培だけが楽しみという温厚な老人で、ヒナのことも、もちろん駒形どぜうのことも納得ずくでのことだから、気兼ねはなかった。

「今さら家族が一緒になることはなくても、それぞれが無事暮らしていることだけでもありがたいと思わなくてはな」

そう呟く平蔵が、元七もヒナも歯痒くてならない。

「ちぇっ、まったくいくら稼いだって、あんな蛭みたいな婆さんに吸い取られるかと思うと張り合いがねぇや」

元七がいまいましげに舌打ちすると、平蔵はますますうなだれるしかない。

どこの家にも表沙汰にできない事情がある。それが、こうした小さな店だと奉公人や世間にまで家の内情がむき出しになってしまう。倅にまでポンポン言われているご隠居の横顔を垣間見ていると、伊代は、いたたまれないような気持ちになるのだった。

安政二年は正月以来、天候不順に加えて妙なことが江戸では続いていた。

十月だというのに妙に蒸し暑く、数日前から雨が降り続いている。

と、その時、店の裏から女中たちの騒ぐ声が響いてきた。

「おい、どうした？」

元七たち男衆が飛んでゆくと、女中たちは店じまいして母屋の女中部屋へと引き揚げようとしたところだった。樽の中のドジョウたちが異様に跳ね回っているので大騒ぎになったらしい。それもひとつの樽だけではない。並べてある四斗樽すべてから飛び跳ねる音がするのである。

「なんだこりゃ……こんなに跳ねられちゃ、ドジョウの身が痩せ細っちまうぜ」

ドジョウはなるべく暗くて低温のところに静かに保管しておかないと、みるみる痩せてしまうものだ。

「どうしたんでしょうね」

番頭の正どんや巳之吉もやって来て、不思議そうに樽の中を見つめている。

「雨は上がったようだな」

元七は、ふっと空を見上げた。雨が上がった空には、糠星と呼ばれる小さな星までが気味悪いくらいにまたたいている。

「……今日は月初めだから月がないだけに、星がきれいですね」

ちょうど湯屋から戻ってきた伊代は、七三郎の手を引きながらみんなが星空を見上げているのでつられたように空を仰いだ。

一瞬、夜空に雷光のようなものが光った。

「稲妻？」

みんなポカンと空を見上げている。

その瞬間、ゴーッと地鳴りが響いてきたのだった……。

四、鯰もおどる神の留守事

その日……安政(あんせい)二年十月二日。

「……なんだ？」

と、店じまいして母屋(おもや)に戻ろうとしていた店の者たちが空を見上げた瞬間、地鳴(じな)りと共に、ユサユサと地面が揺れはじめた。

「地震だーっ！」

元七(もとしち)が叫んだ瞬間、ドンと突き上げるような激しい揺れに、その場にいた店の者たちは、跳ね飛ばされるように地面に転がった。物が落ちて毀(こわ)れる音、みしみしと家鳴りの音が響き渡る。

「あぶねぇ！」

元七は、とっさに七三郎(しちさぶろう)を横抱きにして、尻餅をついた伊代(いよ)の腕を取って、軒下へ引っ張り込むと、眼前にバラバラと屋根瓦(やねがわら)が落ちてきた。

「おう、みんな無事かーっ」

元七が声をかけると、巳之吉も正どんも起きあがろうとしているのだが、まだ地面が揺れているので這いつくばっている。女たちは、互いに声もなく抱き合って蹲っていた。

この日は二日で、ほとんど月が見えなかったから、伊代の取り落とした提灯が燃え尽きてしまうと、あたりは一瞬のうちに、真っ暗になった。

「ご隠居さんはっ？」

ハツの大声に、みんなハッと我に返ると、店の方から、

「おーい」

と、間延びした声がして、平蔵が、丸に〈ど〉と描かれた提灯を下げて足をガクガクさせながらやって来た。

店の裏にいたご隠居は、とっさに鴨居に下げてあった提灯に、消し壺の消し炭から火を取って駆けつけてきたのである。

なかなか止まない揺れに、砂埃をまき散らしながら近所の家が倒壊する音がした。店はびくともしない様子で建っていたが、この様子では表の道に出た方がいいだろうと、元七たちは、声を掛け合いながら、どうにか表通りに出た。

目の前の提灯屋の大嶋屋は、ようようと立っているが、隣の仏師東雲の家はすでに倒壊していた。

「東雲師匠！」

元七や店の者が大声で叫ぶと、「ここだ、ここだ」という声が聞こえた。すでに脱け出して表通りに出ていた東雲と数人の弟子たちが、倒壊した家を見つめている。提灯屋の音次郎も、女房のサトと子の手を引いて、河岸通りの方から出て来た。

「すごい地震でしたね」

揺れが収まってきて、みんなホッと顔を見合わせた。

「まずは東雲師匠、うちの座敷にお入ンなさい。音さんたちも、うちで様子をみなせえ」

「そうさせてもらうか。うちも次にグラッと来たら、倒れそうだぜ」

隣の東雲の家が崩れてしまったので、支えを失った提灯屋は今にも倒れそうになっている。

正どんが、ゆがんで開かなくなった店の戸に体当たりして戸を開けると、ゾロゾロと東雲一門と音次郎一家が入れ込みの座敷に上がった。座敷には、神棚の榊などが転がり落ちていたが、もともと物を置いていないこともあり、それほど被害はないようだ。

「お初つぁん、すぐ、火をおこしてくんねぇ」

元七は、店の中に戻ると、いきなり料理場に飛んで行って米をとぎ始めた。

「飯を炊くから、女子衆はみんな手伝え！　家の片付けなんて、後だ、後だ！」

すでに川向こうでは火の手が上がりはじめていた。

ねじり鉢巻で米をといでいた元七は、あたりに散乱した鍋などを片付けていた巳之吉に気付いて声をかけた。

「巳之さん……めぇ、店のことはもういいから、家に帰りねぇ。おかみさんのことが心配だろ？」

「へぇ……」

巳之吉の女房は身重で、今日にも産まれそうな状況であった。

律儀なこの男も、やはり女房の事が気になるのだろう、「じゃ、わっちはこれで……」と、頭を下げると、すぐさま飛ぶように出ていった。

「あ、巳之さん、提灯持っていきなよ。足元があぶねぇぜ」

無手で飛び出して行った巳之吉に気付いて、元七は、近くにあった提灯に火を入れて、あわてて追いかけていった。

女たちは、みんなで薪をつぎ、元七伝授の早炊きで、どんどん飯を炊いていった。ちょうど地震が来る前まで働いていたので、みんな袂には襷を入れてある。

「さぁさ、炊きあがったところから握り飯をこさえよう」

ハツのかけ声に、みんなくるくると襷掛けすると、炊き上がった飯をお櫃に入れて店の座敷に運び、そこでせっせと握り飯を作りはじめた。

前の通りには、被災した人々が広小路の方へと逃げてゆく。

「お初つぁん!」

飛び出していったはずの元七と巳之吉が、しばらくして息を切らして戻って来た。

元七が、根掛(ねが)けも取れて髪を振り乱した女を肩に抱えている。

真っ青な顔の女は、東雲の弟子たちの手を借りて、店の座敷に寝かされた。

「道に倒れていた女が、なんか急に産気付いたというんで……」

「まぁ!　そりゃたいへん……」

ハツはびっくりしたが、この店ではハツもヒナも未婚なので、オロオロするばかりである。

「こんな時にまぁ……赤子なんて」

「いやもう、たいへんだったんだぜ」

巳之吉が所帯を持っているのは、駒形から西に少し行ったところの森下(もりした)なので、堀田原(ほったばら)へ続く瓦礫(がれき)の道を元七が行くと、

「泥棒!」

という女の悲鳴が聞こえた。慌てて駆け寄ってみると、すがりつく女を突き飛ばし大きな葛籠(つづら)を担いだ男が逃げていこうとするのを、巳之吉がもみ合うように止めているところだったのである。

「巳之さん！」

蹴飛ばされて地面に転がった巳之吉は、提灯を持って追いついた元七に引き起こされた。

倒れた女にわけを尋ねると、地震で崩れた家から葛籠を持ち出し、身重の体でヨロヨロと担いで逃げていたところ、後ろから来た屈強そうな男が、担いでやろうと声をかけてきたのだという。女としては申し訳ないのと、心配なのとで断ったが、なおも男はついてきて、そんなに心配ならば、自分の持っているこの小さい風呂敷を代わりに預けるから……としつこく食い下るので、女はすでに精根尽き果てていたこともあり、とうとう小風呂敷を受け取ると、葛籠を渡したのだった。そうしたところ、案の定というべきか、途中で、男は女の葛籠を背負ったまま逃げようとした。

そこに巳之吉が、女の悲鳴に駆けつけたので、男は女に預けた風呂敷包みはあきらめ、葛籠だけを担いで逃げ去っていったのである。

葛籠を失った女は、失意のあまりもう立ち上がる気力もなくなっていたが、同時に陣痛がはじまったらしく、痛みに呻く姿を放っておくこともできず、元七は巳之吉に提灯を持たせ、女を連れて戻ったのだという。

「あの、あたしなら……」

と、入れ込みの座敷に避難していたサトが、女のところに来て声をかけた。

「あたしのおっ母さんは産婆（さんば）だったから、見よう見まねで赤子くらい取り上げられるよ。あたしも子供を産んでいるしね。気をたしかにお持ちよ。あんた、名前はなんていうの？」

女は、痛みに耐えかねて涙でクシャクシャになった顔をサトにむけると、小声で「……佐久（さく）」と言った。

サトは、座敷の一部を枕屏風（まくらびょうぶ）で囲い、そばでオロオロする伊代にも手伝いを頼んでテキパキと準備をはじめた。

伊代は、とにかく七三郎に何かあっては、と地震直後から七三郎を背中にくくりつけて働いている。

巳之吉は、その様子を見て安心したのか、すぐにまた家へと帰っていった。

元七は赤子のことは女たちに任せると、料理場に取って返した。

「さぁ、手の空いている者は握り飯を戸板に乗せて」

ヒナたちが、握り飯を乗せた戸板を店の前に出し、「どうぞどうぞ」と道行く被災者に勧めれば、みな「ありがたい、ありがたい」と泣かんばかりに喜んで、頬張ってゆく。

夜を徹して炊き出しをしているうちに、ますます〈どぜう屋〉の店先には人が詰めかけてくる。蔵前（くらまえ）の方からも、浅草寺（せんそうじ）の方からも、被災民は増えるばかりだった。

やがて、店の中からは、元気な赤子の産声が聞こえた。

「あっ、生まれたのかしら？」

店の外で握り飯を配っていたヒナも、手を真っ赤にして飯を握っていたハツも、汗だくで飯を炊く元七も……みんなその産声に何か力が湧いてくるような気がした。

そんな中で、店の前に群がる被災者の流れをかき分けるようにして店に入ってきたのは、裏に住む最中の皮屋の亀吉だった。

「おう、亀吉。家は大丈夫か？」

「うちはもうほとんど潰れそうです。みんな上野の山に逃げました。それより、火が黒船町まで来てますぜ。反対側の仲見世の方も火を噴いてます」

黒船町といえば、駒形の南の諏訪町のすぐ隣だった。

「そいつはいけねぇや。このへんは三方を火に囲まれたら、川に飛び込むしかなくなるぜ」

元七と音次郎が、表へ飛び出してみると、たしかに熱風が吹いてきている。北からも南からも紅蓮の炎が上がっていた。

「元七さん、女と子供だけでも立ち退かせよう」

「おぅ、そうだな。おい、シナ。あとはおれ達がやるから、女たちと、親父さんを連れて逃げろ」

店先のヒナも二人の張りつめた表情にコクンと頷いた。この辺で「逃げる」といえば上野の山に決まっている。

「お佐久さん……起きあがれるかい？」

サトが耳元で言うと、佐久は必死に起きあがった。

「おくるみどうしよう……」

サトはさしあたって使い古しの手拭いを重ねて赤子を包んでいた。

「おう、わっちのこれを使いねぇ。何度も洗って水にさらしているから柔らけぇぜ」

元七が奥から引っ張り出してきたのは、自らの緋縮緬（ひぢりめん）の六尺（ろくしゃく）である。

「まぁ……」

サトは一瞬、その豪華なフンドシにたじろいだが、産まれたばかりの赤子を急いでくるむと、東雲の弟子の一人に渡した。

「……おい、亀吉、めぇはお佐久さんをおぶってやんな」

背中に自分の子をくくりつけた音次郎に言われて、「合点（がってん）だ」と亀吉は、いとも軽々と佐久を背負った。いつも重たい金型（かながた）で最中の皮を焼いている亀吉は、肩の盛り上がったたくましい体軀（たいく）の持ち主なのだ。佐久が泥棒から預かった小風呂敷も、東雲の弟子の一人が抱えた。

「よし、女子衆は……みんな襷を取れ」

集められた女たちは、元七にいきなり言われてポカンとしている。

「早くしねぇ……」

元七は、はずした襷の端を次々と結ばせて、ひとつの大きな輪を作らせた。

「さぁ、この輪の中にみんな入りねぇ。先鋒がシナで、しんがりがお初つぁんだ」

五人ほどいる女中たちが、みな数珠繋ぎに襷の輪の中に入った。

「逃げている途中ではぐれないように……な。一人も欠けちゃならねぇ。さぁおサトさんも入りねぇ」

サトも輪の中に入り、七三郎を三尺帯できっちり体に結わえ付けた伊代も、女中たちに守られるように輪の中心に入った。

「上野のお山で落ち合おう。気をつけていくんだぞ」

女たちは、大きな輪っかの中に入って、その輪に付き従うように、平蔵、音次郎、亀吉、東雲一門の者が固まって上野へと向かっていった。

「兄さん、上野のどこ?」

出立しようとして、ヒナは輪の中から振り返りながら叫んだ。

「……秋色桜の井戸のあたりだ。花見でよく行ったろう?」

上野寛永寺の清水観音堂には、元禄時代の俳人秋色女が詠んだ句で有名な秋色桜と、その下には井戸があった。

「寛永寺が開いているかしら?」

「こういうときだ、開けて下さっているにちげぇねぇ」

上野へと逃げる女たちの姿は、あっという間に逃げまどう人々の波に飲み込まれていった。


店に残ったのは、元七と正どんだけである。まだ独り者の正どんは、いまだに店に寝起きしていて、自分の家同然だから、最後まで店を守る心意気はまんまんだった。

「旦那さん、とうとう諏訪様まで火がきましたぜ」

諏訪様というのは、どぜう屋のすぐ南にある諏訪神社のことだ。

「ちぇっ……」

火事ばかりは、どうしようもなかった。すでに浅草寺の方からも火の手は上がり、駒形町一帯は火攻めの挟み撃ちにあっている。

「元さん、遅くなってすまねぇ」

その時、いつもの甲高い声で叫びながら飛び込んできたのは、店に出入りしている〈と組〉の銀次(ぎんじ)だった。

火消しというのは、火事場で火を消すだけでなく、出入りのお店(たな)の蔵を火から守るために、火に覆われる前に扉などを土で目塗りして密閉する。

「おぅ、手が回らないところ、すまねぇな」

密閉用の土は、〈用心土〉といって蔵の脇にあり、出入りの鳶の者が毎日通っては、この土を足で踏んで、こねては小遣いをもらってゆくのであった。銀次たちは、こんな状況の中で、出入りのお店を回るのにてんてこ舞いになっているのだろう。

「元さん……こいつァいけねぇ！　味噌だ、味噌！」

切羽詰まった銀次の声に、元七が飛んで行くと肝心の用心土の周囲に瓦が落ちて、使い物にならなくなっていたので、元七は料理場に取って返し、正どんに声をかけて、大きな味噌樽を料理場から担ぎ出した。

当時、用心土が使い物にならなくなった場合は、味噌を目塗りに使うのが常識であった。味噌の固さが、用心土のこね具合と、ちょうど同じなのである。

銀次は、連れてきていた〈と組〉の者二人に声をかけて、味噌でどんどん扉や窓を固め、慌ただしく次のお店へと走り去っていった。

元七は、熱風にあおられながら蔵を見上げている。

平蔵が用心深い男なので、蔵の中には、ドジョウを煮る鍋から、飯を炊く釜、どぜう汁の塗り椀や、飯茶碗、膳から新香皿まで、五十組ほどは入っている。もし店が燃えても、蔵が落ちなければ、すぐにでもドジョウを仕入れて店を再開できるはずだ。

店に戻った元七が、仏壇から先祖の位牌と過去帳を取り出して、風呂敷に包んで斜めに背負い店の前に出ると、正どんもいよいよと思ったのか、店の中に取り込んであった暖簾を竿からはずしていた。

「そうだ。そいつが肝心だ」

この暖簾こそ、五十年守ってきた店の象徴であった。

「大事なのは、真ん中だけだ」

元七は、思い切りよく、五巾の暖簾の真ん中の初代撞木屋仙吉に書いてもらった〈どぜう〉と太々と書いてある字の部分だけを引きちぎると、しっかりと腹に巻き付けた。

暖簾を腹に巻くというのは、店と生死を共にするという覚悟を意味していた。

「正どん、めぇにはこいつを頼んだぜ」

元七は、ずっしりと重い風呂敷包みを正どんに背負わせた。客に渡す釣り銭用の小銭である。

「旦那さん、こんな小銭より……」

「すぐ店を始めるには釣銭が大事なんだよ。さあ、正どん……命あってのものだねだ。逃げよう」

「へいっ。菊屋橋のあたりから抜けて行きやしょう」

正どんは、銀次たちが目塗りをしている間にぬかりなく火事の状況を聞き込んできていた。

もはや提灯はいらなかった。

江戸中が燃えさかっていたのである。

道を歩こうにも、家が潰れてしまって道をふさいでいるので、元七と正どんは潰れた屋根の上を伝うようにして上野に向かった。

案の定、寛永寺は開放されていて被災者であふれかえっていたが、秋色桜の井戸の近くにどぜう屋周辺の人々は無事到着していた。

元七たちがたどり着いて、店の者たちと再会したのは、もう夜も明けはじめた頃であった。

「兄さん、お店が……」

駒形堂(こまんどう)のあたりは、高台になっているので、上野の山からもよく見える。

店の者たちと合流した元七が最初に見た光景は、燃えさかる駒形あたりの様子だった。

「とうとう店も焼けたか……」

火事の多い江戸にあって、〈駒形どぜう〉はあまり火事に遭ったことのない幸運な店であった。創業直後に火事にあったのと、平蔵が十七の時に類焼した以外は三十年近く火事とは無縁だったのである。

「火事は踏み絵のようなものだ。焼け跡で落ちぶれる店もあれば、身代(しんだい)を伸(の)す店もある……」

平蔵は、まるで自分に言い聞かせるように呟（つぶや）いた。

仏師東雲の一門は、寺には多少顔がきくから、知り合いの寺から戸板やら筵（むしろ）を借りてきて、それぞれ横になって夜を明かした。

「あっ……お佐久さんじゃないか」

駒形町内の人々に見守られながら、横になって体を休めていた佐久の元に、人捜しをしながらやって来た様子の女たちが気付いて駆け寄った。

「あ……豆腐屋のおかみさん」

「お佐久さん！　あんたって人は……無事だったんだね」

女たちは、佐久を取り囲んで、いきなり泣き出した。

「さっきね……葛籠が届いたんだよ」

「えっ、本当ですか！」

思わず佐久は、横たえていた体を起こした。

「葛籠に町名と五郎八（ごろはち）さんの名前が書いてあったもんだから……町は焼けたけど、名主さんが本願寺さんに逃げていてね」

「いったいどうして……」

「輿屋橋（こしやばし）のたもとに、うっちゃられてたんだって……中を改めた近所の人が、そりゃあもうびっくりして……それで葛籠に書いてあったうちの町内に届けてくれたんだよ」

「ああ……」

　佐久は、思わずむせび泣いた。

「えっ、葛籠が戻ってきたって？　そいつァ、よかった」

と、聞いていた元七たちも顔をほころばせたが、佐久は激しく泣くばかりだった。

「どうしたんでぇ、せっかく戻ってきたっていうのに」

　元七たちが、怪訝（けげん）そうな顔をしていると、同じ町内の中年女は、自分もしゃくり上げながら佐久の代わりに答えた。

「まったくこの人は、奇特（きとく）な人で……。葛籠の中は……」

　佐久は、堪えきれずに泣き伏した。

「……この人の旦那さんの亡骸（なきがら）だったんですよ」

　みんなシンと黙りこくってしまった。

「地震にあって、夫と二人逃げようと……せめてお仕着（しき）せにいただいた着物だけでも持って逃げるつもりで、葛籠にいっぱい着物を入れて……出ようとしたせつな、揺り返しがあって、うちの人は落ちてきた瓦が頭に当たって倒れたきり、ウンともスンとも言わないんです。そのうち火が迫ってきて……このままうち捨てて私だけ逃げたら、万が一、息を吹き返したとき、本当に死なせてしまうことになると思って……もう夢中で、葛籠の着物を全部出して、夫を入れて、担いで逃げたんです。息を吹き返してくれないかとそれぱっかり願っていたのに……やっぱり死んでいたんですね」

「あんた、って人は……」

人々は葛籠に入った死骸に驚愕しながらも、佐久が夫を葛籠に入れて逃げようとしていたと、証言する者もあり、みんなで佐久の行方を捜していたという。

「きっと重さに耐えかねて、置いていったんだろうと噂していたんだよ。その身重の体でよくまぁ……」

佐久は、首を振りながらしゃくり上げた。

聞いていた元七は、思わず横から助け船を出してやった。

「そいつはちっと違うんでさぁ。悪い男に、親切ごかしに持ってやろうと言い寄られて、葛籠を盗まれたんで……」

「まぁ」

盗人も、何かずっしり入っていると葛籠を開けてみたら、死人が入っていたのでびっくりしてうち捨てたものらしい。

「しでぇ奴がいたもんだ……」

佐久は、フラフラと立ち上がった。

「とにかく、あの人が本願寺さんにいるなら……私も行かなくては」

「えっ、その体で……」

みな口々に止めたが、佐久はどうしても帰るといって聞かない。

「黒船町なら、またおぶっていってやろうか」

亀吉が気さくにしゃがんで背を見せた。

「よし、じゃ、わっちが一緒に行ってやりましょう」

音次郎も、サトから佐久の赤子と小風呂敷を受け取って送っていくという。

「……お礼は改めてまた参ります。駒形のどぜう屋さんですね。あの……私を助けて下さいましたもう一人のお店の方にも、くれぐれもよろしくお伝え下さいまし」

佐久は、しっかりと頭を下げると、町の人に付き添われ、亀吉に背負われて人混みの中に消えていった。

「帰ったって、家も焼けて旦那もいなくなって……お佐久さん、これから一人で乳飲み子抱えてどうするんだろ」

ヒナは、思わずその後ろ姿を見ながらいたましそうに小声で呟いた。

「骸になっちまった亭主でも、ただもう今は一緒にいたい一心なんだろうねぇ。ちゃんと弔いをあげてやらなきゃ、って、そればっかり考えていなさるんじゃないかしら」

サトはまた別の思いで佐久を見送っているようだった。

火災に遭った時、蔵が焼け残っても数日は開けてはならないという。当時の蔵が火事に強かったのは、その密閉性にあった。空気を遮断することで火災から守るのである。そのため、鎮火後もまだ熱を持った状態の時に蔵を開け空気を入れてしまうと、一気に火が出ると言われていた。

元七たちが、瓦礫の間をくぐり抜け、やっと駒形にたどり着いたのは、翌日の昼過ぎであった。駒形周辺は一面焼け野原になっていたが、その中で駒形堂だけが焼け残っていた。

「あっ？」

元七は焼け焦げた蔵の前にポツンと佇む人影に気付いて思わず駆けだした。正どんもつられたように走り出す。

「……旦那さん」

焼け跡に立ちつくしていたのは巳之吉であった。

「巳之さん、かみさん無事だったか」

巳之吉は何も答えず、目で蔵を示した。

「……焼け落ちてます」

元七は、蔵を見た。無惨なものであった。

「……地震でひびが入っていたんだな」

頑丈な蔵も、ひびが入ればそこから火が入り、火が入ってしまえばもうどうしようもなかった。

元七は、煤けた蔵をジッと見上げた。

「……箸も持たぬ、っていうのは、こういうことなんだなぁ」

気付くと平蔵も、並んで焼けた蔵を見つめている。

蔵の近くの焼け跡には、黒こげになった手燭台が転がっていた。いつも蔵に入るときに使っていたものだ。

「……手燭だ」

平蔵は、潰れた鉄の塊を拾い上げた。まだ、熱を持っていて熱い。

店の者たちは声もなく店の焼け跡で悄然としている。

「こうしてみな無事だったんだ。また力を合わせてやってゆこう」

平蔵が小声でそう呟いた瞬間、突然、巳之吉は呻くように蹲った。

「巳之吉、どうした？」

「……うちのは死にました」

「そんな」

巳之吉が家に帰ってみると、身重の女房は家の中で圧死していたという。腹の中の子供も死んでいた。

「……巳之吉」

巳之吉は、平蔵の前で男泣きに泣いていた。誰も慰めの言葉一つかけられなかった。みんな言葉もなく一緒になって泣くしかなかった。

喧嘩ならばやり返せばいい、だが地震や流行病は、どうしようもなかった。


ふと気付くと風が頬に冷たかった。

「……なんか、香ばしい匂いがしない？」

「うん。なんだろう」

「あっ、これ！」

伊代が、何気なく焼け跡を、そのへんにあった焼け残りの棒きれで掘り返してみると……芋が出てきた。

「こいつぁいいや。たしか地震の日の昼間、河岸の小平次が持ってきた芋だ！」

駒形河岸は、川越から江戸に運んだ芋を荷揚げするため芋問屋が多かった。中でも川越の小平次、略して〈川小〉と元七は、年も一緒の幼なじみで子供の時分からお互いを、「芋どん」、「どぜう屋」と呼び合う仲である。

ちょうど小平次が店に持ってきていた芋がその晩の火事で焼けて……焼き芋になっていたのだった。掘り返してみると、いい按配に焼き上がっている。次から次へと出てくる焼き芋を掘り出して、みな空腹を満たした。

平蔵は料理場のあたりに行き、しきりに地面を掘り返している。

「父つぁん、何しているんだ」

「……糠床」

あの時とっさに平蔵は、塵溜(ごみた)めの土中に糠樽(ぬかだる)を突っ込んでおいたのである。

「あった、あった……」

糠漬(ぬかづ)けの樽は大きいものなので、上の方はもちろん焼けていたが、樽の下の方は糠がそのまま残っていた。

「どうだろう……」

平蔵は手に取った糠のにおいを嗅いでいる。

「……なんかきな臭いですね」

ハツも隣にしゃがみ込んでにおいを嗅いだ。

「でも糠自体は傷んでいないんじゃないでしょうか」

「これを種にまた育てていくか」

それにしても……どうにか帰ってきたものの、何もなくなってしまって、さしあたってのねぐらどころか、雨露(あめつゆ)をしのぐ場所もない。

「ああ、みなさん、ご無事で」

そこに白髪頭の男が訪ねてきて声をかけた。

「あっ、油屋の番頭さん！　あの……うちのおっ母さんは？」

ヒナは思わず駆け寄った。

白髪男は、ヒナや元七の母親のトメが現在世話になっている油屋佐平（さへい）の店の番頭であった。

「おトメさんは、うちのご隠居と一緒に新福富町（しんふくとみちょう）の家にいらっしゃっていて、無事でございます。店は焼けましたが蔵は幸い落ちませんでしたので、どうにかなることでございましょう」

「……よかった！」

ヒナは、無言の平蔵の肩を抱いた。

「それで……駒形あたりも焼けたと聞きましたので、もしよろしかったら、お店のみなさんも新福富町の家にお連れせよとのご隠居様からの言伝（ことづて）でございます」

元七は、そっと平蔵を見た。

「父つぁん……どうする？」

平蔵は、うなだれるように頷いている。

「……ありがたいこった」

手拭いで顔を拭いているのは、嬉しいのか情けないのかその表情は、よくわからない。

しかし、今はこの温情にすがるしかなかった。

「よし、世話になろう」

元七の鶴の一声で、みんなゾロゾロと新福富町の方へ向かって焼け跡を歩きはじめた。

新福富町は、駒形の店からは神田の方へちょっと行ったところに位置している。

元七は、焼け跡から拾い上げた泥だらけの手燭台を手にしていた。

「元七、そんなものどうする？」

平蔵が見とがめると、元七は、手燭台の灰を手で払った。

「しとつくらい地震の思い出に取っておこう。うちの店が丸焼けになって、こんなものしか残らなかったところから……また、店を始めたんだ、って、いつか孫やし孫に聞かしてやるんだ」

元七は、手燭台を抱えると、店の者とは逆の方に向かおうとした。

「父つぁん、先に行っていてくれ。わっちァ、ちっと小梅の様子を見に行ってくらァ」

元七が振り返ると、浅草は見渡す限りの焼け野原になっていた。

新福富町の油屋の別邸は、もともとは瀟洒な茶屋であった。

「地震のときは、ちょうどご隠居さんとこっちに来ていてね、本所の家にいたら焼け死んでいたよ」

トメの家のある本所近辺は特に〈潰れ〉がひどく、ほとんどの家が倒壊し焼けていた。

「元七や。どうだろう……ご隠居が、ここで〈駒形どぜう〉の仮の店を始めたら……っておっしゃるんだけど」

登美の無事を確認して小梅から戻って来た元七に、トメは相談を持ちかけた。

「えっ、ここで？」

「みんな家をなくして、家で炊事もできなくなっているから、飯屋をやれば、必ずはやるはずだって……ご隠居たちは、しばらく根岸の家を使うから遠慮はいらないんだよ」

トメは黙って紙包みを元七に握らせた。

「……十両ある。ご隠居が用立てて下さったんだ。これで、ここでどぜう屋をおやり。少しでも蓄えが出来たら、また駒形に家を建てて戻ればいい」

「そんな……いいのかい？」

「たくさんの人が家を失って煮炊きも出来ず、その日の飯にも事欠いているんだ。うちみたいな、安くておいしいまんまを食わしてやる店があれば、世の中のためにもなるだろうって……ご隠居は、そう言いなさるんだよ」

「……よし。どうせ拾った命だ。江戸っ子の心意気を見してやろう」

元七は、金包みを押しいただいて、店の者一同を見回した。

みんな今日からでも働こう、という気持ちになっている。誰もが、ただ生きているだけでも不思議に思えて、寝る場所があり、働く仕事のあることの仕合わせを嚙みしめていたのであった。

　翌日から、巳之吉と正どんは、音信の絶えたドジョウ問屋を探し回ってドジョウを調達した。女たちは、店の焼け跡から茶碗を掘り起こしたりしてかき集めた。

　一番難渋(なんじゅう)したのは米だった。元七は米の確保に江戸中を駆けずり回った。

　そうこうしていると、さまざまな噂が耳に入ってくる。

「明日の晩、またでっかい地震が来るそうですよ」

　地震直後から、「津波が来る」「揺り返しが来る」という噂はあちこちで囁かれていたが、大地震の二日後の噂は、「明日の深夜に、このあいだよりもっと大きい地震が来るから、高台に逃げろ」という具体的なものだった。しかも避難しはじめる人が出ると、われもわれもと遅れじと、あっという間に人の流れができて、ぽつねんと家にいるのが妙に不安になってくる。

「てぇへんだ、みんな山の手の方にゾロゾロ逃げてるぜ。みんな、物は持たずに身ひとつで逃げるんだ。この間は荷に火がついて身動き出来なくなって命を落とした奴が多かったからな。なぁに、戸締まりなんかしなくったって、こんな時は泥棒も逃げてらぁ」

　たしかに、この間の大地震の時は、不思議なことに、どこの家でも空き巣の被害はほとんどなかった。

噂を聞いた以上は、早く、早く……と、店の者たちは前掛けをしたままの姿で飛び出した。

「旦那さん、ところでどこに逃げるんですかい？」

「決まってらぁ……こういうときは、小梅だよッ」

もう元七は先頭に立って走り始めている。

小梅に着いたのは、昼過ぎであった。このへんは、畑ばかりなので、震災前とまったく変わっていない。

「……ばかだねぇ」

相変わらず、洗い髪に浴衣姿の登美(とみ)は、もう綿の入った半纏(はんてん)を引っかけて出てきた。

「元さん……早くお帰りよ」

みんなポカンとして、登美と元七の顔を見比べている。

「そんなの嘘に決まっているじゃないか」

「なんでわかるんだよ」

「……地震なんか来るもんですか」

登美がそう言った瞬間、グラグラと大地が揺れた。

「きゃーっ」

七三郎を背負った伊代とヒナは、思わず抱き合った。

「小さい地震は、いくらでもあるけど、地震ってぇのは最初のより大きいのはないって言うよ」

すました顔でそう言う登美の落ち着いた様子を見ているうちに、みんな冷静になってきた。

「それより元さん、新福富町の家はどうしたんだい？　留守番は置いてきたの？」

「ンなもの置くかい、逃げて来たのに」

「……ばかだねぇ」

やれやれと登美はため息をついた。

「今度の噂はきっと流言(りゅうげん)だよ。地震のあとは、そんな噂を流して荒稼ぎする人間がいる、っていうじゃないか」

あっ、と叫んで、正どんは、取って返そうともう走り始めている。巳之吉もあわてて踵(きびす)を返した。

「そんな性悪なことする奴がいるかぁ？」

元七は、半信半疑ながらも、平蔵と女たちを残して、しぶしぶ戻っていった。

夕暮れ前に戻ってみると、新福富町近辺は、しーんと人気(ひとけ)もなく静まり返っている。

「なんだか不気味ですね」

正どんと巳之吉は、周辺の家を見て回ったが、人っ子一人いないという。

　元七たちは、畳を庭に出して野宿しようとしたが、日が暮れると寒さが厳しくなってきたので、「地震が来たときはそのときだ」と家の中に入ることにした。

　結局、地震は来ないまま夜が明けた。

「なぁんだ」

　元七たちは、ちょっと拍子抜けした。

「やっぱり流言だったんですね。それにしても、旦那さん、寝言がすごかったですよ。夕、いレがどうのこうの……って、大声で言うんで起きてるのかと思いやした」

　正どんがぼやけば、井戸端で顔を洗っていた巳之吉は笑った。

「正どん、覚えてねぇのかい？　ゆんべ、旦那さんがいきなり『やってくれた？』って大声で寝言言ったら、おまえ、『はいッ』って答えてたぜ」

　元七も正どんも、ちっとも覚えていなかった。

「逃げた奴は馬鹿みたな」

　元七は、戸口の心張棒をはずして表に出た。

　夜明けとともに、ぞくぞくと逃げた人が戻ってきている。

　悲劇はそれからだった。

　噂を信じて律儀に逃げた者の家は、軒並み泥棒に入られて、ごっそりと金目のものを盗まれていた。

地震の直後は、どんなに混乱していても、家に泥棒が入ることは稀だ。泥棒も動転しているのだろう。ところが、数日経つと泥棒の方もゆとりが出てくる。仲間同士連携して流言を流し、避難した家を狙って荒稼ぎしてゆく。登美は、そのことを昔、信濃大地震に遭遇した客の老人から聞いていたのだった。

「やっぱりおかみさんは、しっかりしているよ。あたしたちみたいな凡人とは肚の据わり方がとんと違う。こんな時におかみさんが店にいてくれたらねぇ」

新福富町に戻ったハツは、いつになく弱気なことをこぼした。

「ゆんべは、ずいぶん咳をしていましたね。寒くなると、やっぱりいけないのかしら」

伊代は心配そうに答えている。

「それにしても、わっちら寝込みを襲われなくてよかったな」

元七がぼやくと、

「旦那さんの、あのすごい寝言にびっくりして、賊も引っ返したんじゃないですか?」

と、巳之吉と正どんは、笑った。

〈駒形どぜう〉が新福富町に店を開いたのは五日後である。

暖簾は、元七が腹に巻いて逃げた五巾暖簾の真ん中の一枚〈どぜう〉と染め抜かれた部分だけだった。戸口にかける前の晩、トメが丁寧に火のしをあてて皺を伸ばした。

店は開店と同時に客が詰めかけた。どぜう汁と飯とお新香だけだが、まだ開いている飯屋が少なかったせいもあり、たいへんな繁盛になった。

「……もうちっと広ければなぁ」

もともと茶店だった建物だから、客を入れるといってもたかが知れている。

元七は、とにかく駒形の元の場所に店を建てたかった。ところが、どこの家も考えることは同じだから、大工の手間賃は急騰していたのである。

「いい大工は引っ張りだこで、一軒につき仮普請でも十両じゃ請け合えねぇなんて抜かしやがる」

元七が聞いて回った相場はどこも同じだった。

トメもさすがにそれ以上は為す術もなかった。

「元七、あせるな。まずはここで精一杯商売して、少しでも金を貯めて駒形に戻ろう。その頃には工賃もだいぶ落ち着いていることだろうよ」

「だがよぅ……今だから、商売になるんだぜ」

元七は唇を噛みしめるように呻いた。

時節というものが大事だと、元七は思う。この好機をのがしたくはなかった。

その数日後……新福富町の仮店舗には、げん婆さんの姪のあさが使いでやってきた。

「まったく娑婆塞ぎの婆さんだぜ」

浅草は地震よりも火事による被害が大きかったが、甚大な被害の出た楽屋新道に隠居所を構えていた平蔵の養母げんは悪運強くピンピンしていた。姪のあさともども、弟の錺屋政吉の家に立ち退いているという。駒形から新福富町の仮店舗のことを聞いてやって来たあさの目的は、もちろん金の無心であった。

「うちだって丸焼けになったんだ。カツカツでやっているんだから、金どころか銭の一文もねぇぜ」

さすがに元七は激昂したが、トメはまぁまぁとなだめて、自分の頭に挿していた鼈甲の櫛簪を抜き取り、そのまま紙に包んで渡した。

「おっ母さん……」

あさが帰った後、さすがに元七は、むくれて黙りこくった。

「馬鹿なことをしているとお思いだろう？　でも、おっ母さんにもどうしても通したい意地があるんだよ」

「その意地ずくにつけ込んで、あいつら止めどもなく無心にくるんだぜ。こんなことじゃ、いつまでたっても駒形に戻れやしねぇ」

トメは俯いて黙っている。

「……おまえたちに、決して迷惑はかけないよ」

元七は、母親にそう言われるのもたまらないのだった。養母の犠牲にこれ以上なって欲しくないのに、どうにもできない自分が不甲斐なくて腹立たしい。

「あの……旦那さん、ちょっと」

そこに、店から正どんが呼びに来た。

元七が店先に出てみると、赤子を抱いた女が立っていた。地震の時に助けた佐久だった。すっかり身ぎれいな身なりに、髪もつやつやと結い上げている。

「その節は、こちらのお店の方に助けていただき、その後もたいへんよくしていただきまして……本当にありがとうございました」

正どんに呼ばれて、料理場から巳之吉も出てきた。

「いやぁ、すっかり元気になって、よかったよかった。あの時は、赤ん坊の泣き声に、わっちらの方が逆に励まされましたよ」

元七も思わず顔をほころばせた。

「それで。この子の命が今日ありますのも、おまえ様のおかげ……もしよかったら名付け親になっていただこうと思って、今日は参ったのでございます」

巳之吉は、黙って目の前の赤子を見つめている。黙っている巳之吉を見かねて、正どんが、

「あの……実は巳之吉さんは、あのあと家に帰ったら身重のおかみさんが梁に打たれて亡くなっていなすったんですよ」

と言うと、佐久はハッとした顔になって言葉を失った。

「……正どん」

余計なことを……と、元七は正どんをあわてて制した。

「そんな……もしかしたら、あたしにかかわっていなければ、おかみさんは」

巳之吉は、その言葉をさえぎるように、「ちっと抱かせておくんなせぇ」と佐久の腕から赤子を取り上げ、腕の中ですやすや眠っている姿を見つめた。

「……なんか、いい匂いがするもんですね」

巳之吉は、赤子の柔らかい頬っぺたに顔を寄せた。

「……旦那さん、わっちは自分の子が生まれたら、旦那さんに名付け親になってもらうつもりだったんでさぁ。うちの子の代わりに、何かいい名前をこの子につけてやっちゃあいただけませんか？」

「……巳之吉さん」

佐久は、胸がいっぱいになってしまったのだろう。目にいっぱい涙をためている。

「そ、そうだな。こいつは元気そうな男の子だから……」

「あ、あの……」

あわてて佐久は遮った。

「女の子なんですけど」

「えっ、お姫さんかい？　おつむの毛も眉毛もえらい凜々しい女の子だなぁ」

思わずみんな笑ってしまった。

「そうだな……〈ウン〉って名はどうだ？」

「えっ……ウン？」

「そうだ。運の強い子だから〈運〉。これからもきっと、いい運をいっぱい呼び寄せて、たくましい江戸の女になるにちげぇねぇぜ」

「そりゃいい名前だ。おウンちゃんだな」

巳之吉は、笑って腕の中の赤子を揺すった。

佐久は目頭を押さえながら、いきなり懐からずっしりとした包みを出して巳之吉に差し出した。

「実は……これをお礼にもらっていただきたいんです」

「なんです？」

佐久は、赤子を受け取ると、引き替えのように包みを巳之吉の懐にねじ込んだ。

「実は、あれからたいへんなことが出来しまして……」

佐久が夫の弔いも済ませ、ホッとして気付いたのは、盗人の男から葛籠の代わりに預かった小風呂敷だった。相談を受けた大家が開けてみると、唐桟の着物が一枚出てきた。よほどよい着物だと驚きながら広げてみると、着物の中には天保五両判が五枚も縫いつけてあったのである。

「これは……」

大家も声を失った。おそらく相当な物持ちが逃げる最中に奪われたものなのだろう。何も知らない盗人は、ただの着物と思って、葛籠と引き替えに佐久に預けたに違いなかった。

佐久は思わず身震いした。

大家は町名主とも相談して、佐久を伴って奉行所に訴え出たが、この混乱の中のことでもあり、佐久の美談に心動かされたのか、特にお咎めもなくその着物と小判は佐久に下げ渡されることになった。佐久は五両ほどは自分のこれからの生活にあてることにして、残りの二十両はそっくり持ってきたというのであった。

「そんなお金を差し上げるのも失礼かとは思ったのですが……私はなんだか恐ろしくて。当座のものがあれば、私は髪結いですから自分身と子供くらいは養えます。何かお店のためにお役立ていただけませんか」

佐久は、大店に得意先を持つ腕のいい女髪結いであった。夫の五郎八は番太郎をしていて、町内でも評判の仲のいい夫婦であったという。

「……旦那さん」

巳之吉は、懐に入れられた金を、元七に押しつけた。

「こいつで駒形に店を建ててくだせぇ。わっちからじゃねぇ。おウンちゃんの運のお裾分けでさぁ」

巳之吉は、元七が駒形に戻りたがっているものの、大工の手間賃がうなぎ登りであきらめていることを知っていた。もちろん駒形に店を再建することは、店の者全員の願いでもあった。

「……よし。お佐久さん、こいつは貸しにしといておくんなせぇ。おウンちゃんが、三つになって髪置の祝いをするまでには必ずお返しします」

頭を下げる元七の姿に、巳之吉も正どんも頷いた。

「そうと決まったら、とにかく急いで店を建てさせよう。なぁに、仮普請でもかまいやしねぇ。よーし、駒形に帰るぞぅ！」

元七は店中に響き渡るような声で叫んだ。

大地震が起こったのが十月二日。新福富町に移り、佐久から金を受け取ったのが十月十日。それから金に糸目をつけず突貫工事で仮普請の店ができたのが十月の晦日であった。

十月はおもり軽き要石(かなめいし)　鯰も踊る神の留守事(るすごと)

大地震の起こった十月は神無月(かんなづき)と言われ、神々が出雲に参集して留守になるので、要石も軽く動いて鯰が踊ったのだろう、というのである。

翌十一月一日から〈駒形どぜう〉は再開した。

暖簾はまだ〈どぜう〉の一枚が揺れているだけだったが、まだ近在では、ほとんどの食べ物屋が再開していなかったので、〈駒形のどぜう屋〉に人々は詰めかけた。

再建した店は、前とは別の店のような活気があった。

浅草寺への道すがらで、もともと人通りが多いことに加えて、町は早くも復興景気に沸いていたのである。

元七は、店の再開を記念して店の角に柳を植えた。

地震のあと、井戸を掘ったときに、店のある場所の地下には水脈があることがわかった。柳は、地下に水脈がない土地には根付かないという。元七は、それで柳を植えることにしたのだ。

季節は年の瀬を迎え、寒さが厳しくなってくると、浅草では〈酉(とり)の市(いち)〉である。十一月の酉の日に、浅草田圃(あさくさたんぼ)の中にある〈おとりさま〉……鷲神社(おおとりじんじゃ)の市が立つ。一年の無事を感謝し、来る年の幸を願って、この日参拝の人々は縁起物の熊手を買う。地震の直後だったにもかかわらず、市は賑わっていた。江戸の人は何があっても、季節の行事に固執するところがある。毎年変わらずに同じ行事を繰り返すことが、まるで無事に生きている証とさえ思っているようなところがあった。

二の酉の晩は、店じまいしたあと、店の者は打ち揃って鷲神社へ出かけていく。寒風が吹くこの季節、女たちは羽織の上から店の半纏などをぶくぶくと着込み、襟元も手拭いなどを巻いて完全防備である。

「さぁて、熊手を買わないとな……」

熊手は、毎年同じ店で買うのが決まりである。七三郎を肩車した元七は、毎年買っていた松下屋の姿を見つけると、売れ残っている一番小さい熊手を手に取った。

「兄さん、そんな小ちゃいの買うの？」

「おう。こういう縁起物はサ、〈買い上げる〉と言って、毎年、前の年より大きいものを買っていくものだ。また一から出直しだから、今年は一番小っせぇのだよ。松下屋さん、悪りィな」

「いや、お互い命あってのものだねさ、またこれからも頼むぜ、大将！」と、松下屋は威勢よく三本締めの声を張り上げた。夜店のあっちからも、こっちからも手締めの声が響いてくると、年の瀬も近いと誰もが実感する。

元七や店の者たちにとって、その手締めの響きは、来る年への鬨(とき)の声のようにも聞こえたのだった。

五、鯨汁　椀を重ねて叱られる

正月は、浅草寺へ初詣の参拝に人々が詰めかけるから、〈駒形どぜう〉もかき入れ時である。

「……焼けましておめでとうございます！」

元七は新年早々大声で店の者に挨拶した。

店の者たちも笑いながら大声で「焼けましておめでとうございます！」と声を揃えて返した。

江戸っ子というのは、何でも茶化して笑い飛ばしてゆくのが活力の元である。江戸っ子が何事にも執着しないのは、この……家は焼けるもので、この世に永遠に残るものはない、という諦観が身についているせいだろう。

町が焼ければ材木の値段は上がる。大工の手間賃も高騰する。江戸は、一時的な復興景気で沸き立った。

〈駒形どぜう〉には、毎日客が詰めかけた。それまでは、やっちゃ場帰りの荷を引く百姓たちが朝のうちだけ来る店だったのに、今は昼時も混んでいる。待っている客で店の前はいつも黒山のひとだかりだった。冬は、暖を取ってもらうために表にも火鉢を出した。

不思議なことに、人が集まると、ますます評判になって、人々は吸い寄せられるようにやってくるものらしい。行商の人や浅草寺参拝の人だけでなく、評判を聞きつけてずいぶん遠くからやってくる人もある。

「旦那さん……妙なもんですね」

巳之吉が元七を呼び止めた。巳之吉は、女房を亡くした寂しさを埋めるように、この頃は仕事に入れ込んでいる。

「……この頃、なんか〈どぜう汁〉の味がよくなったような気がしませんか」

「言ったじゃねぇか。ドジョウは、たくさん煮れば煮るだけ味がよくなるんだよ。流行る店ほど、美味くなるんだ」

この好機を逃さずどんどん〈どぜう〉を売りたいのに、しかし肝心なドジョウが依然として足りないのであった。

ところがそこに一昨年、上方の五十鯨屋で注文していた鯨が、やっと到着したという知らせが飛び込んできたので、元七は、正どんを連れて駒形河岸に駆けつけた。

鯨を乗せた船は、紀州沖で大風に遭い、吹き流されて八丈島の近くまで行ってしまったため、こんなに遅くなったということだった。

手伝いにやってきた〈と組〉の銀次たちは、鯨の樽の山をぼんやりと見つめている。

「元さん……鯨って……なんで、樽に入っているの？」

「塩漬けになっているのさ」

駒形河岸には、どんどん樽に入った鯨が荷揚げされてゆく。四斗樽で二十本もあった。

「元さん……これ、どれくらいあるの？」

「……まぁ、三年分くれぇかなァ」

「三年分！」

銀次は呆れたような素っ頓狂な声を出した。

「それにしても運が良かった。地震の前に来てたら、火事であとかたもなく溶けちまうところだったぜ」

元七は、銀次たち〈と組〉の者に店まで運んでもらった鯨の樽をさっそく一つ開けて、店の者に見せた。樽の中には白い塊が見えるばかりだ。

「こうして濃い塩水に漬かっているから、腐らねぇんだ」

そう言いながら、元七は中から白い塊を出して見せた。

「鯨なのに……白いんですか？」

女中頭のハツが、胡散臭そうに顔を近付けて見た。

「ははっ、鯨の黒いのは、ここのところ」

たしかに白い塊の端には、申し訳程度に黒い皮がついていた。

「あの黒い体の下は、こんな白い皮なんだ。上方者が食っている鯨っていうのは、この皮ンとこなんだよ」

「……皮？」

厳密に言えば、〈脂身〉ということである。それを当時から、この白い脂身の部分を〈皮〉と呼んでいた。たしかに赤身の部分に対しては〈皮〉であるかもしれない。

「元七、おめえ……そんな鯨を山のように買い付けて……いったいどっからそんな金を」

「ははは、心配はいらねぇ」

元七は笑い飛ばしている。

「美濃屋の女将さんがさ、ポンと金を貸してくれたんだ」

「まさか……」

「いやもう、〈美濃屋のおりせ〉さんといえば、京洛に鳴り響く女丈夫で、『借金もありゃ縁もつながる』って……粋じゃねえか。……京女にも、ああいう人がいるんだなぁ」

「さてと……」と、元七は、人形町の〈うぶけや〉で買ってきた菜切り包丁の親玉のような特殊な形をした包丁を取り出した。

「こいつをうすーく切ってだな……」

元七は、その大振りの刃の薄い包丁で、鯨を紙のように薄く削いで短冊（たんざく）のように切ってゆく。

「こいつを何度か湯がいて脂を落としてから食うんだ」

元七は、鯨の薄切りを入れた笊（ざる）にザーッと熱湯をかけ、水にさらすことを二度ほど繰り返した。ペロンと紙のようだった白い身は、熱湯に少し縮んで襞（ひだ）が寄っている。

「すごい脂！」

ヒナは思わず眉をひそめた。

元七は、さっそくアツアツの味噌を溶いた汁の中に、牛蒡（ごぼう）と一緒にさらした鯨を入れてみた。

濃い味噌仕立ての汁には、なかなか合うが、独特のにおいがする。

「なんか……臭いですね」

ハツは首をかしげている。

「だからにおい消しに牛蒡を入れるのさ」

次に、元七は、さらした鯨に、鯉（こい）のあらいに使う酢みそをつけて食べさせた。

「こいつは珍味だ」

巳之吉は、気に入ったらしい。

「いけるだろ？」

「酒がすすみそうですね」

「それ、そこよ」

元七は、にんまり笑った。

「……鯨なんて、売れるかしら？」

「売れるさ。ドジョウが一番小さい魚だから、逆で一番でっかい魚の鯨ってわけさ。駒形のどぜう屋では、でっかいのも、ちっせぇのも、そのどっちも食える、って評判になれば、どぜうも今よりもっと売れる。すると今より汁の味もぐんと上がる、って算段よ」

元七は、一人ほくそ笑んでいる。店の者は、半信半疑で黙々と鯨を食べていた。

まずは紙の聯に〈くじら汁〉と書いて、宮下に張り出した。

江戸っ子は、新し物好きだから、すぐ飛びついてくる。

「こいつは、本当に海に浮かんでいる鯨かい？　なんか白いぜ」

だいたい誰もが開口一番、そう言った。

はじめは恐る恐る白いヒラヒラを箸ですくい上げていた人も、寒い時期だけに、ふうふういいながら食べはじめる。

「こいつぁ、なかなかうめぇもんだ」

鯨汁の評判は上々だった。

元七のもくろみは見事にあたって、鯨料理は、どぜう屋の名を広く世間に知らしめることになった。

当然のことながら、当時の人は鯨を魚だと思っている。

「お伊代さん、鯨汁の椀は重ねちゃダメだよ」

忙しくて店中が〈追われて〉いるとき洗い物の手伝いをしていた伊代は、平蔵に注意された。

空になった汁椀は、どぜう汁の椀か、鯨汁の椀か、パッと見ただけではよくわからない。それで、鯨汁の椀は亀甲模様のついているものにして、これは重ね合わせないように気をつけるようになった。鯨汁の椀は脂っぽいので重ねると上に重ねた椀の高台の部分まで脂っぽくなってしまうのである。

冬の間は、物珍しさも手伝って、〈鯨汁〉がよく出たが、暖かくなってからは〈さらし鯨〉を出すと、これも評判になって飛ぶように売れた。

それまで、駒形どぜうは、どちらかというと一膳飯屋で、汁と飯を食べる客が多かったのだが、〈さらし鯨〉を出すようになってからは、それをつまみに酒を飲む客が飛躍的に増えた。

「兄さん……鯨を出すようになって、お酒が前より売れるようになったけど、それならもっとしっかり飲めるお酒を出した方がいいんじゃないかしら？」

　ある時、ヒナがそんなことを言いだした。ヒナは最近、利き酒に凝っている。

「うちには伏見のお酒の方が合うと思うんだけど……値段を考えると、伏見の酒をそのままってわけにもいかないし……」

　灘の酒は力のある酒が多く男酒と言われるように辛口のものが多い。それに対して女酒と呼ばれる伏見の酒は甘口だった。

「ヒナよ……いい酒に、ちょっぴりでも悪い酒を入れると全部悪くなっちまう。悪い酒にいい酒をいくら入れても、よくはならねぇ。だけどな、そこにオリ酒をちょいと入れると、ピタリと決まった味になることがある。そこが酒の面白さだよ」

　ヒナに利き酒の手ほどきをした平蔵は、まず最初にそんなことを教えた。オリ酒とは、桶に沈殿したオリを搾った酒のことである。

　濃い料理の味に負けないように、甘味だけでなく、酸のしっかりした酒が良いだろうと、ヒナは、伏見の下りものの酒に、癖のない地酒を調合してみたところ、これが店ではすこぶる評判がよく大当たりとなった。

「やっぱり、お酒は〈甘・辛・ピン〉が肝心ね」

　口に含んだとき旨味があって、口の中でころがすと辛口になり、そして後味がしまったように感じられる……そんな酒がいい、とヒナは言うのだった。

店は順調だった。だが、元七は、ときどき駒形河岸のあたりでポツンとしている。実は女のことが気になっているのである。

「死んじまったのかなぁ……ま、しゃあねぇや」

江戸っ子は、すぐ「まぁ、しゃあねぇ」とあきらめてしまうところがある。人情にあついようで、その実、薄情なまでにあっさりしているのは、何ごとにも執着しない方が生きやすいからだろう。

ある日、駒形の店に髪結いの佐久(さく)が、赤子を背負わせた子守の娘と一緒に入ってきた。

「おウンちゃーん！」

ハツは、目を細めて赤子の頬を指でつついている。

「まぁほっぺがまっ赤！　かわいいねぇ」

日頃は閻魔塩舐め(えんましおな)めで愛想笑いのひとつもしないハツも、赤子の前ではいつも恵比寿顔(えびすがお)になった。

「さぁさ、宮下(みやした)へ……」

と、特上席……といっても、ただの神棚の下というだけなのだが……に案内しようとして、ハツはギョッと目を見張った。

「今日は、連れがあるんですの」

と呼ばれて入ってきたのは……お百だったのである。

ハツは仰天して飛び上がると、そのまま料理場へ駆け込んだ。

「旦那さーん！」

料理場には、元七の姿はなかった。

「巳之さん、旦那はッ！」

「裏で鯨切ってますよ」

鯨は極力薄く切らなくてはならないため、集中できるよう裏で一人で作業する。

「旦那さん、たいへんですよっ！」

ハツは、叫びながら裏に回った。

元七は、豆絞り（まめしぼ）りの手拭い地で作った肌襦袢（はだじゅばん）のような〈手拭いちゃんちゃん〉に股引姿（ももひきすがた）で、黙々と鯨を削いでいた。

「お初つぁん、鯨、切ってる時はあぶねぇから、耳元でガミガミ言わねぇでくれ」

「……じゃ、言いませんけどね」

ハツは、ニヤニヤ笑った。

「なんだよ」

「早く、手を洗ってきなさいまし」

「……気味わりィな」

元七は、しぶしぶ立ち上がると、糠で手を洗った。鯨を切ると手が脂でベタベタになるので、糠をつけて脂を落とすのである。

「なんだよ、早く言えよ」

ハツは、いきなり元七の耳元で、思いっきり声を張り上げた。

「……メザシが来ましたよッ！」

ハツの声は、ものすごい大音声だったので、店の中の佐久とお百の耳にも響いてきた。

お百は、思わずプッと吹きだしている。

「なに？」

佐久が怪訝そうな顔で、お百を見た。

「……あたしのこと」

「えっ、あんた、ここの旦那さんのこと知ってるの？」

「……まぁね」

お百は、こぼれそうな目でにっこり笑った。

そこに、バタバタと手に糠をつけたままの元七が飛び込んできた。

「お百よぅ……めぇ、生きてたのか」

澄ましているお百の隣で、佐久が呆然と二人を見比べている。

「あっ、お佐久さん！　いってぇ、こいつァどうしたことでぇ」

「あの……あたしが日本橋（にほんばし）で髪結いしていたとき、湯屋でこの人を見かけましてね、当時は日本橋から出ていたお姐（ねえ）さんで……あまりに髪質がいいので、こっちから頼んで結わしてもらってたんですよ」

　うふふ、とお百は隣で笑った。

「それからあたしの髪は、ずっとお佐久さんでね。湯屋に行こうもんなら、みんなに『どちらで結ってもらったんですか』って尋ねられて」

「こういう人を一人持っているだけで、髪結いは自然に客が出来るものなんです」

　その二人が大地震のあと、ひょっこり浜町（はまちょう）の湯屋で出くわし、お互いの無事を喜び合って、地震の時のことなどを聞いているうちに、〈駒形どぜう〉の名が出てきたので、お百も内心びっくりしたのだった。

「お百、めェ、それで、あれからどうしたんだよ」

「うちも焼けちゃったし、行くあてもなかったんで……」

「なんでうちの店に訪ねてこねぇんだっ！」

「だって、元さん、どこいっちまったか、わからなかったんだもん」

「新福富町（しんふくとみちょう）の仮宅で店をやっているって、札立てておいただろッ！」

「そんな、ノコノコ行けますかね……」

お百は、澄ましている。

「それで、今、どこにいるんだよ」

「ちょいと昔の旦那に詫び入れて……」

「……日本橋で有名な、葉茶屋の山本か」

元七は、つい詰め寄ってしまっている。

「そうそう。玉露なんかも、あすこの先代が工夫したんだって」

お百は、すました顔で銚子をあけている。

「より戻したのか」

「いやだねェ。座敷に出る支度するんで、ちっとばかり後ろになってもらったけど、今はちゃんとつとめているから、はばかりさま、こちとら自分の身ひとつくらい養っていけますのさ」

どうやらお百は今度は芳町から芸者として出ているらしい。

お百は、手酌でスイスイあおった。だいぶ飲んでいるようだ。

「そうそう、お座敷でいい声が出るように、生きてるドジョウを一匹もらおうかしら」

「えっ、何？」

佐久は、びっくりして聞き返している。

「お酒の中に生のドジョウ入れてね、スッとそのまま飲むと、声がよくなるっつうの」

「やだ、踊り食い？」

「丸呑みしちゃうのよ」

お百がクスクス笑っているのを、元七は、むっつりと聞いている。

「馬鹿言ってんじゃねぇ。生のドジョウなんて、精が付くより虫がつくぞ」

「……ほんと？」

「みみず腫れみたいに腫れて痒くなるって話だ。川魚は虫がいるから、鯉以外は生で食っちゃならねぇんだよッ。ドジョウなら汁で飲んでも喉にはいいさ」

元七はプイッと立ち上がった。

「ちぇっ、鯨切ってた途中なんだ。鯨汁も食ってけよ」

佐久が、ポカンとして見送る脇で、お百は、平然と〈さらし鯨〉をパクついている。

「そうそう、お佐久さん、あのね……ここの旦那と訳ありになったのは、鯨が取り持つ縁だったのよ」

思い出したように佐久にそう言うと、お百は悪戯っぽく笑った。


大地震以来、元七は店の立て直しに邁進しはじめた。今まで、誰も顧みなかった店の中の細かなことについて、いちいち決まりをつけることにしたのである。

実は客がたてこむようになって店の者も細かいところにまで目が届かなくなったせい

か、ある日の未明、ボヤ騒動があった。

店を閉めた時、火の気はなかったはずなのに、重ねておいた座布団からいきなり火が出たのである。

「……煙草の火か？」

昔から、座布団から突然火が出ることがある、とは言われていた。

店の畳には、煙管の先から灰がポトリと落ちてできた焼け焦げが山のようにあった。畳ならばすぐ気付くが、座布団の場合、中に火種が埋もれてしまうと、綿だからすぐには発火しないのである。ジクジクと中に入ってゆき、時間がだいぶ経ってから火を噴く。

「これから毎晩、座布団は片付けるときに〈座布団あらため〉をする」

元七は、女中たちを前に薄っぺらな座布団を示した。

駒形どぜうの座布団は、小さいことで有名であった。初代が、繁盛していた創業時に、少しでもたくさんの人が座れるようにと、小さい座布団を特注したのである。

「火種が残っていないかどうか、一枚一枚よく検分するんだ……座布団の検分だから、〈ざぶけん〉だな。いいか、まず、目で検める」

元七は、座布団を両手で持ってじーっと見つめた。

「次に、においだ。きな臭くないか……」

元七は、座布団に鼻を当てて、くんくん嗅いで見せた。

「さらに触ってみる」

元七は、座布団を表と裏と丁寧になで回した。

「一枚一枚、検めたら重ねていって、十枚重ねたら、検分済みの印に……一文銭を乗せておく」

重ねた座布団の上に一文銭が乗っているのは、〈ざぶけん〉済み、という証拠になる。

以来、〈ざぶけん〉用の一文銭にはそれぞれ紐を通して、奥の柱にかけておくことになった。

こうして、女中たちは店じまいの前に、みんなで分担して座布団を一枚一枚検める……〈ざぶけん〉が毎日の日課になったのである。

さらに、駒形どぜうでは、会計は客が食べ終わった汁椀や飯櫃によって計算するので、什器の数を確認することにした。店じまいした後、

「茶碗」

「……百十！」

「お新香皿」

「……百五十三！」

「お櫃」

「……六十二」

などと数え合わせる。お銚子は、逆さまにして十本入る箱を用意して数えやすくした。お新香皿の数だけが馬鹿に多いのは、当時、お新香はタダだったからである。「お新香、おかわり！」といえば、また新しいお新香皿を出すので、ひとりで三つも四つも皿を重ねる客が出てくる。そのため、店に入る客の数倍のお新香皿が必要なのであった。

それまで店では帳簿というものをつけていなかった。当時、食べ物屋で帳簿をつけている店などどこにもなかっただろう。いわゆる丼勘定で、客からもらっただけが売り上げである。

ところが、この〈員数合わせ〉をやるようになってから、それまでの丼勘定が実にいい加減であったかということがわかってきた。

食べた什器で会計するというのは、合理的なようであったが、実際には、什器は日々、減っていることが判明したのである。

要するに、食べた後、茶碗などを懐に入れて持ち帰ってしまう客が結構いたのだ。これも〈食い逃げ〉の一種であるのだが、多少は代金を払っていくため、なかなか気付かないのであった。

「ずいぶん食い逃げされているんだなぁ……」

伊代が帳面に書き出した什器の数を眺めながら、助七は呆れたように呟いた。

　さらに、元七は、夏になると奉公人に対して、〈午睡〉を強要するようになった。料理場に立つ者も、接客にあたる女中も二班に分けて、交代で昼飯を食べた後は、強制的に二階で昼寝をさせてしまうのである。

「そんな子供みたいに、真っ昼間から寝られませんよ」

と、無理やり寝かされて、破れ団扇で風を入れながらブツクサ言っていたハツなども、次第に食後なのでウトウトするようになり、やがて、午睡をすればしたなりの効果はあるようで、夕方の忙しいときも、みんなもうひとがんばりできるようになった。

　そんな中で、ある時、重い樽を運ぼうとして、巳之吉が……続いて正どんと、元七までもが腰を痛めてしまった。日頃の激務がたたったのかもしれない。正どんなど、いきなりぎっくり腰になって、足腰が立たなくなってしまい、あわてて骨接ぎの名医、千住名倉に担ぎ込まれたほどだった。しばらくはへっぴり腰で、帳場に座るのも辛そうにしているのを見て、元七は考え込んだ。

「よーし、これからは店が終わったら四股踏みだ！」

「えっ……四股？」

　店じまいのあとで、女中たちが〈ざぶけん〉した座布団を片付けると、その広々した座敷に男衆だけが車座になり、声を揃えて一斉に、「いーち」「にーっ」……と、毎晩五十回ずつ四股を踏むことにしたのである。

「……ここんちは、いつから相撲部屋になったんだ」

　夜遅く吉原帰りに通りに通りがかった赤圓子の旦那など、店からの異様な物音に店の中を覗き込んであきれ顔になった。江戸広しといえども、毎晩、四股を踏んでいるどぜう屋など、ここくらいのものだろう。

「いや、たかが四股踏みなどとあなどれねぇ。このところ、めっきりみんな腰を痛めなくなりました」

「おまえさんはいいだろうけれど、付き合わされてる店の者が気の毒だ。なぁ、巳之吉さん」

　帰ろうとする巳之吉に、赤圓子が思わず声をかけると、巳之吉は心得たもので、「いや、なんというか、仕事の最後に店の者が声を揃えて同じことをやるっていうのは、なかなかいいもんでごぜえやす」などと言って笑っている。

「元さん……この店は、なんだ。よっぽど奉公人の方が人間ができているねぇ」

　赤圓子の旦那も思わず苦笑するばかりであった。

　その赤圓子の旦那の紹介で、浅草並木町にある茶道具屋の娘が店にお花を活けに来るようになった。

　茶道具屋の娘は花女といった。娘といっても、長年、さる大名家に奥女中として勤めていたから、もう三十をとうに過ぎている。奥勤めを下がって実家に帰ってきたものの、家督は弟がついでいるので、実家には居づらい立場にあるらしい。長年の習慣が抜けきれず、いまだに白塗りの厚化粧で、でっぷりと肥え太っている貫禄十分の〈娘〉である。店に来ると汗をかきながら懸命に花を活けている。世間知らずだが、生真面目な女なのだろう。噂では薙刀の名手とも言われていたが、あのおっとりした巨体では道場を踏み抜くのではないかと、みな冗談半分で聞いていた。

店では手が空いていれば番頭の正どんが花女の花活けの手伝いをする。帰りは物騒なので、並木町まで送ってゆくようになった。

「お花、ってのは、なかなか面白いもんですね」

それまでは講釈場に通うくらいしか楽しみのなかった正どんは、この頃、すっかりお花にはまってしまい、ドジョウが入らず店を閉めている日など、見よう見まねで花を活けたり、小梅に使いに行ったときに盆栽などを貰い受けてきては、屋根の上に並べたりしているのだった。

そんなある日、その並木町の茶道具屋の老夫婦が、「おたくの番頭さんを娘の婿にもらえないか」と言ってきたのには、元七も店の者もみな驚いた。

「正どん、おめぇ、茶道具屋のお嬢様に何しやがったんでぇ」

元七も驚いて問い質すと、肝心の正どんの方が卒倒しそうになった。

「い、いいえ……あっしは、何も」

「なんでぇ。めぇもすみにおけねぇなぁ」

「旦那さん、めっそうもありやせんや。あのお嬢様は、あっしよりだいぶ年も上ですし……」

「……そうだよな」

　元七は、おかしくてたまらない様子で、クックッと笑いを嚙み殺している。どうやら正どんは、その文武両道、生一本なお嬢様に惚れられてしまったようなのである。

　茶道具屋の老夫婦としては、もう一生実家で面倒を見るつもりではあるものの、老い先短い自分たちがいなくなったあと、弟夫婦の厄介になって年を重ねる娘のことを思うと不憫で、もはやどこの馬の骨であろうと娘が惚れたという男と添わせてやろうと思って持ってきた話であった。

「正どん、たいへんな玉の輿じゃないか」

　女中頭のハツは、大口開けて笑った。

「……とんでもねぇですよ」

　正どんは、泣きそうな顔になっている。

「いくらあっしでも、分をわきまえる、ってこたぁ知っています。旦那さん、分相応ってもんがあるでしょう」

　茶道具屋からも、さすがにうちの娘婿が、どぜう屋の番頭では外聞が悪いので、店を辞めてもらいたいというのが、たった一つの条件であった。長年大名家に出入りしている店だけに、婿ひとりブラブラ遊ばせておけるだけの財力はあるらしい。

「正どんや……おめえにいなくなられちゃあ、うちは大弱りだが、だが、おめえにとっては、こんなにいい話はないよ」

平蔵までそう言い出すのを、正どんはしょんぼりとうなだれて聞いていた。

数日後、茶道具屋の主人が再び店にやって来た。

正どんは、そぶりを見せなかったが、ひとりで茶道具屋に出かけていって、きっぱりと詫びを入れ始末をつけてしまったらしい。

「……長年、勤めた店を辞めるわけにはいかねぇんです。この話は、どうか堪忍して下さい」

と言って、正どんは頭を深々と下げた。

「あっしが店に拾われたのは、五つか六つの時でして……」

浮浪児だった正どんに平蔵がおむすびを与えたところ猫のようについてきて、そのまま店に居着いてしまったのだという。

「正どん、いろいろたいへんだろうが、どうか辛抱してあの馬鹿を支えてやって欲しい」

助七が当主になった時、隠居の平蔵にしみじみ言われて正どんは奮い立った。

「以来、あっしは、駒形の店を自分の家と思い、ご隠居さんを実の父親と思って生きてきやした。今さら、茶道具屋の婿なんて柄でもないし……本音をいえば、あっしはあの店に、ずっといたいんです。ずっと店でご隠居さんに〈親孝行〉したいんです」

正どんは、花女の前でも手をついて謝った。本当は、正どんもまんざらではなく思っていたけれど、店を捨てるわけにはいかなかったのだ。

この正どんの態度に、花女は惚れ直してしまったのか、いよいよ一緒になれなければ……とすっかりふさぎ込んで寝付いてしまったという。

「長年勤めていたものを辞めろとは、我々もおこがましいことを申したと、改めてお詫びに参りました次第で……」

茶道具屋の老夫婦は、平身低頭して……ついては家を一軒用意するから、そこから通い番頭で今まで通り勤めてもらってかまわないので、どうか娘との縁談をもう一度考え直してくれないかというのである。結局は、娘可愛さでどうにかしたい一心なのだろう。

「……正どん、果報者だな」

正どんもここまで言われれば否やもなく、めでたく内輪で婚礼をあげ、店からも茶道具屋からもほど近い浅草西仲町に所帯を持った。

「……それが、意外にたいへんでして」

口ではそう言いながらも、正どんはなんだか毎日うれしくてたまらないような顔をしている。朝は日の出前に起きると、家の掃除から洗濯、昼餉の用意をして、どぜう屋に出勤すると、いつも通りに勤め、店が引けると今度は家に戻って夕餉の支度までしているというのである。

「嬶はいったい何やってるんでぇ。そんな嬶叩ッ出してやると言ってやれ！」

元七は、気が短いからもう頭に血が上っている。

「へぇ。でも、うちのはお花だけじゃなくて、なんでも薙刀の方も道場に教えに行っているんでして……へたすると、わっちの方が叩きだされかねないです」

「ええっ？」

さすがに元七も驚いて聞き返した。

「いやもうお花や踊りを教えたり、はたまた道場通いで……めっぽう忙しいんでさぁ」

正どんは、夕餉の支度中にも、疲れてぐったりしている新妻の肩を揉んだり、足をさすったり、それでも毎日、嬉々としてコマネズミのように立ち働いているのであった。

正どんのお花騒動以来、元七は、他の店の者にも習い事を奨励するようになった。

「みんなも、いっぱしの職人になりたかったら、少しは習い事にも精を出して、芸の一つも身につけろ」

元七も、平蔵とはまた別の意味で蓄える、という観念がなかった。店が繁盛して、少しずつ余剰金が出れば、店の者のために使うのが当然だと思っている。

駒形河岸のあたりは、俗称〈お妾横丁〉と言われるほど、〈それ者上がり〉の女が多かったから、芸事の師匠には事欠かなかった。若い者は、仕事が終わると踊りを習いに行ったり、武芸の稽古に通うようになった。女中たちは主にお針の稽古に通う者が多い。

「兄さん、あたいは、もう裁縫とか音曲はいいの。そんな習い事のかわりに、お酒のことを習いに行きたいんだ」

ヒナは丹念に帳簿を調べて、あることに気付いて以来、利き酒の修業のために堀田原の池田屋へ通わせてくれ、と言い出した。

「兄さん……知ってた？　うちはドジョウの店なのに……実は一番お金を支払っているのはお酒なんだよ。支払いの一番多いのがお酒で、ドジョウはその次なの。それから米で、味噌、砂糖、ネギ……」

実はヒナの利き酒の勘の良さは、はじめに利き酒を教えた平蔵も次第に舌を巻くほどになっていた。

「あのね、池田屋さんに聞いたら利き酒は、お酒の飲めない人の方がいいんですって。お酒好きの人は、つい飲んじゃうから、ベロが馬鹿になってる、っつうの。そんでね、だんだんわかってきたんだけど、ドジョウ料理みたいな味の濃い料理には、灘の酒だとピンが強すぎるんだ」

「シナよぅ……そのピンっつうのが、どうもよくわからねぇなぁ」

「ピンはね、口に含んだ酒を吹いたあとで、ピンと跳ねる感じ」

「……ピンねぇ」

「あと、やっぱり〈燗晴(かんば)れ〉するお酒じゃないと……ね」

ヒナは池田屋に通って酒のことがわかってくるようになると、店でも調合した酒を出すようになった。ヒナの吟味した酒は、料理によく合い、燗をすると不思議に香りが出て味がよくなる……いわゆる〈燗晴れ〉する酒だと評判がいいのであった。

一方で元七は、この頃、柔術の稽古に入れ込んでいる。ちょうど、〈駒形どぜう〉のわきの通称どぜう屋横町を入ったところに、戸田流の奥沢という柔術の道場があって、そこに毎日、店のこともそっちのけで通いつめているのだ。

何ごとにつけ、入れ込むと熱中する質(たち)の元七は、朝に晩に熱心に稽古に通ううちに、めきめきと腕を上げ、今では家が近いこともあって、道場破りがやってくると、門弟が、「三代目、ちっとお願いします」と助っ人を頼みにすっ飛んでくるような有様である。

「まったくご時世(じせい)だねぇ、元さん、今度は柔術かい？」

と、客たちは呆れているが、たしかに安政大地震以来、世の中は妙にざわつきはじめていた。

食べ物屋というのは、意外にそうした町の人気（じんき）のようなものに、ことさら敏感であるのかもしれなかった。

六、冥土の旅へコロリ欠け落ち

黒船来航以降、町人の間で人気があったのが、浅蜊河岸にある鏡心明智流、桃井春蔵の剣術道場〈士学館〉である。

ところが元七は、この頃、桃井道場にぱったり通わなくなった。

桃井道場の塾頭とそりが合わず、ほとほと嫌気がさしてしまったのである。

実は、桃井道場では昨年から急に土佐藩士が大挙して入門してくるようになり、塾頭も変わったのだった。理由は単純で、土佐藩の上屋敷が鍛冶橋御門内にあって、道場のある浅蜊河岸にほど近かったからである。

土佐藩士の頭目は武市半平太といった。六尺近い大柄な美丈夫である。土佐では文武両道に秀でた男として知られ、すでに国元では小さいながらも一刀流の道場を開いていたという。その男が、弟子を引き連れて入門してきたのだ。

「この道場の怠惰な雰囲気はなんじゃ」

入門してきた日から、武市は士学館の〈ゆるい〉雰囲気に目くじらを立てて師匠の桃井春蔵に詰め寄った。

もともと桃井道場は、江戸の他の道場と比べると、剣の腕では落ちると言われている。初代が江戸に道場を構えた頃から、道場破りが来ると、初代は病で立ち合えず、二代目は負けることたびたびであった。三代目の頃、神道無念流の練兵館と諍いがあり、北辰一刀流の千葉周作の仲立ちで、十番勝負で決着をつけようということになったが、桃井道場は、立ち合った八人までが全員負けてしまい、その時点で打ち切りになったという。

それでも不思議なことに道場は繁盛した。門人に身分の上下を問わず、貧富の差別をつけなかったからである。

稽古も、荒稽古で有名な練兵館などに比べれば、信じられないほどゆるかった。要するに、それまでの門人たちにとって士学館は居心地のいい道場だったのである。

この頃の桃井道場は、四代目の桃井春蔵……桃井直正が継いでいた。三代目に目をかけられその娘の婿として養子に入った四代目は、剣の筋がよかっただけでなく、〈目を見張るような〉美男であった。立ち会ったときの構えには品格があり、融通無碍の気配で周囲を圧した。

安政の頃から、巷では〈江戸三大道場〉として「位は桃井、技は千葉、力は斎藤」といわれたのは、この四代目桃井春蔵の頃のことである。

この四代目は、婿養子であったことから謹厳実直、紅灯の巷に足を踏み入れることもなかったが、弟子たちにはすこぶる鷹揚であった。それを武市に厳しく意見されて、そのさわやかな弁舌に打たれた四代目は、すぐさま武市を塾頭に据え、門弟たちの綱紀粛正にあたらせることにしてしまった。

武市は藩に願い出て、桃井の内弟子となり士学館に起居するようになった。新塾頭の武市は、同じ土佐藩士で腕の立つ山本琢磨（やまもとたくま）という若い男を師範代に抜擢して、朝から稽古はビシビシやる、夜の品行もビシビシ取り締まる、とにかく徹底して塾生を鍛え直そうと躍起（やっき）になり、いっさいの仮借（かしゃく）もなかった。

「ちぇっ、まったくうちの師匠も、あんなぽっと出の田舎者に言いくるめられちまって」

いい迷惑なのは元七たち、古くからの弟子たちである。

元七は、文句を垂れながらも持ち前の負けん気で厳しい稽古には食いついていったが、稽古が終わった後……金七（きんしち）の刀預所（かたなあずかりどころ）などで一服しているとき、土佐藩士たちがさかんにお国訛（なま）り丸出しで、政治談義するのには、いい加減うんざりしてしまった。

もともと金七の店は、刀預所を名目にしているが、実際は休憩所で、稽古が終わった後、茶を飲んだり……たいがいは酒を飲むことになるから、刺身や肴（さかな）なども出したりする。この酒の肴がなかなか気が利いていると評判であり、桃井道場が人気なのは、この刀預所の存在も大きいのではないかとさえ噂されているほどであった。

「元さん、土佐というところは、何につけ酒を飲んで議論を好む土地柄らしいよ」

と、金七は半ばあきらめ顔で取りなしたが、元七は、その議論を聞いているだけでムカムカしてきてしまう。

「ふん、陪臣のくせに天下のご政道に口出しするなんて、徳川様のお膝元で、図々しいにもほどがある」

「元さん、そういうご時世なんだよ。どの道場も田舎者たちがたむろして天下国家を憂えているらしいぜ」

江戸には続々と地方から武士がやってくるようになり、剣術の道場というのは、次第に剣の道を極める場所というより、攘夷と国事に奔走する地方出の武士たちの巣窟となりはじめていたのであった。

「ま、一応、目録までもらったから、もう剣術はいいや」

と、元七は、あっさり剣術には見切りをつけて、今度は柔術の戸田流奥沢道場に通っている。しばらく熱心に稽古をして、〈戸田流捕手秘術〉の巻物を授けられた。食い逃げを捕まえるという目的とはいえ、ふつう店主みずから捕縛術を習得しようとは思わないだろうが、そのへんが江戸っ子の行動的なところであったのかもしれない。

実際、店では、喧嘩や乱暴者の狼藉が目に見えて多くなっていた。元七は、酒に酔って絡む客は、相手が武家でも表に突き出して平気で撲ってしまう。

それにしても困ったのは、〈食い逃げ〉が多いことであった。金もなく、ひもじさに堪えかねての〈食い逃げ〉を捕まえて殴るのは後生が悪いし、かといって見逃してばかりいるわけにもいかない。

元七は、奥沢道場から、釜太郎というもともとは相撲取りの褌かつぎ崩れらしい大男を貰い受けてきて、専従に〈食い逃げ〉を捕まえさせることにした。

だいたい〈食い逃げ〉には特徴がある。履き物を脱がない醤油樽の客に多く、またすぐ店の外に出られる戸口に近い〈端〉の席に多かった。

女中頭のハツなどは慣れているから、その食いぶりでだいたいわかってしまう。小心者の〈食い逃げ〉は、コソコソッと食べ、キョロキョロあたりを窺うその目つきでだいたいわかる。逆に図々しい〈食い逃げ〉は、はじめから捕まってもいいと腹をくっているから食えるだけ食う……その食べる量が尋常ではないのである。

どちらにしても挙動不審の食いぶりの輩がいると、ハツは小声で「釜ちゃん、端の二番のお客さん……」と密かに耳打ちする。

〈食い逃げ〉が立ち上がり、店を飛び出すか出さないかという瞬間、「食い逃げっ！」とハツが大音声で叫べば、間髪を入れずに釜太郎が突進して体当たりを食らわせる。

ただそれだけのことなのだが、ハツの大声に縮み上がり、その上釜太郎の巨体にぶつかられては、〈食い逃げ〉もひとたまりもなかった。

ちなみに〈食い逃げ〉を捕まえた後のこらしめ方も、駒形どぜうは独特だった。

番所に突き出したり、撲る蹴るの乱暴などはしない。

釜太郎が裏に連れて行って、木戸をピシャリと締め、朝晩の、ドジョウの水かえ用に井戸水はたくさん必要だから、〈食い逃げ〉には一刻ほど井戸水を汲ませる……これは初代の頃からの制裁方法なのだった。

〈どぜう屋の食い逃げ制裁〉は、近所でも有名であったという。もちろん二度目はない。ハツが目を光らせているから、食い逃げした者は、次から来ても決して店には上げてもらえないのだった。

浅草寺の雷門の前に〈山屋〉という酒屋があって、そこから駒形の方へ続く参道は並木町と呼ばれている。

この並木町に井坂屋という質屋があった。井坂屋は八代将軍の頃から店を構える古い質屋で、実は……質屋というのは、その当時〈盗人の表の顔〉と言われており、裏社会にも顔が利いた。裏から入ってくる盗品を扱うのである。さらに井坂屋は、いくつもの博打場を押さえており、その寺銭だけでも膨大な実入りがあった。

井坂屋の当主は、代々忠兵衛を名乗っている。

「元さん、この頃は柔術だって？」

急に降ってきた雨に、フラリと井坂屋の親分が店に入ってきた。年の頃は五十過ぎの恰幅(かっぷく)のいい温顔の老人で、そうと聞かなければとてもヤクザの親分には見えない。小者を家に走らせて、傘を持ってくるまでの間、一杯やって待っていようという算段であるらしい。

「ははっ、さすがに刀を振り回すわけにもいかねぇんで。当て身のくらわし方くれぇ稽古しておこうと思いやしてね」

井坂屋の若い衆も戸田道場にはやってきている。やくざ者だって、武術は基本から学んでいた方が強いのだ。

「ところで、元さん。つい先だって、うちに桃井道場の男が来てね、あとで聞いたら師範代らしいんだな」

「……え、山本琢磨？」

「そうそう。土州さまの家来だ。それが質草に持ってきたのが……驚くじゃァねぇか、オロシアの金時計さ。なんでも使節からの贈答品らしい」

「へぇ、なんでまたオロシアの時計なんぞを……」

山本と、もう一人桃井道場の塾生という者が、さんざん酔った挙げ句、道ですれ違った物持ちの商人を脅して、取り落としていった風呂敷の中に入っていた時計を金に変えようとして、わざわざ浅草まで質入れしに来たのだという。

　質屋はお上に通じている。盗品かどうかはすぐわかるようになっていた。もちろんこの金時計も届けが出ていた。井坂屋の親分は慣れたもので、すぐには金を貸さず、丁重にあとで届けるというと、山本はあっさりと土佐藩邸と自分の名を名乗ったという。

「よほど酒に酔っていたのか……あるいは、田舎者で世間知らずというか……」

　親分も呆れ顔で盃を重ねている。

　翌日、ことの大事に気付いた土佐藩邸では大騒ぎになって、内済にしてほしいと使者がやってきた。それが、桃井道場の塾頭、武市だったという。

「あと、山本の従兄弟(いとこ)とかいう図体(ずうたい)の大きな男と、桃井の塾生という岡田という男も一緒でね……元さん、知ってるかえ」

「知ってるも何も……」

　実は、岡田は武市の子飼いの弟子で、土佐から一緒にやって来た男である。元七と前後して目録を受けた。塾頭の武市や、師範代の山本が免許皆伝であるのに、弟子とはいえ、滅法強いはずのその男が、元七と同じ目録……というのは、さすがに元七も何かおかしいと思ったが、師匠の桃井春蔵が、その男の太刀筋(たちすじ)に「品がない」と認めようとしなかったためだという。

「あら、その人なら、よくうちに来るわよ」

聞いていたヒナが思わず口をはさんだ。

「そういえば、井坂屋さんの御用で浅草に来たのが、江戸に来て初めての遠出だったんですって」

「あいつ、江戸へ来て、浅草も来たことなかったのか」

「何でもお師匠さんがえらい厳しくて、道場から出してくれない……とかこぼしてたけど」

「ははは、そうだろうよ」

とにかく武市の綱紀粛正の嵐はたいへんなものだったから、ああいう男の下で我慢できるのは、よほど忠犬のような男に違いない、と元七は思っていた。

「それ、その武市というのが、コチコチでね。山本は切腹させると言ってきかないから、まぁ、時計は返すというし、先様には内済にというんで金も払うことだから、酒に酔った上での間違いだしあたら若い身空で、何も腹まで切らなくても……と諭したんだけどねぇ」

「それで、山本さんは詰め腹かい」

このところその消息を聞いていなかったので、元七は驚いた。

「いや、それもあんまりだからサ。かといって、あの堅物さんは何を言っても無駄だと思って……その岡田さん、っていうのを訪ねて、こっそり山本さんを、うちとは縁つながりの越後の弥彦、観音寺の松宮一家の方に落としてやったサ」

「よくあの腰巾着が、武市さんに黙ってそんなことを……」

「なんでも悪いのはその師範代じゃなくて、もう一人のお侍さんだったらしいの」

と、ヒナがよく知った様子で話すので、元七はびっくりした。

「なんでめぇがそんなこと知ってやんでぇ」

「だって、本人が言ってたもん」

「本人……って、岡田の野郎がなんで……」

「この頃、よくいらっしゃるのよ。店に」

最初は三人で店に来たというから、井坂屋に行く前後に武市たちは腹ごしらえに、元七の店とは知らずに寄ったのだろう。

「そんでね、そのとき……」

ヒナは、岡田の鼻の頭に大きな吹き出物が出来ているのに気付いた。

「ちょいと、お侍さん、それ……面疔じゃないの?」

「え?」

この時代、役者でもない限り、男は自分の顔を見るということがない。

「おお、なんか膿んじゅうぞ」

連れの大男は、近眼なのか、岡田に顔を近付けてまじまじ見た。

「たいへん……ちょっと待ってな」

ヒナは直ぐ料理場に行くと、巳之吉にドジョウを一匹裂いてもらい、小皿に入れて持ってきた。

「面疔にはね、ドジョウが一番」

と、いきなり岡田の鼻の頭に裂いたドジョウを貼り付けた。

「……な、何するぜよ」

ヒナは、制止も聞かずに慣れた手つきで貼り付けたドジョウの上を和紙で覆い、ピッと古手拭いを裂くと、鼻の頭を覆うように耳の下を通して、頭の後ろの丁髷（ちょんまげ）の下で結んだ。

連れの武市も大男も笑いをこらえている。江戸の人間は押しつけがましいほど親切だ。

「面疔は、おっかないんだよ。ただのでき物だと思って放っておくと死んじまうこともあるんだから。一昨年だったか、役者の坂東しうかも死んじまったのは面疔だった、っつうんだからね」

ヒナは大真面目で言った。

「わしらの田舎じゃ、ミミズをつぶして貼るとええと言うちょったが……以蔵（いぞう）、ドジョウのおかげで命拾いしたかもしれんのう」

大男は屈託なく笑っている。

「まぁ……ミミズ？」

ヒナは、ドジョウをミミズと一緒にされて、ちょっと鼻白んだが、もしかしたら、ドジョウやミミズなど土中の栄養分を食べている動物には炎症を抑える力があるのかもしれない。

同じように、瘭疽(ひょうそ)にもドジョウを貼るといいと言われていた。

岡田は「膏薬(こうやく)ドジョウの代は……」と聞いたが、もちろんヒナは、「また来て下さいね」と笑うだけだった。

田舎の人は妙なところで義理固いところがあるのか、鼻の頭のでき物がよくなると、本当に岡田は一人でしょっちゅう来るようになった。元七はこの男が道場でものを言っているところを見たことがなかったが、店に来るとヒナを相手によく喋っているらしい。

「なんでもうちの〈どぜう〉は御国のドジョウとはずいぶん違うとかで……」

彼らの故郷のドジョウはもっとヌルヌルしているという。

「海が近いと、海草食うからドジョウもヌルが強いっていうからなぁ」

海のそばの田んぼや川でとれるドジョウは、腸(わた)が苦いともいう。

「すごいお喋りなんだけど、御国なまりがひどくて、何言っているか、よくわからないの。なんか『まっこと』『まっこと』って言うから……」

〈まっことさん〉という渾名がついた。

「……なんだ、渾名までつくほどよく来てるのか」

元七にはまるで別人の話を聞くようであった。

「それでも、何言ってるかよくわからないんで、適当に相槌打ってるだけなんですけどね」

などとハツも言っている。どうやら〈まっことさん〉は、店の者たちには田舎出のすこぶる好人物として映っているようだった。

「でも、なんか動物みたいでかわいい感じがするんだもん」

そう言うヒナの言葉は、ある意味で、それは〈まっことさん〉の一面をついているようにも思われた。

酒で鬱憤を晴らすこともできず、昼間、こっそりどぜう屋に来て、店の女を相手にペラペラ喋って気晴らししているところなど、なんだか本当に可愛いらしいような気もしてくる。

「若いお侍の命も助けたし、岡田というその〈まっことさん〉からもえらく喜ばれて……ちっとは後生がいいことをしたよ」

そんな話を井坂屋の親分はひとくさりしたところで、家から傘が届き、ほろ酔い加減で店を出て行った。

になった。

安政五年（一八五八）の夏は、うすら寒い日が続いたあと、猛烈に暑い日が続くようになった。

そんなムシムシした日が続くある日の早朝、客の一人が飯を食っている途中で、突然倒れ、「おい、どうした？」と、元七たちが駆け寄ったときは、すでにこと切れていたので大騒ぎになった。

「旦那さん……」

料理場を預かる煮方の巳之吉が、小声で元七を呼んだ。

「実は……今朝、ドジョウが〈赤鼻〉になりまして」

〈赤鼻〉は、病気の一種で、ドジョウの鼻が赤くなって、ぐったりする。

「塩入れたか」

「へい」

この症状が出たら、すぐ鼻の赤いドジョウを取り出し、薄い塩水を入れると治る。治る、というより、一時的にぐったりしたドジョウがしゃっきりするのである。塩に弱いはずのドジョウが、ごく薄い塩水によって活性化するのは不思議なことだったが、これも長年培った経験によるものであった。

「もちろんすぐに塩を入れて、死んだドジョウは使っちゃおりませんが、万が一にも、あの赤鼻ドジョウにあたったんじゃあ……」

「まさか！　今までだって食っててなんともなかったんだぜ」

それでも、元七はすでに調理済みの赤鼻ドジョウをすべて捨てさせた。

こういう事態に備えて、日頃からドジョウは大きい容器には入れずに四斗樽に入れてある。四斗樽をいくつも並べておくのは、場所塞ぎだったが、被害は最小限でくい止めることができた。

店を閉めると、奉行所からも取り調べが来た。だが、幸いなことに、具合の悪くなった者は、死んだ客以外にはいなかったらしい。

翌日も、いつもと同じ顔ぶれの客がやって来たので、元七も店の者もホッとした。

しかし、それから数日経つと、今度は町のあちこちから、人々の訃報が聞かれるようになったのである。

それも、朝は元気に挨拶していた人が、夕方には棺桶を用意するというくらい急な話ばかりであった。

「なんでも〈コロリ〉っていう病らしい」

元七は湯屋に情報収集に行ってきた。

「まさか……コロリなんてへんな名前の病気があるもんですか」

ヒナはからかわれたと思って笑った。

「笑いごとじゃねぇ。本当にコロッと死んじまうっていうから恐ろしいじゃねぇか」

「熱が出るの？」

「いや、熱は出ねぇ。まず吐き気としぶり腹だ。そのあと、猛烈に腹が下って……なんでも米のとぎ汁みてぇな便がとまらずに、あっという間に体がシワシワになって死んじまうって話だ」

「……そんな病、今まで聞いたことないな」

平蔵（へいぞう）は口の中で呟いている。

たしかに江戸中の誰もが〈コロリ〉などという病を、聞いたこともなかった。

「どうも異人が井戸に毒を撒いた、っていう噂があるそうです」

番頭の正（まさ）どんが床屋で聞いてきたのは、その感染ルートだった。

この頃は、何か起きるとすぐ異人のせいにする、というのがお定まりで、早くも、

「あめりか土産（みやげ）はたいしたものよ　ペルリがコロリを置いてった」という落首（らくしゅ）が町では囁（ささや）かれていた。

「長屋の井戸がやられたところは、長屋中に病人が出たとかで……生水（なまみず）と生魚（なまざかな）は食べちゃいけねぇって、みんな言ってやした」

「……魚が原因か」

元七は、いまいましげに呟いた。

八月になると、コロリ騒動はますます猖獗（しょうけつ）をきわめた。

両国橋は棺が百通るごとに洗い清めたというが、一日に何度も洗わなくてはならない日が続いたという。

どの店も感染を恐れて店じまいしていたが、その中で元七は店を閉めなかった。店には家で煮炊きできず外食に頼るしかない人々が毎日大勢つめかけていたのである。

「夏の暑いときには、ドジョウみたいな精のつくものを、汗かきながら食って、コロリ退散だ！」

元七は、店先に〈コロリ除けにどぜう汁〉と大書して張り出した。

「とにかく何でも熱くしろ、ちっとでも冷めたものは出すんじゃねぇ」

元七は、徹底して飯は炊きたて、汁は料理したてのものを出させた。ちなみに味噌汁は沸騰させてはいけない、というのが常識であるが……駒形のどぜう汁は沸騰させてから出すので、ものすごく熱い。

女中がこの汁を運ぶときは、こぼすと火傷するので、人とすれ違う際は、「おつけー」「おつけー」と声をかけることになっているほどである。「気をつけて」の略であるというが、それほど汁はチンチンに熱いものを出した。

「巳之さん、ちっと交代しよう」

そのような料理であるから、夏の暑い最中の料理場は灼熱地獄である。

「金明水、金明水！」

と、元七はそう言いながら、玉のような汗を捩り鉢巻きで止めて、水をガブガブ飲んでは煮箸を握った。夏の料理場では、ただの井戸水が、まさに富士の霊水〈金明水〉のように感じられるのだった。

「なぜ、駒形のどぜう屋からはコロリが出ないのか」

人々はいぶかしく思い、元七に聞いてくるが、元七もよくわからない。

「ドジョウが体にいいからに決まってンじゃねぇか」

などと言ってはいたものの、実際には、他のどぜう屋からは病人が出ていた。もしかしたら〈駒形どぜう〉の料理場が、土間ではなく板の間だったのが良かったのかもしれない。しかも、やかまし屋のハツが目を光らせているから、掃除は徹底して行き届いていた。

昔、元七が京都に修業に行ったとき気になったのは、上方では料理場は土間で、みな高下駄を履いて調理することだったのである。

「便所に行った下駄を料理の場で履いているのが、どうも汚ぇような気がする」

土間の料理場は床に水を流せばいいので掃除が楽だが、そうした店は一様に病人を出していた。

この謎の疫病〈コロリ〉が蔓延している間中、江戸市中は喧噪に覆われていた。

十三代将軍家定公薨去のため歌舞音曲、鳴り物は御停止のはずなのに、人々は〈コロリ退散〉を願って鉦を叩き、太鼓を打ち鳴らした。ヤツデの葉を下げるといいというので、どこの家でも軒にはヤツデがぶら下がっている。正月のように門松を立てる家もあり、節分のように豆まきをする家さえあった。

そんなある日、楽屋新道に住む人がやって来て、平蔵の養母のげんがコロリに倒れて伏しているという。

「おまえさんのところは、店も大事だろうが、病気のおっ母さんをよく放っておけるものだよ」

何も事情を知らない近隣の人は、嫌味のひとつも言わずにはいられない様子で帰っていった。

話によると、げん婆さんがあれほど可愛がっていた姪のあさは、げんがコロリに罹った途端、感染を恐れて放置したまま実家に逃げ帰ってしまったというのである。

「……自業自得ってやつだよ」

元七は、吐き捨てるように言った。

「そうはいっても、このままというわけにはいくまい」

平蔵は、すぐにでも出かけようとしている。

「お父つぁん、そんな……感染ったりしたら、どうするの？」

ヒナは心配そうに引き留めた。

「それより、おっ母に言うんじゃないぞ」

平蔵がヒナに言い含めているのを聞いて、ハツは、「あっ」と思わず声を上げた。

先ほど気を利かせて、すでに伊代をトメの家まで走らせていたのである。

「しょうがねぇ、おれがひとっ走り行ってきてやるか」

そう言いながら、元七は頭に手拭いを被り、口元も手拭いで防備して、決死の覚悟で飛び出して行こうとした。

「兄さん、コロリ除けのお札！」

ヒナがあわてて深川妙心寺でいただいてきた消毒の御供を元七の懐にねじ込んだ。

元七は、完全防備で暑さにうんうんうなりながら走り出して行った。

元七が楽屋新道の隠居所に到着したところ、すでにトメも来ていた。

「あ、おっ母さん……」

トメは、げんの枕元で吐瀉物の始末から何から、甲斐甲斐しく世話をしていた。

「おっ母さん、伝染るといけねぇ。手拭いで口をふさいでな」

元七は、あわててトメの口に手拭いを巻いた。

「こんな婆さんのために、命落としたらつまらねぇぜ」

トメは、病人に気兼ねして、目で制しているが、元七は一向に頓着していない。

「トメさん……」

負けずにげん婆さんが声をあげた。意外にしっかりしている。

「……あたしは、死んでも松伏の墓には入りませんからね」

「はい」

トメは従順に答えている。

「じゃ、どこに入るんだよ」

元七は、げんの耳元で怒鳴った。

「長泉寺！」

げんは、大声で叫んだ。

「チョーセンジって、なんだ」

「東上野の寺に墓を建てておいたから、そこにいれておくれ。何があっても、松伏みたいな田舎の墓には入りません」

「入りません、って……」

元七が呆れていると、トメは「はい、わかりました」と耳元で大きく答えてやっている。

「水が飲みたいねぇ」

元七が体を起こし、トメが茶碗の水を飲ませると、「なんだい、……しょっぱいじゃないか」と文句を言っている。

「おっ母さん、コロリは塩水をたくさん飲むといいんですよ」

「どうせ死ぬんだから、塩水なんて飲んでもしょうがないよ。……水をおくれよ、水！」

げんは、やせ衰えているのに、大声で叫ぶので、トメはしかたなく水を飲ませた。

「……ったく、わがままな婆さんだぜ。死ぬって言う奴に限って長生きするって言うけど……」

と、元七が言った瞬間、「おっ母さん！」とトメはするどく叫んだ。げんはがっくりと脱力している。

「元七……もしかして、死んじまったのかしら？」

「まさか。そんな簡単に死ぬもんかい」

元七は、あわてて揺すってみたが、げんはもう何も答えなかった。

「本当に……死んじまったみたいだぜ」

元七は、思わずにわかには信じられなくて、しばらく言葉を失っていた。

「……コロリって……本当にコロッといっちまうんだな」

トメは、つくねんとげんの枕元にへたり込んでいる。あまりに呆気ない最期だった。

「……ちぇっ、とうとう強気のまま逝っちまったなぁ」

トメは答えずに、ぼんやりと軒先を見上げた。軒に下がった風鈴が小さく思い出したように音を立てていた。

「お墓、どうするんだろうねぇ。松伏のお墓は、もう戒名まで彫っちまったのに」

トメは大きくため息をついた。

初代助七が天保三年に五十八歳で亡くなったときの遺言は、「墓は松伏に建てて欲しい」というものだった。養子である平蔵とトメ夫妻は、その言葉を忠実に守り、松伏まで行って、故郷の広島村の村はずれにある共同墓地に墓を建立した。初代が亡くなって戒名をいただいたとき、妻のげんも同時に戒名をつけてもらっていた。墓の表には、夫婦のその戒名を刻み、裏には、「江戸　浅草　駒形町　住居　渡邊助七」と俗名を刻んだ。「江戸　浅草　駒形町」と刻んだのは、平蔵の、せめてもの養父への餞であった。

そのせっかくの戒名も刻んである墓に、養母の方は、今度は、「入らない」という遺言である。

流行病なので、亡骸はすぐに荼毘に付された。千住の焼き場からの野辺の送りの帰り道、平蔵、トメ、そして元七とヒナは、無言で歩き続けた。

「こうして親子水入らずで肩を並べて歩くのは何年ぶりだろうな」

ポツリと平蔵が言った途端、トメは突然……声を殺して泣きだした。

失った歳月の大きさが改めて胸に迫ったのかもしれない。あるいは、これからは、こうして気兼ねなく一家が一緒にいることが許されるのだという安堵に似た気持ちもこみ上げてきたのだろう。ヒナは、そっと母親の肩を抱いて一緒に泣いた。

「考えてみたら、寂しい人生だったかもしれないねぇ」

げん婆さんは、いつも不平不満を口にして、お金を湯水のように使い、たくさんの取り巻きに囲まれていたけれど、いつも満ち足りていない様子だった。

異臭の漂う塵溜め(ごみた)のような部屋で、トメが来るまでは、ひとり寝ていたのだろう。

「それにしても、まぁたいした婆さんだったよ」

片付けたあとで、言われた通り長泉寺を訪れた平蔵と元七は、驚愕した。すでに立派な墓が建立されており、げんの戒名もしっかりと新しい墓に刻まれていたのである。

「まぁ、松伏よりも、こっちの方が墓参りは楽だな」

平蔵は、ぼんやりと新しい墓の朱色で刻まれたままになっている戒名を見つめた。

「お義父さんもなんだかお気の毒だわね。結局ひとりぼっちで松伏に眠ることになっちまって」

トメは、ぽつりと呟(つぶや)くのだった。

浅草名物の三社祭(さんじゃまつり)は毎年三月十七、十八日に行われる。

町の軒々に祭の軒提灯が下がり出すと、もう男たちは、そわそわしだして仕事にならない。

トメは、夜なべして店中の者たちのために祭の浴衣を縫い上げた。店の女中たちは、三社祭の前後から浴衣姿に襷掛けで店に出るのである。

祭が近づくと心がはずむのは、ひとつには、この祭の浴衣にあるのかもしれない。町内の者がみなお揃いの浴衣に身を包んでいると、わけもなく晴れがましいような、楽しい気持ちになってくる。

「このごろ、〈まっことさん〉来ないね」

ヒナは、ちょっとつまらなそうである。

「コロリにでもかかったんじゃねぇか」

元七は、そんなことを言ってからかっている。

「せっかく浴衣縫ってあげたのに」

「え、おめぇなんであんな奴に……」

〈まっことさん〉は、この間、フラリとやってきて郷里から送ってもらったという鰹節を大量に持ってきたという。

「それで、お礼に祭浴衣でも差し上げましょう、って……」

「あんなやつ、だめだぞ！」

元七は、自分でもびっくりするくらい大声で怒鳴っていた。

「兄さん……何、怒ってンの？」

ヒナの方がポカンとしている。元七が勘ぐっているような感情ではないのだろう。

「だってね、江戸に出てきて、道場に寝泊まりして、どこにも行ったことないっていうんだもの。なんかかわいそうになっちゃってサ。祭くらい見にいらっしゃいよって、言ってやったのよ」

ただ、客はいつも気まぐれだ。ヒナはいつも誰かを待ち続けているようにも見えた。

この頃、提灯屋の音次郎も、最近女房をもらったばかりの最中の皮屋の亀吉も、寄合と称して仕事もそっちのけで、どぜう屋にたむろしては酒ばかり飲んでいる。

「だんなさん……たいへんですぜ！　並木町の親分、井坂屋の大旦那が殺されたそうですよ」

祭も近づき町中が浮わついている中で、使いに出ていた正どんが、息急ききって帰ってきた。

「えっ！」

あわてて元七が見舞いに行くと、すでに井坂屋の一党は、敵討ちだ、といきりたっている。

「駒八一家にやられたらしい」

井坂屋の若旦那の朝吉は、父親の亡骸を前にポツリと呟いた。

朝吉は、元七より二つ年下で、子供時分は同じ手習い師匠についていた仲だった。朝吉は、家業よりも学問の虫で、書画骨董を眺め、狂歌連などにも入っている粋人である。粋人といえば、聞こえはいいが、毎日遊び歩いているのであった。とはいえ、だいたい大店の総領というのは、そのようなもので、店はしっかり者の朝吉の女房が取り仕切っていた。ちなみにこの朝吉の女房は、近所でも評判の美人で、いつも店先に立て膝で座っているので、このおかみさんの仇な姿をひと目見ようと、わざわざ質屋の暖簾をくぐる者もいたという。

駒形どぜうの裏には、大地震のあと、家の普請を請け負うやくざ者が一家を構えるようになって、親分の通り名が、駒形の八十八というので〈駒八〉一家と呼ばれていた。復興景気に乗って急に羽振りが良くなり、この頃ではあちこちの井坂屋のショバを荒らし回っている。

やくざ者を束ねている井坂屋としては、ここは、「すわ親分の敵」と、今夜にでも駒八一家に殴り込みをかける勢いだ。

「……困ったもんだねぇ」

温厚な朝吉は、逸る子分たちをなだめるのに手を焼いている様子だった。

「井坂屋が、駒八一家に殴り込む、って噂ですが……」

耳ざとい亀吉が、そんな噂を聞き込んできたが、元七は一蹴した。

「跡目をついだ朝吉がああいう奴だから、敵討ち（かたきうち）はしめぇよ」

これには井坂屋の内部でもだいぶ不満がたまっている様子で、意気地なしの若旦那をさしおいて、番頭である伊八をかついで駒八一家に殴り込むと息巻いている連中もあるという。

「それにしても、あの駒八一家……」

亀吉は、憤懣（ふんまん）やるかたない様子でため息をついた。

前年の〈コロリ騒動〉では、手下の大工たちに棺桶を作らせ高値で売りさばいた。大工も世情には勝てず、家を造るより棺桶作りに精を出していたのである。

その手の阿漕（あこぎ）な商売だけでなく、火の不始末から不審火を何度も出していた。仕事柄一応木材を置いているからすぐ火が燃え広がる。亀吉の家など、大地震で焼け出された後、二度も駒八一家からのもらい火で家を焼かれていた。

「……あいつら、どうにかして追い出してやりてぇ」

そう呟く亀吉の言葉は、駒形町に住む者みんなの本音でもあった。

「このまま泣き寝入りして納めれば、ますます駒八がのさばるだろうよ。ちぇっ、けちいまいましい」

元七は、歯痒（はがゆ）い思いを噛みしめていた。

三社祭のはじまりは〈宮出し〉である。本社の神輿は三基あって、火事にも遭ったことがない運の強い神輿であると言われていた。今年、駒形や並木町など浅草寺の南の地域が担ぐのは、三の宮の神輿である。この神輿をまず神社内で担いだあと鳥居を出て、それぞれの町会に引き渡し、町から町へと渡御してゆくのである。

祭の朝、夜明けと共に元七は三社様の境内へと歩いて行った。

この〈宮出し〉は要するに喧嘩場で、他所の土地から神輿を担ぐのが好きな連中が集まってきて、先を争って神輿の先頭部分……端棒を担ごうと小競り合いを始める。

各町からの担ぎ手の人数は決まっていて、今年は駒形町の若い衆である提灯屋も、最中の皮屋も、担ぎ手ではなく、喧嘩する者たちから神輿を守る役割を担っている。

この数年、特にひどいのは駒八一家の所行であった。駒八一家は、神輿を担ぎはじめると、傍若無人に神輿の上に、我も我もと上りはじめるのである。要するに、褌ひとつになって、その背中の彫り物を誇示したいのだ。駒形町の若い衆も必死に阻止しようとするが、神輿の上に乗られたら最後、どうにもならなかった。

「元さん、あの調子じゃ、一昨年みたいに棒が折れるんじゃないかねぇ」

後ろから声をかけられて元七が振り返ると、暴れまわる駒八一家の様子を、朝吉も一緒に見つめていた。

「……ちげえねぇや」

元七は苦々しく答えている。一昨年は宮出しの際、あまりにたくさんの駒八一家の者が神輿に乗ったため、神輿を落としたことから端棒が折れ、多数の怪我人が出た。

「うちの町内に渡御したとき、また神輿を落とすようなことがあっちゃ、ご先祖さまに申し訳がたたねぇ」

今年はこの三の宮の神輿が各町を渡御して、駒形町に渡ってくるのは夕方近くになる予定だった。

いつまでも神輿を下ろさない人々は、取りしきる鳶(とび)の親方たちにどやしつけられて、ようやく三社様の鳥居をくぐり、無事町方(まちかた)へと引き渡されていった。

「おぅ、どうだい、朝吉、どぜう食っていきねぇ」

「ああ、馳走(ちそう)になろうかね。やっぱり三社様の朝は、どぜうだね」

元七と朝吉は、肩を並べて歩き出した。

三社祭の朝、〈駒形どぜう〉の店は、祭半纏(まつりばんてん)を着た者で溢れている。この日、祭半纏を着ている者は、どぜう汁と飯はタダなのである。

宮出しを終えて集まった町の若い衆は、駒八一家の者にさんざん撲(なぐ)られ、痣(あざ)だらけのご面相になっていた。

「いいか、ぜったいに端棒を取られるんじゃねぇぞ」

元七は、一同を眺め回した。亀吉は、毎日重い最中の皮を焼く為の焼き型をひっくり返しているから、左肩だけが異様に盛り上がっている。なぜか焼き型をいつも左から右へとひっくり返しているうちに、自然に左肩だけが盛り上がってしまったものらしい。提灯屋の音次郎は、ひょろりとしているが、見かけによらず喧嘩は強かった。

元七は、店の釜太郎にも裏の奥沢道場から募った助っ人たちにも、駒形町の半纏を着せていた。

元七たちは、鉢巻きをしめて清水稲荷（しみずいなり）の境内にたむろしている。

御神酒所（みきしょ）からは笛や太鼓の音が響いてくる。三社祭のお囃子は、駒形では〈葛西（かさい）囃子（ばやし）〉と決まっていた。

「……来たぞ」

三間町（さんげんちょう）の方から夕日を背にして三の宮の神輿が見えたと思ったら、右に行ったり左に行ったり、なかなか進んでこない。少しでも長く神輿を担いでいたいものだから、神輿の引き渡し場所が近くなると、ぐずぐずと歩調がゆるむのである。

先導の白い馬に神主が乗り、御幣（おんべ）などを持った町の世話役に導かれてやってきた神輿を、担ぎ手の三間町町内の人々はやっと下ろして、神輿を置く台の〈休み馬〉に乗せた。

三間町の町役と、駒形町の町役が、神輿に乗って挨拶をはじめる。

　だが、誰も聞いていない。挨拶が終わって、一本締めによる担ぎ出しの瞬間……神輿めがけて突撃する時を、今か今かと固唾を呑んで待っているのである。

「カーン！」

　一本締めの柝の音と共に、元七たちは、雄叫びを上げながら端棒に突進する。もちろん別の方向からは駒八一家の者も遅れじと走ってくる。

「釜、やっちまえー！」

　もともと元七は、喧嘩は大好きである。

　元七の怒声に、釜太郎は、駒八一家の者に次々と体当たりを食らわしてゆく。神輿にたどり着く前に、すでに組んずほぐれつの喧嘩になった。

「音さん、神輿は頼んだぜ！」

　小柄な亀吉は、駒八一家の者に飛びついて、神輿に近寄らせまいと取っ組み合いになっている。その間に、音次郎や元七は、端棒に飛びついた。

「芋どん、早く来いッ！」

　元七に怒鳴られて、芋屋の小平次も必死に食いついてきた。

「へん、神輿っていうのは、こうやるものさ」

　と、駒八一家の若い者が次々と、褌ひとつで神輿に乗ってくる。

「乗せるな！　差せ、差せ！」

神輿が御神酒所に近づくと、お囃子の音も大きく盛り上がるから、担ぎ手も見守る人々もますます興奮してくる。元七たちは、御神酒所にぶつけるように神輿を突進させ、思いっきり神輿を持ち上げた。

上に乗っていた駒八一家の者は、激しく神輿を上下に揺すられてはひとたまりもなく振り落とされて、近隣の屋根に転がり落ちてゆく。

端棒を押さえるということは、神輿の動きを意のままに操る、ということでもあったのだ。

「もうすぐ、どぜう屋だぞー」

奥沢道場の助っ人たちが叫ぶと、みな力も湧いてきて、声を揃えて「わっしょい、わっしょい」と進んでゆく。

「旦那さーん！」

店の前では、伊代やヒナなど女中たちが、黄色い声で叫びながら、生卵を両手にかざして手を振っている。この駒形どぜうの前では、担ぎ手たちに生卵と酒をふるまうのが慣習になっているのだった。

と、その時、突然、店の裏から、「出入りだーっ！」という叫び声が上がった。

「えっ？」

棒立ちになったのは、元七たちだけではない。小競り合いを続けながら神輿を担いでいた駒八一家の者たちは色をなした。

「親分がやられた……！」

血だらけの若い男が飛び出してきたので、駒八一家の担ぎ手は、神輿を投げ捨てて飛び出して行こうとした。

「うわぁ、神輿を落とすな！」

元七が切羽詰まった声を上げると、見物に出ていた店の巳之吉も正どんも、見かねて神輿に飛びついて肩を入れた。

騒ぎを聞きつけて、〈と組〉の銀次(ぎんじ)たちも駆けつけた。

「元さんッ、加勢するよッ」

と、相変わらず裏返った声で、叫んでくる。

「ちぇっ、銀よぅ、その声なんとかしやがれ。臍(へそ)に力が入らねぇ」

元七がそう答えている一方で、ヒナは、裏の駒八の家に行こうとした一家の者の顔に向かって、いきなり手にした生卵を投げつけた。

「うわっ！」

「シナちゃん！」

と、見ていた銀次の方がギョッとして、あわてて止めようとしたが、ヒナを中心に、伊代たち若い女中もそれを見て、負けずに、「出ていけ、駒八！」などと叫びながら、どんどん投げつけてゆく。

「な、何しやがる！」

などと言いながらも、生卵の目つぶしにあった駒八一家の者は、次の瞬間、群がる町の者たちにボコボコに撲られていた。

「よーし、このまま駒八の家に突っ込むぞぉ！」

端棒を握る音次郎や亀吉が、「うぉーっ」と呼応して、「わっしょい、わっしょい」のかけ声も気ぜわしく、ものすごい速さで神輿はどぜう屋の角を曲がった。

すでに、駒八一家は修羅場になっている様子で、家の中からは、斬られた者が追い立てられて次々と出てくる。

「……相手は一人だ」

斬られた駒八一家の者が、そう言いながら出てきてバッタリ倒れた。

「ふさげ、ふさげ！」

元七の号令一下、神輿は、駒八一家の家の前の軒提灯（のきちょうちん）を揺らし、その前で「わっしょい、わっしょい！」と揉みあった。駒八の手下たちは、蜘蛛（くも）の子を散らすように逃げようとするが、神輿と人々に遮られて身動きがとれなくなっているところに、番頭の伊八を先頭に井坂屋の若い衆が、わらわらとやって来て駒八一家と小競り合いになった。

「えっ、井坂屋が殴り込んだんじゃないのか？」

「違うんじゃねぇか？　今、入っていったぜ」

「どうなってんだ？」

などと担ぎ手も息を切らして叫んでいる。

「駒八退散、駒八退散！」

いつの間にか、駒形に住む人々が寄り集まって、口々に叫んで、神輿を見守っていた。

元七たちも息が上がって来るが、ここが頑張りどころと、必死に担いで駒八の家の前から神輿を動かさない。

「駒形の八十八は死んだぞ！」

そう連呼しながら出てきたのは、尻からげして子分を引き連れ様子を見に入った伊八であった。

神輿を担いでいた人々は、「オーッ」とざわめいた。元七は、はたと我に返って、「酒と卵を忘れてたッ！　戻るぞ！」と、叫ぶやいなや、みな声を揃えて、「わっしょい、わっしょい」と方向転換しはじめる。ふたたび神輿は、〈駒形どぜう〉の前まで戻ってきた。

「おーい、たまご、たまご！」

亀吉が陽気に叫べば、ヒナが亀吉の肩先に卵を投げる。亀吉は、その卵を片手で受け取ると、額にペチッとあてて割って、チューーッと飲むと殻を勢いよく往来に捨てた。

「それより、酒、酒！」

元七は、見物衆から銚子（ちょうし）を受け取ると、そのままグーッとあおった。

「よーし、駒形堂（こまんどう）に向かうぞー」

次の材木町（ざいもくちょう）へは駒形堂で渡すことになっていた。駒形堂では材木町の人々が、すでに遅しと、神輿の到着を待っていた。

「チョーン、チョーン、チョーン……」

というゆっくりした柝が入ると、神輿を下ろす合図である。町役の〈川小〉の親父の発声による三本締めで、本社神輿は、無事、材木町へと引き渡されていった。

「……終わったなぁ」

チャチャチャンチャンと、ものすごい速さの切れのいい三本締めの響きを心地よく聞きながら、元七たちはお互いの顔を見合わせた。

「……ごくろうさまでございました」

その声にみんなが顔を上げると、井坂屋の朝吉が、いつもの眠そうな目でにこにこしていた。

「朝吉ッ、いってぇ、どうなってんでぇ」

「それが、よくわからないんだ」

「えっ、おめえんとこの子分が殴り込んだんじゃねぇのかい？」

「うんにゃ。うちのが入ったときは、あらかた片付いていたらしいよ……ああ、駒形町内のみなさま、このたびはたいへんお騒がせいたしました」

朝吉は、今頃気付いたように町の衆に悠長に頭を下げている。やっぱりヤクザの子は違うのだなぁと、元七は、見世物小屋のオットセイでも見るような眼で朝吉を見つめた。

「……元さん、ちょっと」

町の人たちから離れると、朝吉は小声で元七を呼んだ。

「元さん……田舎の仁は、義理堅いもんだねぇ」

この頃は、めっきり日が延びた。元七は、朝吉と一緒に夕日を背にして歩いている。

「実はさ、駒八をやったのは、土佐の岡田さんとかいうお侍だそうだよ」

「えっ？」

一瞬、元七は耳を疑った。

「うちのお父さんが死んだ、ってどこから聞いたのか、こないだわざわざいらしってね。あの御仁は、お仲間の命をうちのお父さんに助けられたとかで……。敵討ちをしてやろう、って」

「……乗り込んだのは、岡田さんなのか？」

「うん。うちの伊八が駆けつけた時には、駒八も子分もあらかたやられていたそうだ。神輿が駒形町に渡御して人が出払ったところを狙ったようだけれど……あの人は、なんだね、すごい遣い手らしいね」

　返り血一つ浴びていない岡田は、伊八の姿に気付くと恥ずかしそうにそそくさと裏から去っていったという。

「とにかく、おかげでうちから怪我人も科人もでなかったのは、よかったよ」

　朝吉は、素直にありがたがっていたけれど、元七は、なぜかふと……あの男は、もしかしたら人を斬ってみたくて仕方なかったんじゃないのかなと、思った。

「今頃、何食わぬ顔で祭見物していることだろうよ」

　という朝吉の言葉に、元七は、「あ！」と、足を止めた。

「ちっと大事なこと思い出した」

　元七は、あわてて店の方へ戻っていった。


　神輿は、材木町の町並みをのろのろと進んでゆく。

　元七は、人混みの中に、やっと見つけた背中をポンと叩いた。

「これ……妹から」

　振り返った岡田は驚いたように元七を見ている。

　聞こえないふりをして行こうとする胸元に、元七は風呂敷包みを押しつけた。

「駒形町の祭浴衣。うちの妹が約束したって。……〈まっことさん〉よう」

「……あ」

やっとわかったのか、険しい顔に、一瞬はにかんだような皺が寄った。

こいつ、こういう顔だったのか、と元七は、ちょっと意外な気がした。まるで小梅あたりにいる気のいい兄（せなあ）のような顔である。

「せっかく縫ってやったんだ。着てやんな」

岡田は、風呂敷の包みの結び目を解いて、浴衣の模様を見ている。

「……江戸のええ土産になる」

大事そうに風呂敷を包み直すと、頭を下げてスッと行こうとした。

こくりと頭を下げた。そういえば、金七から、近く武市が帰国するという話を聞いていた。当然この男も一緒に帰るのだろう。

「国に帰るのか？」

わーっと、神輿の周辺では喧嘩が始まっている。

雑踏に揉まれるように、あっという間に岡田の姿は見えなくなった。

あの男のどこがお喋りなんだろう、といまだに半信半疑のまま、元七はその姿を探したけれど、もうどこにも見えない。

遠くからは、葛西囃子が名残惜しそうに響いていた。

祭の夜は、提灯に照らされていつまでも明るい。

子供の山車（だし）が軒の下を通ってゆく。元七の子の七三郎（しちさぶろう）も成長して、先頭に立って、提灯屋の音次郎の倅（せがれ）、菊次郎（きくじろう）と一緒に大声を張り上げている。

付きそう父親たちは、みんな揉られて顔を腫らしたり、元結（もっとい）が切れてザンバラになったりしているが、まだまだ意気盛んだ。

「さぁ、あすコンちの前を通るときは、いつもの歌を歌おうなぁ！」

「そうだ、大きい声で歌うんだぞー」

と、元七たち大人が大声でけしかけると、子供たちは山車を曳きながら、声を揃えて黄色い声を張り上げる。

「けーちんぼ、けーちんぼ、塩まいておくれ、けーちんぼ、けーちんぼ、塩まいておくれ」

子供たちは、意味がわからずわめいているが、要するに寄進の少ない家の前では、子供たちにそう歌わせるのである。

夜更けも過ぎて、三社様の三の宮の神輿はどうにかすべての町を無事渡御し終え、雷門をくぐると後は木遣（きや）りに送られて鳶の者たちが整然と担いでゆく。本社の〈宮入り〉へと戻ってゆくのである。

鄙（ひな）びた木遣りの声とともに、高張り提灯が、連なる軒の向こうをゆらゆらと通ってゆくのが見えた。

七、きゅうりごしん　しんごしん

川魚問屋で、売り手と買い手が値段の交渉をすることを〈相場をつける〉という。その時の交渉の数字は、その世界でしか通用しない符丁でやり取りされる。それが川魚の場合は、同じ魚であるのに魚河岸の符丁とはまったく違っているのだった。一から順に並べると……

千（一）、リ（二）、川（三）、月（四）、丁（五）、
天（六）、カ（七）、ツ（八）、丸（九）、〇（ゼロ）

「昨日は、丁〇（五十）だったけど、今日は丁丁（五十五）で」

などと言う。この符丁を使うのは、川魚問屋と……あとはわずかに金魚屋だけだ。

ドジョウの大きさの呼び方にも符丁がある。大きいドジョウから順に、〈飛ど〉、〈大ど〉、〈中ど〉、〈小ど〉、〈うじ（じゃみ）〉という。〈どぜう汁〉だけを商っていた時代は、扱うドジョウも〈小ど〉に限られていた。

三代目元七の時代……幕末の頃、すでに他のドジョウ屋では〈柳川〉というドジョウ

料理を出していた。

柳川というのは、ドジョウを裂いて骨を抜き、ゴボウと一緒に卵とじにしたものである。今より卵が高価な上に、立派な塗りの器に入って出てきたから値段も高額で、〈どぜう汁〉十六文の頃、〈柳川〉は二百文だったという記録が残っている。高級料理だったのである。

駒形どぜうは、享和元年（一八〇一）の創業以来、ずっとこの〈柳川〉だけは扱わなかった。

「父つぁん、うちも柳川をやらねぇか」

元七は、何度も父親の平蔵に意見している。

日照り続きでいいドジョウが入ってこないと、平蔵は何日でも店を閉めてしまうのであった。痩せたドジョウをお客さんに出せるか……というのが、養父である初代からの教えだと言い張って聞かない。

「初代の頃は、どぜう汁しかなかったから、つぶさきの小っせえの何のと言うが、今は柳川って料理もあるんだし、いつでも店を開けられるじゃねぇか」

「ドジョウに刃物をあてることなんかできるものか。うちは〈裂き〉は出さない、って昔から決めてるんだ」

裂きドジョウなど出したら、骨の硬いドジョウを使っていると吹聴するようなもんだ、と平蔵は言い張って聞かなかった。

ふだんは元七に押し切られるように従うことの多い平蔵も、このことに関しては頑固一徹である。

いいドジョウが入らないときは、いつも店を開ける開けないで親子喧嘩がはじまる。

「父つぁん、じいさんの頃とは時代が違うんだぜ。駒形まで、わざわざ〈どぜう〉食うために腹すかせて来たお客さんが、店が閉まっていたらガッカリするじゃねぇか。それだけじゃねぇ……次からは、『あの店は、やっているかどうかわからねぇ』って、来なくなっちまうぜ。食いもの屋は、雨が降っても槍が降っても、必ず店を開けているっていうのが大事なんだ」

「おめえがどうしてもやりたいなら、わしが死んでからやれ。わしの目の黒いうちは絶対に許さん。元七よ……今は、おめえがこの店の主だが、この店はおめえのものじゃない。おめえもわしも、先代から引き継いだこの店を預かっているだけだ。だから昔からのことを大事にして、先代と同じようにやるんだ」

これぱかりは、いくら話し合っても平蔵は聞く耳を持たなかった。

安政七年（一八六〇）の三月に、御大老が登城の最中に浪人者に襲われるという幕府開闢以来の椿事が出来したせいか、その半月ほどのちに、元号は〈万延〉と改元された。

時代の呼び名が変わっても、駒形どぜうは相変わらずの忙しさで毎日が過ぎていたが、そんなある日、懐かしい顔が、ひょっこりと店に現れた。

「元七さん！」

そう言って店に入ってきたのは、米田為八であった。桃井道場に通っていた少年が、今は立派な武士の姿になっている。

今は、通詞の叔父の養子になって立石斧次郎という名であるという。その姿は、出世魚のように、名を変えるたびに立派になってゆくようであった。

「よう……タメ、少し会わないうちに、ずいぶん立派になったなぁ」

出てきた元七は、為八の肩を勢いよく叩いた。

為八は、叔父と一緒に、日米修好通商条約の批准書交換の使節団に通詞として同行して、アメリカからヨーロッパと世界を一周して帰ってきたという。

「おう、メリケンはどうだった？」

「江戸に戻ったら……なんだか建物が低く感じられて、自分が大きくなったような気がしますよ。異国は見上げるような高い鐘楼ばかりなんです」

「ええ、そりゃおまえ、自分の背が伸びたからじゃねぇか？　ずんと背が高くなったぜ」

元七は、ヒョロリと成長した為八を眩しそうに見上げた。

「それより、狆太に、ワシントンで会ったんです」

「本当か！　狆太……生きてたのかい？」

その名に、ハツをはじめ、ヒナも伊代も、びっくりして思わず仕事もそっちのけにして集まってきた。

アメリカに上陸し、大陸横断鉄道で首都ワシントンに向かった使節団一行は、条約の批准書交換のあと、一つの申し出をした。

「今日（こんにち）こうして御国と友好関係を結ぶことが出来たのも、ひとえにペルリさんのおかげである。ついてはペルリさんにご挨拶を申し上げたい」

しかし、ペリーはすでに死んでいた。

「では、ペルリさんの令室（れいしつ）に……」

これには、アメリカ側もびっくりしてしまったが、その日本人の義理堅い行動に驚き、すぐに探し出して案内してくれた。

幸いペリー夫人は息災であった。

そして、その屋敷のドアを開けたとき……一同は、声もなく感激した。

黒狆が、中から転がり出るようにやってきて、使節団一行の着物のにおいを嗅ぐと、飛びついてきたのである。

「……狆太！」

随行した為八は思わず叫んだ。

あの時、一人ぼっちで心細そうにアメリカ船に乗った黒狆は、こうしてアメリカの地で元気に生きていた。

「やはり故郷のにおいがわかるのだろう」

この小さな犬が、まるで日本を背負った先遣隊のように思えて……思わぬ異国での〈同胞〉の迎えに、使節の奉行たちは涙した。

「狆太……ああ、無事だったなんて。うれしいねぇ」

ハツは思わず前掛けで目頭をぬぐった。狆太はたいへんな旅に堪えて、今はペリー夫人に可愛がられて平穏に暮らしているらしい。

「今は、イドって呼ばれてました」

「えっ、狆太じゃないの？」

「むこうではイドって名前だって」

「……イドなんて、へんな名前」

「なんでも江戸がなまったんじゃないかって」

「エドだって、ヘンな名前だわよ」

ヒナはちょっと怒ったように言った。

「そうですね。でも、ヴィクトリア女王に献上された狆は、ミヤコとシモダという名だったそうです。向こうでは犬の名には地名をつけるのかな？」

「都と下田？」

みんな噴きだしてしまった。

のちに、〈狆屋〉の女主人の安にこの話をすると、安は、ふっと笑った。

「イドは、エドじゃなくて……お奉行だった井戸様のことではないかしら」

ペリーとの折衝係は江戸町奉行だった井戸対馬守であった。ペリーとは一番親しかったというから、おそらくその名を付けたのだろう。すでにその井戸対馬守も今は亡き人になっている。

「井戸様が異国で狆の名前になっているとは……」

元七からの話を聞いて、安は感慨深げにつぶやいた。


元七は、このごろたびたび小梅に出かけてゆく。そのたびに土鍋に入れたどぜうを持ってゆくのだが、戻ってくるといつも料理場で考え込んでいる。

「元さん……柳川みたいな裂き鍋がだめならば、丸っぽのドジョウを使った鍋にしたらいいんじゃないの？」

元七が、寝込んでいる登美に滋養をつけさせようと、いろいろドジョウ料理を工夫して持っていくうちに、登美がそんなことを言いだした。

「そうか……裂き鍋じゃなくて……丸ならばいいんだ」

そこで、元七は元禄の頃からの豆腐の老舗、根岸の〈笹乃雪〉に出かけていった。元七は、ここの当主、玉屋忠兵衛とは旧知の仲であったのだ。

「玉忠よぅ……ちっとばかし、豆腐のことを教えてくんねぇか……地獄鍋ってのをやってみようと思ってサ」

「……地獄鍋？」

上品な絹ごし豆腐が売り物の笹乃雪の当主は面食らった顔をした。

ドジョウと鍋、といえば、世間でよく知られているのは〈地獄鍋〉というものである。出汁をはった土鍋に、豆腐と、生きたドジョウを入れ、火にかけると、熱さに堪えかねたドジョウが豆腐の中にもぐって、ドジョウの入った湯豆腐が出来上がる……といわれている。

元七は、他のどぜう屋で出している柳川に対抗する鍋として、この〈地獄鍋〉を出そうと考えたのだった。

ところが、実際にはそう簡単にできるものではなかった。

「豆腐とドジョウは同じように煮えないだろうから、弱火でゆっくり煮てみるか」

と、元七と玉忠が実際やってみたところ、ドジョウは豆腐に頭を突っ込むだけで敢えなく死んでしまう。強火で煮れば、あっという間に煮えてしまって豆腐にもぐるどころではなかった。

「……元さん、ふつうの木綿豆腐でやっちゃァ、固くてドジョウが入っていかないぜ。絹ごしの、やわらかい豆腐でやってみたらどうだ」

玉忠も江戸っ子だから、だんだんと熱中してくる。今度は絹ごしの豆腐を用意してくれたが、これもだめだった。鍋に入れられた生きているドジョウは、暴れまくって火が通る前に豆腐をボロボロにしてしまう。

「わかった。木綿の固い豆腐に、最初に穴を空けておいてやるんだ。熱くなってきたら、ドジョウたちがスッと入れるように」

元七は、箸で穴を開けた豆腐を鍋に入れると、わくわくと覗き込んでいる。だが、そうはうまく穴になど入っていかないのであった。

「せっかく豆腐に穴を空けてやったのに、なんで入っていかないんだよ」

まぐれのようにドジョウが入っていくのを一喜一憂して見ていた元七も、できあがりを食べてみて、がっかりした。

「……忠さん、こいつぁ、だめた。食ってみねぇ。生煮えで、骨が硬くてとても食えたもんじゃねぇ」

豆腐は煮すぎると鬆がたってまずくなる。かといって、豆腐に火が通ったくらいでは、ドジョウはまだ硬いのだった。

「豆腐に潜り込んで、っていうのは、講釈師の作り話だったんだな」

玉忠も、くずれた豆腐とドジョウの死骸だらけという様相の鍋を片付けながら笑った。

ある日、店じまいすると、元七は、平蔵を前に土鍋を差し出した。煮方の巳之吉と、番頭の正どんも同席させている。

「どぜう汁に入れる下煮した〈汁だね〉のドジョウを、タレでサッと煮て、ネギを盛って食うんだ」

伝法院の宗圓僧都は大のどぜう汁好きで、下煮したどぜうを土鍋一杯持って行くと、最後は鍋の底に残ったどぜうに、ネギと醤油を入れて煮て食べる。これが滅法うまいという……それを思い出したのだった。

平蔵が味のついたどぜうとネギを一緒に箸でつまんで食べようとするのを、元七はあわてて制した。

「父つぁん、この小皿に取って……」

と、空の小皿に薬研堀の七味唐辛子をパッと振って差し出す。

「旦那さん……こうして食べるには、ドジョウが小さすぎやしませんか？」

巳之吉は、そう言いながらも猫舌なのでハフハフと口を開けて懸命に咀嚼している。

「……だろう？〈鍋だね〉にするなら、もっと大きいドジョウの方がいいんだ」

元七の狙いはそこにあった。鍋ならば〈中ど〉でも商売ができると考えたのである。いくら柔らかく煮ても、大きいドジョウは〈どぜう汁〉には使えない。椀の中に大きなドジョウが浮かんでいたら見た目が悪いからだ。だが、本当は大きいドジョウの方が味があるのだった。

「鍋の大きさならば、逆に〈中ど〉くらいのドジョウがちょうどいい」

元七は、得意満面になっている。

「しかし……こんなもの、どうやって客に出すんだ」

平蔵は箸を置いて、元七を見た。この頃、年のせいか平蔵はいっそう頑固になってきている。

「小鍋立てにするのさ。丸のどぜうのための小鍋を作って……専用の小さい火鉢に炭を入れて」

「ええ?」

これには、平蔵だけでなく、巳之吉も正どんも驚いた。

「ドジョウは火が通ってるから、後は温めるだけだ。鍋に丸煮ドジョウを並べて、いくつも用意しておく。注文が通ったら、火鉢にのっけて……客がめいめい好きなだけネギをのせて、グツグツいってきたら食べ頃さ。火にかけているから最後までアツアツが食えるだろう?」

「元七……そんな面倒なことしていたら店はたいへんなことになる。それじゃなくても忙しいのに……」

平蔵にしてみれば、今のままでなぜだめなのかという気持ちがある。

「親父さん、いつまでも汁と飯の一膳飯屋じゃ、先細りだ。どぜう汁だけ売ってたって、たかが知れてるじゃねぇか」

親子喧嘩になりそうな様子に、巳之吉は、控えめに割って入った。

「旦那さん……ドジョウはたしかにうまいんですが、この土鍋っていうのがどうも……火が通るのに間がかかり過ぎやしませんか？」

「それ、そこよ」

元七は、ポンと巳之吉の背中を叩いた。相手の体を叩くのは、元七が機嫌の良い時の癖である。

「鉄で、丸どぜう用の鍋を作るんだ」

「……そんな途方もない」

平蔵は呆然とした。専用の鉄鍋と、小さい火鉢を作るとなったら、たいへんな資金が必要になってくる。

「この間、釜浅(かまあさ)の野郎と飲んでサ」

駒形から田原町(たわらまち)の方へ行った先に、〈釜浅〉という釜を専門に扱う店がある。飯を炊く釜を新調しようと釜浅の熊五郎のところへ注文に行き、元七はそのまま夜更けまで熊五郎と痛飲した。

「元さん、飲んだ後ってぇのは、どうして小腹がすくんだろうねぇ」

「ああ、寝る前に、ちっと飯が食いたくなるんだよな。冷飯が残っているときは湯漬けにでもして食うが……」

「ところが毎日、そううまくは残ってねぇだろ？　それでさ、もちろん飯をわざわざ炊くわけにもいかねぇから……」

と、その時、熊五郎は小さな釜を取り出してきた。

「……本当に使えるのかい？」

「そりゃ、釜浅の釜だ。ままごと用じゃねぇ、ちゃんと火にかけられる」

そのひとり用の釜で炊いた飯が、実にうまかったというのである。

「どぜうも小鍋立てにして出せないものか……」

その時、元七は、ふっと宗圓僧都の丸煮にネギをのせたドジョウを思い出したのだった。

「釜浅で、専用の鉄鍋を作るんだ。たしかに金はかかるが、鉄鍋だ。一度作れば、百年くれえは持つだろうよ」

平蔵はポツリと呟いた。

「時代がよくないよ」

桜田騒動以来、お上の威光は揺らぎ、不安定な世情を映すように泥棒や押し込みが横行している。この数年のことを振り返っても、何か今までの泰平の世とは違う空気が流れているのは、誰の目にも明らかだった。

しかし元七は、今回ばかりはあきらめなかった。

ドジョウ専用の鉄鍋、などというのは今まで前例がない。柳川の土鍋のような浅い形をまず考えた。

熊五郎は、鴨焼きの鍋を参考に出してきた。鴨場で鴨を調理して焼く鍋が厚い鉄鍋で、しかも浅くできている。

「分厚い鴨鍋より、もっと薄くて浅い鍋にしたいんだ」

元七は、熊五郎に、何度も試作品を作らせてみた。

「元七さん、そんなに浅くしたら、タレが溢れちまいますよ」

「いいんだよ」

「ちぇっ、元さんタレを節約する気だな」

「……馬鹿言ってらぁ」

元七は、鼻で笑った。

店でも試作した鍋で、ヒナや奉公人たちに〈丸鍋〉を食べさせてみた。

「それにしても、ずいぶんと薄い鍋ですねぇ」

「……浅い鍋の方がタレをまめに継ぎ足すから、味が決まるのさ」

江戸っ子というのは意外にまめなものである。ちょこちょことタレをたしたり鍋の世話をするのは、酒の合間にはちょうどいい。

「でも……そんなにタレを継ぎ足したら、どんどんしょっぱくなっちまいますよ」

ハツは、納得がいかない様子で首をかしげている。

「そうだ。だからタレじゃなくて、ドジョウを煮た汁を湯で割った〈割りした〉を継ぎ足すんだ」

伊代は心配そうにグツグツと小火鉢の上で煮えはじめた鍋を見つめながら元七を見上げた。

「あの……鍋が浅いと、吹きこぼれませんか？」

「ははは……そこがいいんだ。まぁ見てな」

しばらくすると、吹きこぼれて炭にかかったタレからは香ばしい匂いがしてきた。

「……うーん」

一同は唸ってしまった。食欲もそそられるし、ネギと一緒に煮た丸どぜうは、飯のおかずにもなり、酒の肴にもなりそうだった。しかも、薄い鉄鍋だからすぐ火が通り、あっという間にアツアツのどぜうが食べられる。

「……どうだい？」

改めて、元七は平蔵を見つめた。

平蔵は、無言でモグモグと口を動かしている。

誰もが平蔵の心の内はわかっていた。いくら味が良くても、店で出すとなれば、この鉄鍋だけでなく、火鉢から、その火鉢を入れる容器まで新調しなくてはならない。

「……借金してでも、やる」

元七は、口で言うのとは裏腹に、そのことがいかに困難であるかということも、内心わかっていた。不安な世情にあおられて物価は日々高騰しており、そう簡単に資金の調達はできないかもしれない。

「まったく元七のやり方をみていると、竹馬にでも乗って商売しているみたいで……地にじかに足がついていねぇから、どうも見ていてはらはらするよ」

平蔵は、いつもそうこぼしている。

「……お父つぁん」

黙々と食べていたヒナが、突然、改まったように平蔵を見つめた。

「……あたいの嫁入りのために蓄えていたお金があるでしょう？　それでこの鍋と火鉢を作ってよ」

「えっ？」

思いがけないヒナの言葉に、元七の方が驚いた。

貧乏をしていたときからコツコツと平蔵が娘の嫁入りに備えて金を蓄えているのは、元七もヒナも知っていた。そのヒナがいつまでも家に居着いているので、金はだいぶたまっているはずだった。

「あたいはもうすっかり薹もたっちまったし……このまま行かず後家で店にいるだろうから……どうせ使わないお金でしょ？　貯め込んでもしようがないから、ここでパッと使っちまおうよ」

このごろでは、店の客からも「嫁に行かないのかい？」などと、からかわれることがめっきり減ったことは、当人も店の者もうすうす気付いている。

「……わかった」

ポツリと言って、平蔵は一同を眺め回した。

「金は、わしが出す。娘の嫁入りの支度金をあてにするほど、落ちぶれちゃいねぇ」

「お父つぁん……」

「実は、わしが……少しずつ貯めておいた金があるんだ。三十両はあろう。それを使え」

「父つぁん……」

元七は、「そんな金、受け取れねぇ」と小声で言った。

「ははは……」

平蔵は、いきなり笑い出した。

「その三十両はわしが墓を建てようと思って貯めていた金だ」

「……墓？」

墓ならば、すでにげん婆さんが東上野の寺に建てた立派な墓がある。松伏の墓は、初代助七夫妻の個人墓だったが、こちらは手回しよく「渡邊家之墓」となっていた。

「せっかく、げん婆さんが建ててくれた墓だが……わしは、あの墓には入らないよ」

あっ、と元七もヒナも驚いた。

「うちのおっ母と二人で同じ墓に入りたい。今となっては、それくらいしかおっ母にしてやれることがないからな」

トメの旦那の油屋の隠居も、養母のげん婆さんが亡くなったすぐあとに世を去っていた。もう一度、駒形の店に戻らないかと平蔵は言ったが、トメは首を縦に振らなかったのである。

「今のままでは、おっ母が死んでも入る墓がない。かといって、うちの墓に入れるわけにも行かないし、あいつもげん婆さんと一緒の墓に入るのだけは我慢がならないだろう。わしもあの世に行ってまで、養父母に仕えるのは御免被りたい。墓だけは別にしたいんだ」

胸に秘めていたことを明かすと、平蔵は荷を下ろしたように、ほっと息をついた。

「三十両の金は、返さんでいい。そのかわり、わしらが死んだら、どこでもいい。葛飾（かっしか）の田舎でもどこでも……別に墓を建ててくれ」

ヒナは、半泣きになっていた。ずっと黙って堪えてきた両親の胸の内にそんな思いがくすぶっていたとは思いもよらないことであった。

「はは、まだおっ母もわしもピンピンしているから心配するな。元七、すぐに金は用意するから、鍋を注文しろ。それからな、いざというときのことを考えて、数は倍の二百頼め。百は蔵に入れておけばいい。それから、火鉢を入れる箱は杉じゃなくて、値が張っても檜（ひのき）にしよう……毎日、水で洗うことを考えると檜が一番だ」

滔々（とうとう）と語りはじめる平蔵の姿に、元七もヒナも……店の者は、みなひと言もなかった。


どぜうの丸鍋……〈どぜう鍋〉は、すぐに評判になった。〈風呂〉と店では呼ばれるようになった檜の箱に入れた、火鉢と鉄鍋が客の目の前に出されると、みるみる煮立って食べることができる。冬の寒い日は、炭火の温かさも重宝がられた。

「こりゃまたずいぶんと行儀よく並んでいるものだ」

客は、出てきた鍋にびっしりと敷き詰められたドジョウの姿にまずびっくりした。

巳之吉が工夫して、薄い鍋に菊の花のように〈鍋だね〉のドジョウを並べるようにしたのである。おかわりの鍋は、そのまま火にかけるのではなく、食べつくして空になった熱い鍋に、持ってきた鍋からドジョウだけを器用に揺すりながら移し替え、ピタリと空の鍋におさまるところが手妻(てづま)のようだと、また評判になった。その方が鍋が温まっているので早く煮えるから、気の短い江戸っ子には喜ばれたのだ。

しかも鍋に入れるネギはいくら入れても値段は変わらない。

「兄さん、うちはお新香(しんこ)も食べ放題なのに、そんなネギも入れ放題にしちゃったら……」

ヒナは元七のあまりの大盤振舞(おおばんぶるま)いに文句を言ったが、「薬味のネギにまで金取るなんて、江戸っ子の恥だぜ」と元七は言い張った。

「……それにしても、すごいにおいだわね」

大量にどぜう鍋が出るようになると、試作の時には香ばしいと思ったにおいが店中に蔓延(まんえん)して、その強烈なにおいは脇の横丁にまで漂うようになった。

「着物が臭くなっちゃう」

ヒナや女中たちは、一日の仕事が終わると、体中がどぜう鍋のにおいになって、湯屋に行かずにはいられないほどだ。

どぜう汁だけを商っている時は、こんなにすごいにおいではなかった。どうやら臭気の原因は、ネギとタレにあるようで、ネギがタレで加熱されることと、タレが吹きこぼれ炭火によって焦げ付き、こうした強烈なにおいになるらしい。

「……だからいいんじゃねぇか」

元七は、にやにやした。

女たちはみな訝しげな顔になったが、元七は「そのうちわかるさ」と説明しなかった。

炭火を使うようになってから、床に置いていた板の縁を銅葺きにすることにした。汁が垂れたりしないようにするためである。

「これはな、手入れが悪いと緑青を吹くからな、朝晩、磨き砂でピカピカに磨くんだ」

以来、床の上に置く板のことを〈金板〉と呼び、店終いのあと、女中たちは、この金板と床の籐筵を磨き上げるのが日課になった。


どぜう鍋が売れるようになると、店の客筋も微妙に変化していった。以前からの一膳飯屋として〈どぜう汁〉と飯を食べる〈じょろ膳〉の客に加えて、〈御酒と鍋〉の客が飛躍的に増えたのである。

同時に今までは料亭を根城にしているような客……武士や学者、遊び好きな旦那衆などが足繁く通ってくるようになった。

安政大地震以来、人気のなくなったもの……当時の人は「おあいだ」と言ったが……その最たるものの一つに、〈高級料理屋〉があった。

それまで高級料理屋で遊んでいた豪商や地主などが、安政大地震でうらぶれてゆくのに対して、新たに金を落としてゆくのは、復興景気で鼻息の荒い大工などの職人たちであった。地震後のなまず絵などで大当たりを取った浮世絵師や戯作者、その後援者である商人たちは、それまでの格式のある吉原の大店や、高級料理屋を嫌い、肩肘張らずに情緒を楽しめる小さい店を好んだのである。

そのような中で、気取らない味が素直に喉に通る……どぜう鍋と酒を楽しめる駒形どぜうは、かっこうのたまり場となった。

なぜか不思議なことに、〈どぜう鍋〉は朝から売れた。

赤圓子の旦那は、相変わらずよく通ってくる。すでに家督は長子に譲り、のんびり隠居所で暮らしているが、五十を過ぎて出来た末っ子は、七三郎（しちさぶろう）と同い年の八つである。赤圓子の旦那は、今ではこの末子を可愛がることだけが生き甲斐になっているようで、いつでもどこでも連れ歩いていた。この若様は、千社札の寄合にも、父と同じような名の〈小圓子（しょうえんし）〉という題名の札を作って、大人に混じって寺社に〈立ち〉に行ったり、札の交換会では大人顔負けの札を交換したりしているのだった。

「まぁ、榮太樓（えいたろう）の金鍔（きんつば）！」

ある朝、店に入ってくるなり小圓子の若様が差し出した包みを覗き込んだハツをはじめ女中たちは、よろこびのあまり悲鳴にも似た歓声を上げた。

「広く上から下まで人々が喜ぶところが、〈どぜう〉に通じることがあると、父上がこの金鍔を召し上るたびにおっしゃるので……」

若様は、店の者たちの喜ぶ様子を見て、うれしくてたまらないような得意顔になっている。

「若様……今日も吉原ですか」

「どうやら吉原よりも、翌朝のどぜうが楽しみでついてくるようだ」

と、傍で赤圓子の旦那は鷹揚に笑っている。

「今から吉原帰りにどぜう鍋など召し上がっているようでは、末恐ろしいことですねえ」

と、ハツがからかうと、「鍋のおかわり」と、小圓子の若様は、空の鍋にサラサラとどぜうを移し替える様子を、無邪気に歓声をあげて眺めている。

どぜう鍋が客に受けたのは、実はその〈においい〉であった。

吉原に行くと女のにおいが付く。家に帰って女房の手前、白粉くさいのはまずい。それをどぜう鍋のにおいで帳消しにしようと思う男の気持ちにうまくはまったのであった。

「吉原帰りに……どぜう鍋」

というのが、通人たちの間で、あっという間に流行になっていったのである。

その年の六月の晦日。柳橋のあたりで蝶が大発生した。白い蝶が何万と群がり水面に浮かんだり、舞ったりして、まるで雪のようだった。

「何かの予兆だろうか」

と人々は噂した。世情の不安による寄る辺ない心は、何にでも意味をつけてみたくなるのだろう。

蝶は、魂の乗り物……。

そういう人もあるが、たしかにそれが予兆であったかのように、その噂を聞いた翌日、元七の妻の登美が亡くなったという知らせが入った。

「だいぶ悪かったんですねぇ」

店の者は、ほとんど見ることのなかった〈おかみさん〉の噂を小声でした。

「さぶちゃん、おっ母さんのお弔いにいこう」

今年八つになる七三郎は、母親が亡くなったと聞いて、ぼんやりしている。

「お伊代さんと一緒に行く」

七三郎は、いまだに伊代に甘えて、一日中そばにくっついて、伊代の仕事の手伝いなどをしている。

「しょうがないねぇ。すまないけど、お伊代さんも一緒に来ておくれ」

ヒナに言われて、伊代は七三郎の手を引いて焼き場まで付き従った。

「亡骸は、誰にも見せねぇでくれ、っていうんだ」

元七は、ポツリと呟いた。登美の最後は、病み衰えて、かつての面影はなく、険しい死に顔だったという。

伊代が七三郎を小梅に連れて行くと、登美は七三郎を縁側に立たせてくれ、と部屋の中から声をかけたものだった。

「……大きくなったね」

ちょうど西日を背に、障子を閉めきっていても、部屋の中には七三郎の姿は影となって映っているのだろう。七三郎は、その母の声に呼応するように、よく縁側で跳ねたり踊ったりした。

「七三郎にも、観貌やつした姿を見せたくない、ってあれほど頑なだったんだ、せめての手向けだと思って、死顔は見ねぇでやってくれ」

元七はそう言って、ひとりで登美の死出の装束を整えてやっていた。芸者時分に作った至り好みの春着を着せてやったという。

精進落としは、千住の川魚問屋、鮒与の近くの料理屋で済ませた。

料理は川魚料理がいろいろ出たが、その中に〈鯉こく〉の椀が出てきた途端に、七三郎が、

「きゅうりごしん、しんごしん！」

と、大声で叫んだので、元七も平蔵夫婦も驚いた。

「さぶちゃん、なぁに？」

ヒナが聞き返すと、「鯉こく食べる前には、『きゅうりごしん、しんごしん』っていうの。おっ母ちゃんが教えてくれたんだよ」と、七三郎は、無邪気な顔で答えるので、聞いていた伊代の方が思わず泣き出してしまった。

「さぶちゃん……」

伊代と七三郎が、いつものように小梅の家に行って、伊代が店から持ってきた料理を小女に渡したときだった。その日は、精が付くようにと鯉を煮付けた鯉こくを持って行ったのだ。

「おっ母ちゃん、鯉こく食べて元気になってね。坊も、今日の朝、食べてきたよ」

いきなり大きい声で、七三郎は、庭から家の中の登美に話しかけた。駒形どぜうでは、鯉のあらいも出していたが、鯉が残ってしまったときは、鯉こくとなって翌朝、家の者のおかずになる。

「ああ、それは精が付きそうだ。七三郎や、ちゃんとおまじないは唱えてから食べたかい？」

部屋の中から、登美の細い声が聞こえてきた。

「おまじない？」

「鯉こくには、骨がいっぱいついているだろう？　鯉の骨は引っかかるから、食べる前に、『きゅうりごしん、しんごしん』っていうんだよ。そうすると、喉にひっかからないからね」

「……きゅうりごしん、しんごしん」

「さぶちゃん、おっ母さんに、いいこと教えてもらったね」

伊代がそう言うと、七三郎は、帰りの道々、何度も口の中で呟いた。思い起こせば、七三郎が登美を訪ねたのは、あの時が最後であった。

「そんなおまじないがあるの？」

ヒナが平蔵に尋ねると、平蔵もトメも首をかしげている。伊代も聞いたことがなかった。だが、聞いていた元七は、鼻をすすりながら目元をこすっている。

「あいつにも、ちったぁ親らしいところがあったんだなぁ……」

それからも、家で鯉こくが出るたびに、七三郎は、

「あっ、鯉こくだ！　……『きゅうりごしん、しんごしん』だねッ」

と、無邪気に大声で言ってから食べはじめる。

江戸っ子は女房が死んだくらいで泣くなんて……と思っている元七も、なぜか、「きゅうりごしん、しんごしん」を聞くと、そのたびに、大人げなく、ついもらい泣きして

しまうのだった。

万延という年が一年たらずで文久と変わり、その文久二年の夏には、再び疫病が流行った。今度は麻疹である。

麻疹は、これまでも何度か流行している。しかしこの文久二年の麻疹の流行は、世界的な大流行であった。

「……なんでも、小石川の寺の所化が西国からもち帰ってきたそうです」

正どんが湯屋へ行って情報を仕入れてきた。大事件が起こったときは、とにかく湯屋か床屋、講釈場あたりに行けば、だいたいの町の噂を集めることができる。

「ちぇっ、小石川って……伝通院の坊様が麻疹をまき散らしやがったのかな。坊主のくせに、いまいましい」

麻疹は、一度罹患するともう罹らないので、まず発症するのは子供である。元七の倅の七三郎も、提灯屋の倅の菊次郎も罹患したが、子供は数日熱が出る程度で比較的軽く済むことが多い。

元七は、麻疹絵と呼ばれる麻疹養生の浮世絵を何枚か買ってきては、七三郎の枕元に置いたり、赤圓子の殿様の子息である小圓子の若様にも届けたりした。このところ姿を見ないと思ったら、小さな遊び人の若様も麻疹にかかって寝込んでいるという話だった。

幸い駒形どぜうの者たちは、みな子供時分に罹患しているのでピンピンしていたが……客足はパッタリと途絶えた。

「……こういうときもあるさ。ジタバタせずに、やり過ごそう」

今度ばかりは、そういう平蔵の言葉を元七も素直に聞き入れるしかなかった。涼しくなれば流行病も次第に下火になってゆくことだろう。

だが元七は、安穏としていられない性分だ。

「一日だけ、どぜう汁と飯付きの講釈場にしたら、近所の爺さま連中が来るんじゃないか」

麻疹は猖獗(しょうけつ)を極めているが、講釈好きの老人たちはたいがいすでに麻疹には罹(かか)っているから、暇を持て余して湯屋の二階で平凡碁(へぼご)などをやって無聊(ぶりょう)をなぐさめている。

駒形どぜうも閑古鳥が鳴いているから、昼間でも座敷は空いているので、そこをにわか講釈場にしたらどうだろう、ということになった。

「人間、色気と食い気がなくなっちゃ終(おし)めえサ」

江戸っ子の楽観は、あきらめの裏返しである。世の中を恨むより、脳天気に毎日をやり過ごしていればどうにかなる、と思って生きていた方が……たしかに生きていく上では楽なのかもしれなかった。

〈どぜう講釈〉の当日、並木町(なみきちょう)で質屋をやっている井坂屋の朝吉が、今日は粋狂連の面々が来るからお手伝いいたしましょうと、いの一番にやって来た。

「粋狂連ってぇのは、いってぇ何なんだい」

「寄り集まって、三題噺とか、謎解きなんぞを作って遊ぶ会だよ。会の下がりで、よくここにも来てるんだけど……元さん、気がついていなかったのかい？」

たしかにその日の〈どぜう講釈〉にやってきた面々は、よく朝からどぜう鍋をつついて酒を飲んでいる常連の顔ぶれだった。

「あの端にいるのが戯作者の仮名垣魯文、隣が染め物屋の竺仙、その後ろが浮世絵師の芳幾さ」

朝吉に小声で教えてもらって、元七は驚いてしまった。みな最近メキメキ売り出している者ばかりである。しかも、よく聞いてみると、朝吉や赤圓子の旦那もこの〈粋狂連〉のひとりだというので、元七はさらにびっくりした。

この〈どぜう講釈〉はなかなかの評判となり、その余勢をかって、それからは、今までとは別の遊び好きな連中が、芝居の帰り、相撲の帰りに……と、駒形どぜうに押し寄せてくるようになった。その〈粋狂連〉が、思いもよらないことに、〈どぜう屋助七〉と、元七の名まで世間に広めてしまい、この頃では、芝居関係の者や役者などの客も目に見えて増え、それは同時に、今まで〈どぜう〉など食べたことのない大勢の人々への呼び水となった。

連日詰めかける客に、ドジョウがなくなってしまうと、いつものように〈売切御礼申上候〉と、赤地に白く染め抜いた一枚の布が、〈どぜう〉と書かれた五巾暖簾の真ん中に掛けられる。

おかしなことに、この〈売切御礼申上候〉の赤暖簾はよく盗まれた。

「あんなもの盗んでどうするんだろ?」

「褌にもならねぇものを」

元七がそう言うと、店の者たちは一斉に笑った。

八、風雷神　身は灰となり風来人

朝から雨が降ると、元七（もとしち）は、空を見上げて「ちぇっ」と舌打ちする。店は、毎日必ず来る常連客に支えられているものの、雨が降ると浅草寺（せんそうじ）の参拝客が減るので、当然のことながらその帰りに寄る客が減るから、やはり店にとってはありがたくないことなのである。

「まぁ、雨が降らなければ、お米もできないし、ドジョウもとれないからなぁ」

平蔵（へいぞう）は、飄々（ひょうひょう）とそう言っては、今年十になる孫の七三郎（しちさぶろう）を連れて、雨が降っても風が吹いても、毎朝浅草寺にお参りに行く。

「さぶちゃん、そんなに毎日観音様にお参りして、何をお願いしているの？」

と、伊代（いよ）がからかい半分に尋ねると、七三郎は、

「いつか分限者（ぶげんしゃ）になって、観音様までの間の土地を買って……自分の土地だけを踏んで観音様にお詣りできるようになれますように……って」

「……え？」

当時、江戸っ子と言われた人々にとっては「土地を買う」などというのは田舎から江戸へ出てきた人の考えで、根生い(ねお)の江戸っ子が「土地を買う」などというのは、とんだ恥さらしであった。土地は買うものではなくて、借りるもの……というのが常識だったのである。

「昔、おじいさんが、樋(とい)のことで……」

その昔、まだ家の井戸がなく、隣の家の井戸から水を引いていたとき、その樋が毀(こわ)れたので修繕しようとしたところ、当時の店は借地であったため大家に勝手に修理することはならぬと横やりを入れられ、一分銀を支払って解決したことがあった。

「支払ったのは僅かな金だが、自分の土地でないと、修繕もままならないというのは不自由なことだ」

と、祖父の平蔵が嘆いていたのが、七三郎の脳裏に強烈に焼き付いていて、次第に七三郎の土地信仰は生まれたものらしい。

「……さぶちゃん、この駒形から浅草寺までって、ずいぶんあるよ」

と伊代が聞き返すと、「表通りはなかなか買えないだろうから、裏の方を通るんだ」

と、経路も二方向考えているという。

「えっ、行きと帰りは別の道を通るの？」

行きは、大川端(おおかわばた)の河岸通り(かしどお)から浅草寺に向かい、帰りは田原町(たわらまち)の方へ大きく迂回するつもりだというのである。

「あの三代目みたいな男から、いったいどうすれば、ああいう白几帳面な子ができるんだろうねぇ」

と、七三郎の壮大な夢を聞いた周囲の大人たちは呆れたが……当の父親の元七は、それを聞いて呆れるよりも激怒した。

「七三郎！　土地を買いてぇなんて、そんな江戸っ子の生まれ損ないみたいなこと言いやがって……ったく、ヒネっこびたガキだぜ」

元七が苛立って怒鳴れば、七三郎はますます元七を避けて頑なになってゆく。

その七三郎が、最近、寺子屋に通いたくないと毎朝ぐずるようになった。

「……行ってもおもしろくないんだもん」

寺子屋に行くより、店の手伝いをして働きたいと言うのである。

七三郎があまりに強情なので、手を焼いて放っておいたところ、心配した手習いの師匠が、ある日ひょっこり店にやって来た。

「……まったくうちの倅にも困ったものでして……明日は、首に縄付けてでも連れて行きますんで……」

元七が師匠の前で恐縮していると、手習い師匠の老人は、いやいや……と笑いながら首を振っている。

「あの、いつも七三郎さんについてくるねえやさん……」

「ねえや？　……お伊代さんのことですかい？」

「今、店の前で、牛の糞を取っているじゃないか」

「へぇ」

「なんでまぁ、牛の糞取りなどを……」

「へぇ……それはそうなんですが、なんでも本人は、あれが気に入っている様子でして……」

伊代は不器用で、その上器量も良くないと自分でも思っているから、接客も裏の洗い場もうまくいかず、七三郎の子守と、店の前につながれている客が連れてくる牛や馬の排泄物を取る仕事を日課としている。

「それにしても、うちの倅がとんだナマを申しまして……」

「いやいや。七三郎さんには、うちなどよりもっといい師匠をつけた方がよろしいでしょう」

「へっ？」

師匠の言葉に元七は腰を抜かさんばかりに驚いた。

実はすでに、七三郎は論語の素読から、かな文字の読み書きまで一通りできるようになっていたのである。

「まさか……いつの間に」

元七は、狐につままれたような顔になった。

「……ドジョウ屋さん、どうやらおまえはご存じないようだが……あの、表で糞取りをしているねえやさん……あれは、たいへんな娘だよ。倅さんの学問は、みなあのねえやさんが小さい時分から教えていたというので、この間、改めて本人に聞いて驚いたが……なんでも幼少の折から漢学の師匠について学んでいたそうじゃないか」

たしかに伊代は、痘痕（あばた）がひどいので、これは嫁のもらい手もないだろうから、手習い師匠にでもなって方便（たずき）にせよ……という親心で、子供の頃から女の子らしい修業はいっさいせずに学問ばかりさせられていたという。

七三郎を背に負いながら「子（し）のたまわく……」などと語り聞かせているうちに、七三郎もいつの間にか自然に諳（そら）んじてしまったらしい。

師匠が帰ると、元七は、さっそく伊代と七三郎を呼びつけた。

「七三郎！　おまえ、もう寺子屋には通わなくていい。今日、お師匠（っし）さんが来て、おめえクビになっちまったぞ」

伊代は、仰天して七三郎の肩を抱くようにして身をすくめた。

「そのかわり、お伊代さん……毎朝、みっちり七三郎の学問を見てやってくれ」

「……えっ、あたしが？」

「それからついでに、夜、店がひけたら店の者にも読み書きを教えてやってもらいてぇんだ」

「店の人に……ですか？」

伊代は、呆気に取られたように元七を見つめた。

店の奉公人は、ほとんどが貧しい百姓家の子供で、寺子屋にもろくに通わぬうちに店に連れてこられて働いている者が多かった。

この〈どぜう屋の寺子屋〉には、女中や小僧たちから……やがて、噂を聞きつけて、前の提灯屋（ちょうちんや）の倅の菊次郎（きくじろう）や、仏師（ぶっし）東雲（とううん）の弟子たちまでが、やってくるようになった。一番前で熱心に聞いているのは、主の元七である。だが最初にコックリコックリと居眠りをはじめ、やがてイビキまでかき始めるのも元七であった。

店の名が世間に広まるにつれて、付き合いが忙しくなり、家を空けがちな元七が、ある日、しばらくぶりにフラッと店に戻ってきて、「おう、帰ったぞ」と家の裏に回ってみると、ハッとしたように棒立ちになった七三郎の姿が見えた。

あわてて物置の小屋に何かを隠そうとしたのを、元七は見逃さなかった。

「おいっ、何やってンだ？」

七三郎は、無言で俯（うつむ）いている。その足元に、ピョンピョンと跳びはねているのは……

兎であった。

「おまえ、兎なんか飼ってるのか？」

　七三郎は、兎を抱きしめたまま立ちつくしている。

「猫だって、尻尾が長いと床を擦って汚ねぇって、お初つぁんに尻尾をちょん切られてるくれぇだ。兎なんて、とんでもねぇ」

　女中頭のハツは、店の猫が肝心の鼠を捕まえずに、売り物のドジョウばかりをかすめ取るために料理場をウロウロするので、汚い尻尾が皿やタレに触ったらたいへん……と、猫の長い尻尾を糸で括ってしまうのである。しばらくすると、ポロリと尻尾は取れて、猫たちは丸い尻尾になった。

「……ったく、ちょっと目を離すとこれだから」

　と、言いながら、何気なく物置の戸を開けた元七は、「わあっ」と大声を上げた。

　いきなり、ものすごい数の兎が物置から飛びだして来た。

「な、何なんだ？　この兎は……！」

　二十はいるかと思われるさまざまな模様の兎がピョンピョンと元七の足元を跳ね回っている。

　七三郎は、あわてて兎を捕まえては、抱きかかえた。

「こんなたくさんの兎をいったいどこから……」

「……ふえちゃったの」

「ふえた？　兎が勝手に湧いて出たわけじゃねぇだろ？　え？　誰からもらったんだ？」

七三郎が頑なに黙っているので、元七は、思わず横抱きにして、その尻を叩いた。

七三郎は、火のついたように泣きながら白状した。

「浅蜊河岸のおじさんが」

「えっ？　金七か？」

浅蜊河岸の桃井道場の隣で刀預所をやっている金七の元に、七三郎は、よく使いに行っては、引き止められるまま泊めてもらったりしていた。

「……お父ちゃんみたいになりたくない」

という七三郎が、父親より尊敬の念を抱いているのが、この〈浅蜊河岸のおじさん〉の金七であったのだ。

「……七三郎さん」

金七は、十を過ぎたばかりの七三郎に対しても、子供扱いせず、丁寧に名前を呼んだ。

「肝心なのは、金を貯めることより、使うことだよ。しかも金は、大海の真ん中で使ってもだめなんだ。波打ち際で使わねぇとな」

金七は、子供の七三郎に向かって、大人にするような話を語るのである。

小遣いをせっせと貯めていた七三郎にとって、その言葉は新鮮に響いた。

「金は、波打ち際で使うと、何倍にもなって寄せて戻ってくるが、沖で使ったたって戻ってきやしねぇや……七三郎さん、わかるかい？」

七三郎は、小首をかしげて聞いている。

金七は、金儲けのうまい男だった。家業の刀預所をきちんとやりながら、一方で米の相場などにも金を費やしている。七三郎が、土地持ちになりたいと考えたのは、この金七が、あちこちの土地を買っていたことに影響された部分もあるのだろう。

それで……七三郎が、金七の助言を仰いで僅かな小遣いで購ったのが、横浜から入ってきた西洋の耳の長い兎だった。

この兎に近所の兎を掛け合わせたところ、腰のあたりに灰色の斑点のある〈毛変わり〉ができた。この〈落とし子〉が、好事家の間では良い値段で取引されるというのである。

「特に、この〈更紗〉模様が、高値で売れるんだ。今度は、猫みたいに三毛の兎ができないかと思って……」

七三郎は、得意気に、足元の兎をかかげるように抱いて元七に見せた。

「……ば、馬鹿野郎ッ！」

店から表の往来にまで響き渡るような大声で元七は怒鳴りつけた。

「どぜう屋の倅が、兎なんかで金儲けして何になる！　このうすらとんかち！　こんな兎、みんな捨ててこいッ！」

あまりの剣幕に、七三郎はまたワーッと泣き出した。

元七は、「こいつらみんな大川に叩き込んでやる！」と兎を追い回すが、兎はピョンピョン四方に逃げて手に負えない。

「旦那さん、後はあたしが必ず始末しますから……」

飛んできた伊代が、オロオロと兎を抱きかかえると、店からヒナたちもやってきた。正どんなど、手回し良く空の米俵を持ってきて、慣れた様子でどんどん兎を入れてゆく。もちろんどこかに連れて行って、ほとぼりが冷めるまで隠しておくつもりなのだろう。

「おめぇら……」

元七がいない間に、実は店の者たちみなでこの兎たちを飼っていたのであった。

元七は、その足で浅蜊河岸の金七を訪ねた。

「金七よぅ。うちのガキにへんなこと吹き込まねぇでくれ」

金七は、にこにこ笑っている。

「元さん、七三郎はなかなかみどころがあるよ。それより……信さんが上方から帰ってきた。今、先生に挨拶に行っている」

金七は、顎で道場の方を示した。

伊代の兄の信太郎は、一時この道場に住み込みで修行していたが、江戸にいても仕官の道もないので、数年前から大坂の親戚の元に寄宿しながらさらに剣の腕を磨いていた。

「元さん……ちょっと頼みたいことがあってサ」

「何？」

「……あとで信さんと店に行くよ」

金七は、くすぐったそうに笑った。

「それより七三郎の兎の件は、悪かった。兎はおれに預けてくれ。ちゃんと始末するから」

「……ったく、あんなガキの時分から目の子勘定しているようじゃ先が思いやられるぜ」

元七は、思わず大きく息をついた。

その晩、信太郎と金七は、二人揃って駒形どぜうにやって来た。信太郎がいったん江戸に戻ったのは、改めて身辺を整理して京に上るためだという。

いつの間にか世の中の動きの中心は、江戸から京の都へと移りはじめていた。

「京で会津様お預かりの浪士隊に入ることになった」

信太郎は、意気揚々と前途を語った。

「入隊すれば、しばらくは江戸にも帰れなくなる。こうした時代に生まれ合わせたのも、天命だろう。存分に国事に奔走するよ」

「いいなぁ。おれも店がなかったら、京に上るんだけどなぁ」

元七は、呑気にうそぶいている。日本中の若い男たちが、何か熱に浮かされたように京へ京へと上ってゆくのが時代の潮流になっているのだった。

「それより、実は、江戸に戻ったのは、この金七からたよりがあってサ……いきなりなんだが、その……伊代よ、金七がおまえをヨメに欲しいんだそうだ」

国事を語っていた信太郎は急に話題を変えた。

「……ヨメ?」

伊代だけでなく、元七とヒナまでが思わず驚きの声を上げた。

「元さん、頼みというのは、その……大事な店の〈牛番〉を、おれに譲ってもらえないだろうか」

金七は、雇い主である元七に対しても頭を下げた。

「いや、そりゃもちろん……」

突然のことに、元七は思わず口ごもってしまっている。

「……あたし?」

肝心の伊代はポカンとしていた。

「こいつ、おまえの〈ざぶけん〉に惚れたんだと」

「ざぶけん?」

伊代は、何が何だかさっぱりわからない。

駒形どぜうでは、火事防止のために、店じまいした後、一枚一枚座布団を検査する。

そのとき、最後に火の気がないか手で座布団をなで回すようにさするのだが、伊代の、丁寧に一枚一枚、まるでやさしく按摩(あんま)をするように座布団を小さな手でやわやわとさすってゆくその手つきに、見ていた金七は思わず惚れてしまったというのだった。

「そんな……」

伊代は、その話を聞いて赤面した。

金七は、伊代の博学にも惚れ込んでいた。

「おれは、ゆくゆくはうちの茶屋を立派な料理屋にしたいと思っている。お伊代さんみたいに文字に明るく、書画の知識もある女人を女房にしたら鬼に金棒だ」

「兄さん……どうしよう?」

金七の堂々とした求婚に、伊代はうれしいというより驚いて、泣きそうな顔になった。

「なんでぇ、金七……うちで大事に育てたお伊代さんをいいとこ取りじゃねぇか」

思わず元七はぼやいた。元七にしてみれば、いつまでも嫁をもらわない金七は、自分の妹のヒナに惚れているのだろうと勝手に思い込んでいたので、なんだか裏切られたような気分になっていたのである。

こうして金七と伊代は、慌ただしく祝言を挙げることになった。平蔵は、「お伊代さんは、うちの娘として嫁に出してやろう」と、立派な桐の箪笥の中には日常の着物を……平蔵の元女房のトメが夜なべ仕事で縫って何枚も入れてやった。

駒形どぜうでは、給金を渡さないと陰で言われていたが、実は平蔵はきちんとひとりひとりの帳簿につけて金を積み立てていたのである。長く勤めれば、それは相応のまとまった金額になった。

「金七さん……急なことで、着物はたくさん持たせてやれないが……あとは、あんたが、この箪笥をいっぱいにしてやってくらっせ。お伊代さん、金七さんによく仕えて、晴れ着をいっぱい作ってもらうんだよ」

平蔵は、そう言って本当の父親のように、金七の前で手をついた。

伊代はもうそれだけで大泣きした。

「……おまえも早く嫁に行けよ」

廊下の奥から座敷の様子を見ていた元七は、やはり脇で見つめていたヒナに小声で呟いた。かつて〈駒形小町〉と近所の若い男たちに騒がれた美人の妹も、この頃では、だいぶ老け込んで見えるのが、元七にはなんだか不憫に思えてならない。

「どうだ、めぇ、うちの巳之さんの後妻にでもなっちゃあ……」

「いやねぇ……」

ヒナは、口の端で笑った。

「兄さんたら……知らないの？　巳之さんは、あの髪結いのお佐久さんといい仲よ」

「お佐久さんて……あの、地震の時のお佐久さんかい？」

大地震の時に助けた佐久と娘を、巳之吉はその後もなにくれとなく世話をしていた。

「あと何年かすれば大地震の十三回忌でしょ。それが済んだら、一緒になるんだって」

「……そうだったのかい」

元七は、なんだか間抜けな返事をした。

「もうあれからそんなになるんだな……」

誰もが元のままではいられないということを、元七もヒナもまざまざと感じていた。

「銀次はどうなんだい？」

「……いやよ。あんな男女みたいな、なよなよした人……」

銀次もこの頃では、纏持ちに昇格して、土地の人々からは頭と呼ばれているが、いまだに独り身である。さすがに用心土をこねには来ないが、それでも、何かにつけて日に一度は店にも顔を出しているのだった。

「あいつ、女といやぁシナのことばっかりで……他の女には興味ないのかなぁ」

元七もよくわからなくて、ぼやいている。

「……誰でもいいってもんでもないでしょ。店のこともあるし……あたいは、もう今さらって思っているんだ」

ヒナは、さばさばと言ってから、ふっと庭を見て視線をとめた。

庭では、伊代がいなくなってしまうと聞いてずっと泣きっぱなしだった七三郎が、ぽつねんと泣きはらした顔でしゃがみ込んでいた。

元治元年（一八六四）の京は大騒擾であった。新富町の店の一角に新居を構えた金七と伊代の元には、京の信太郎から近況を記した便りが届いていた。

七月には京の街中で薩摩・会津と長州が戦をしたと噂には聞いていたが、信太郎からの音信によると、この戦に先立つ一ヶ月ほど前には、京に火をかけようと計画していた浪士たちを池田屋で捕縛し、たいそうな褒美をもらったということであった。

「……兄のいる新選組には、会津様から五百両、徳川様から六百両もご褒美が出たそうです。兄も報奨金十両に別段金七両をいただいたとかで……主人に五両も送金してきました」

金七と連れだって、元七に報告する伊代の、そのすっかり若妻らしくなった姿を微笑ましく見つめながらも、元七はどこか不安な気持ちを抑えきれずにいた。

「金七よぅ……信さんは意気軒昂と便りに書いてきているが……剣術の方の腕はどうなんだい？」

「うん……なんといっても桃井だからな」

刀預所をしている金七さえ、桃井道場の剣の腕には懐疑的だった。

だいたい実戦向きの剣法ではないのである。京で活躍する剣士の名は江戸にも聞こえてくるが、その中に鏡心明智流の者はひとりもいない。

「……信さん、大丈夫だろうか」

元七は、不安そうに囁いた。京のような血なまぐさい土地で、剣を頼りに生きるには、信太郎の剣法はあまりに心細いように思われた。

「それより……」

帰り際、伊代に聞こえないように、小声で金七は元七に囁いた。

「……武市さんが切腹させられたらしい」

元七は、沈黙した。

武市は土佐に戻って土佐勤王党を結成し、弾圧され投獄されていた。

「岡田さんは、どうしただろう」

「わからん。おそらく一緒に捕縛されたんじゃないか」

武市の切腹は、今どき珍しいほどの古式に則った立派なものだったそうだ、と金七が言うのを聞いて、元七は、その清廉潔白だった男を思い出しながら、あのとき切腹しそびれて出奔した男は今頃どこでどうしているだろう、とふと思った。

この年は、いつまでも残暑が続いた。袷の季節になっても、まだ暑いので単衣を着ているものも多い。それでも不思議なことに、涼しさが増すと共に、辻斬りの噂が止み、世の中も少し静かになったように思われた。

しばらくして、京の美濃屋の番頭が江戸に所用があり出てきたと、駒形どぜうの元七を訪ねてきた。

「元七はん……困ったことに、うちのご寮さんが、えらい剣幕で怒ったはりましてな」

「えっ？」

元七は、美濃屋の女将りせには、鯨を買い付けた時の借金があったが、すでにきちんと返してある。それだけでなく、盆と暮れには、江戸の名物を何くれとなく送っていたから怒りをかう原因は全く心当たりがなかった。

「……林はんのことどす」

「信さん……？」

信太郎は新選組に入ってからも美濃屋に足繁く出入りしていたという。しかし、新選組隊士であることは隠して、あくまでも昔ながらの大坂の艾屋の縁者として入り浸っていたらしい。元七の知り合いでもあるし、美濃屋としては、すっかり気を許していたところ……池田屋騒動のあとで、その男が、新選組の探索方と知り驚愕したというのであった。

「まさか壬生浪(みぶろ)だったとは……」

新選組は、壬生というところに屯所があるため、京の人々からは「壬生の浪士」で〈みぶろ〉と呼ばれていた。そこには東男に対するさげすみの感情が含まれているのは明白だった。

「……壬生浪」

番頭が吐き捨てるように呟いた言葉に、元七は、暗然とした。信太郎が、商人に化けて探索などということをしていることも衝撃であったし、新選組というものが、京の人々に蔑視されている集団であることも驚きだった。

「池田屋で亡くならはった宮部(みやべ)はんいう方は、うちにもよういらっしゃった方どしてな……あの騒動の骸(むくろ)は誰も手をつけへんでほったらかしてあったというので、うちのご寮さんが憐れに思わはってお弔(とむら)いをしてさしあげはったんどす」

京市中の人々が、新選組の報復を恐れてできなかったことを、美濃屋は義侠心にかられてやったのだろう。

「さすがにおりせさんだ……」

元七は、番頭の前ではそう呟いたが、いったい京の町を焼き払おうとした者と、それを阻止しようと惨殺した者と……いったいどちらが善でどちらが悪なのか、さっぱりわからなかった。

京と江戸と……いつの間にか、妙な温度差ができはじめている。血なまぐさい京の噂を、江戸ではぼんやりと聞くばかりであった。


明けて元治二年は、慶応(けいおう)と改元されて……慶応元年。

元号がめまぐるしく変わるように、世の中の雰囲気も何か浮わついている。

店の前の仏師高村東雲(たかむらとううん)のもとから、時々鍋を持ってどぜう汁を買いに来る少年は幸吉(こうきち)という十四になるという小僧であった。

「おや、新しい小僧さんかい？」

当時、近隣に住む人々は、よく鍋を持ってどぜう汁を買いに来たものであった。使いに来るのは、たいていその家の子供か、店にいる小さい奉公人である。一杯分のどぜう汁を買いに来るのに、必ずなぜか大きな鍋を下げてくる。

「こんなでっけぇ鍋持ってこられちゃ、一杯分入れてやっても底の方にちょっぴりで……なんだかやりきれねぇや」

いつもはあまり愚痴を言わない巳之吉も、元七に思わずこぼした。巳之吉の言わんとすることは、元七もよくわかっている。少し多めに入れてやってもいいか、ということなのである。

「鍋持って買いにくるのは、いつもお世話になっている近所の人ばかりだ。しかたねぇ、ちょっと計りを良くしてやんな」

それは、酒屋でも同じである。二合の酒を買うために一升は入る大きな貧乏徳利を持たせる。大人ではとても恥ずかしくて言い出せないような買い物なので、子供を使いにやるのだった。

「幸ちゃん、こぼさないように気をつけて帰るんだよ」

ヒナなども文句を言いながらも、いつも鍋を抱えて戻るその姿を案じてやるのだった。

伊代に代わって、毎朝〈牛番〉をするようになったのは七三郎であった。

「あの子は、なんだね、ご隠居の平蔵さんにそっくりだ」

町の人々は、そう噂しあった。

「……ったく可愛げのねぇ。ちっとは子供らしくしろ、ってンだ」

何かにつけて元七は文句ばかり言っている。

「元さん……そう力瘤(ちからこぶ)出してばかりいねぇで、たまには七三郎さんのことも褒めてやんねぇ……実はサ、例の兎。全部始末したら……二十両ほどになったぜ」

金七は、いつもの元七の愚痴を聞き流しながら笑った。

「……ンな馬鹿な！　なんで兎が二十両になるんだ？」

元七は、思わず怒鳴った。

「いやまったく、しめこの兎で毛変わりなぞはべらぼうな値で取引されてるんだ。七三郎さんの飼っていた更紗なぞ、一羽五両にもなったのがあった。この頃は、みんな目をつけて兎を飼いはじめて、ガクッと相場が下がったから、結果としては、元さんのおかげで、うまく売り抜けられたわけだ」

元七は、呆然とした。

「そんなあぶく銭摑むことを今から覚えたら……七三郎の野郎、ろくな大人にならねぇぜ」

「そうだな。でも、なけなしの小遣いからはじめた兎だぜ。金はちゃんと七三郎さんにやってくんな」

金七は、兎を売りさばいた金を、七三郎の前で元七に渡した。

「お父ちゃん……この金で蔵を建てておくれよ」

いきなり七三郎が言い出したので、元七は聞き返した。

「蔵ァ？」

「おじいちゃんが、どんな火事が来ても落ちない立派な蔵を家の裏に建てたいって言ってるんだ」

どぜう屋の前は道なので、裏さえ固めておけば盤石だろうと、平蔵はふだんから孫に蔵の重要性を説いていた。

「馬鹿ッ、今時、蔵なんか……」

安政の大地震のあと、駒形どぜうでも一応の蔵は建ててある。だが、もともと浅草は火事の沙汰のない土地であり、大地震のとき土蔵はあまり役に立たないと身をもって体験していたから、それほど金をかけた蔵を持っている家は近隣でも稀であった。その中で平蔵は人並み外れて慎重な男だったので、蔵が気になってしかたなかったのだろう。

「こうした金は、パッと使っちまった方が七三郎さんにも戒めになるだろう。それに……きっと爺様は、倅のおまえさんに意見しても無駄だと思って、孫の七三郎さんに蔵の話をしたに違いないよ。たまには年寄の言い分も聴いてやったらどうだい？」

金七は、ニヤニヤ笑った。傍から見ていると、意地を張り合う親子三代の意思の疎通の悪さがおかしかったのだろう。

「……よし。じゃあ地震にも大風にも負けない頑丈な蔵を建ててやろう。だがな……七三郎、金輪際こういう際物に金を使っちゃならねえ。こういうことは、誰かがいつかはブタを摑むんだからな」

元七がそう言うと、七三郎は、コクンと頷いてそっと小指を出した。

「なんだよ？」

元七がキョトンとしていると、七三郎は小声で「指切り……」と言った。

「なんでぇ……指切りなんて、女子供のやることだぜ」

そう言いながらも、元七は乱暴に七三郎の指に小指を絡めてブンブンとふりまわした。

新しい蔵が出来上った数日後……慶応元年の十二月。その日は、ちょうど蔵開きの日であった。

その日は、新しい蔵を見ようと、銀杏八幡（いちょうはちまん）からお百（ひゃく）も久しぶりに顔をみせていた。

いきなり火事が起きたのである。

火元は、駒形どぜうの西側……田原町だった。風は北風だった。

「このまま行けば、黒船町から蔵前の方に抜けるな」

二階の物干し台から元七は眺めた後、すぐに戻ってきた。火は西側から南へと……駒形からは少し離れた西側を南下すると思ったのである。

「やだねぇ。これじゃ、遣らずの雨ならぬ、遣らずの火事で、帰れないよ」

お百は呑気に「じゃあもう一本つけてもらおうかな」などと空の銚子（ちょうし）を振った。

「ねぇ、元さん……ドジョウが交尾（つる）んでるの見たことある？」

酒もすすんで頬が赤くなったお百は、元七の酌を受けながらそんなことを言っている。

「ははは。そんなもん見たことねぇや」

「なぁんだ。ドジョウ屋のくせに。夏の朝なんかにね……一匹のメスのまわりに何匹もオスが集まってきて口でメスの体に吸い付くのよ。そんでね、そのうちの一匹がメスの体に巻き付いて、ぎゅーって締め付けるの。そうすっと、他のオスはぱーっと逃げちゃうんだ」

「へぇ、人間とは逆だな」

「うふふ。そうねぇ。あたしは、オスに巻き付かれるのは、もうこりごり、ってこと」

何がおかしいのか、お百はクスッと笑って盃の酒をあおっている。

「元さんのおかみさんみたいなのが、実は一番したたかってことなのかもしれないねぇ。華やかに立ち回らない芸者の方が、ちゃんと人生まっとうするっていうけど、本当さね。純な男をだまして、死んだあともちゃんとしたお墓に祀ってもらってサ。あたしなんか、尼にでもならないと死んでから供養もしてもらえないよ」

「ははは、おまえ、墓のために尼になるってか。死んでからのことより、生きているうちのことを、せいぜい楽しみなよ」

元七は、活を入れるようにお百の背中を威勢よく叩いた。お百は眉を下げちょっと寂しそうに笑いながら、ふっと耳をすました。

「ねぇ…火事、大丈夫?」

「ははっ、心配すんねぇ、蔵前の方へ抜ける前に立ち切るだろうよ」

元七は呑気に笑って、お百の盃になみなみと酒をついだ。

風向きからすれば、完全に対岸の火事のはずであった。

それが、半刻もしないうちに風向きがいきなり変わったのである。

「あんたぁ！」

西仲町に所帯を持っている正どんの女房の花女が巨体を揺らして駆け込んで来た。もう西仲町は猛火に覆われているという。

「旦那さん！　たいへんですぜ……風が東向きに！」

元七たちは、また物干し台に上がってみた。

花女と一緒に表に出て様子を見てきた正どんが、血相を変えて戻ってきた。

南へと延びた火は、長くなったまま今度は東へ東へと、横丁という横丁を、まるで蛇が走るように吹きだしてきている。

「……こいつは来るぞ」

元七は、すぐ新しい蔵に、どんどん大事な物を運び入れはじめた。

この思いがけない風向きの変化は、浅草中を大混乱に陥れた。火先は田原町から仲町へと焼きはじめ、蔵前の方へ延びるはずだった火は、西風に煽られて物凄い勢いで浅草広小路から雷門の方へと押し出したのである。広小路のあたりは、最初に火が出たときに荷物を避難させた人が多かったので、その荷物に火がつくと一気に燃え広がって、雷門一帯はあっという間に火の海になった。

「兄さん！　もしかしたら、あたいたち……逃げ遅れたんじゃないかしら」

物干し台に上がって様子を見ていた元七の脇に上ってきたヒナは、心細い声を出した。

熱風が西側の三間町の方から吹きつけている。

ヒナが様子を見に表に出ると、向かいの提灯屋や東雲師匠の家には、もうボンボン火の粉が落ちてきていた。

そこに東雲たちが、荷物をまとめて飛び出して来るのが見えた。

「幸吉はどうした？　逃げ遅れたか？」

「あいつ、腰抜かしているんじゃないか？」

東雲や弟子たちが叫んでいると、その瞬間にゴーッと火が東雲の家を渦巻き焼け落ちてゆく。

「幸坊！　幸吉ーっ！」

と、そこにひょっこり幸吉が出てきた。

「何ぐずぐずしてやがったんでぇ！」

思わず兄弟子の拳固が幸吉の頭に飛んだ。

「……道具を忘れたんで」

幸吉はしっかりと粗末な菓子箱を抱きしめている。中には小刀などの道具類が入っているのだろう。

「バカヤロッ！　死んじまったら道具なんて何の役にも立たねぇんだぞッ！」

怒鳴りながらも師匠の東雲は感無量の面持ちになった。

気がつけば、東雲をはじめ大人たちは、布団やら家財道具を運ぶのに夢中になって、誰も道具を持ち出していなかったのである。

呆然としていた幸吉は、怒鳴られてやっと我に返ると、突然ワーッと泣き出した。急に恐くなったのだろう。

「幸坊、気をつけていくんだよ」

ヒナは、思わず駆け寄って幸吉を抱きしめると、押し出すように見送った。

駒形の南側の諏訪町は、すでに焼け落ちていた。

北側の雷門方面は、火に包まれている。あとは火に押し出されるように大川に入って火をやり過ごすしかない。

「川もだめかもしれんな」

川に流された被災者の荷物に火がついて、燃えながらプカプカと浮かんでいるのが見えた。大火になると、火は川面を舐めるように渡るという。

建てたばかりの蔵の隣……ちょうど最中の皮屋の亀吉の家の屋根には、駒形周辺が持ち分の〈と組〉の纏持ちが、瓦を落としながら上がってくるところだった。

「……よう、おシナちゃん！」

甲高い声にヒナが見つめると、火事頭巾の前の垂れを撥ね上げて〈と組〉の銀次が二コッと笑った。

「銀さん……」

「おぅ、銀次！　亀吉ンちで断ち切れるか？」

「まぁ見ててよ。鳶の定命たぁ、骨を火事場にさらすことよ」

相変わらず頭のてっぺんから出てくるような甲高い声だ。その時、ゴーッと熱風が吹いてきた。

「シナちゃん、元さん……諏訪町の火はだいぶおとなしくなってきてるよ。赤い嵐の下をくぐって蔵前の方に逃げな。シナちゃん、水に濡らした布団かぶっていきな。髪の油に火がつかねえように、くれぐれも気をつけるんだよ！」

それだけ言うと銀次は目深に頭巾を被って、屋根の上にガシッと纏を立てて仁王立ちになった。

「よしっ、みんなをとにかく店の前に出させよう」

元七とヒナは、転がるように階下に下りて店の者の点呼を取った。

「みんな、よく聞け。諏訪町はだいぶ下火になってる。ここを抜けて蔵前に出ろ。正どん、めぇが先頭に立て。荷物は何も持つな。空手で逃げろ」

元七は、暖簾をはずしながら、お百をチラリと見た。

「お百よう、すまねぇが……」

言い終わらないうちに、お百は、威勢良くパッと前を捲りあげ、緋縮緬の腰巻きをはずして元七に差し出した。

「……元さん、あたしのは霊験あらたかだよ」

ニコッと笑うと、お百は、着物の裾を思い切り端折って走り去ってゆく。その姿はあっという間に逃げてゆく人の波にまぎれて見えなくなった。

「相変らずこやの軽い女だぜ…」

一瞬、惚れ惚れと見送っていた元七はハッと現実に戻って、お百の腰巻を広げた。

諏訪町の火はだいぶ鎮火している様子だった。

「足元気をつけろ!」

と、声をかけ合いながら、ヒナや七三郎たち店の者が蔵前の方へ出てみれば、蔵前の人々は、火が来ると思って諏訪町の方に出した荷物が丸焼けになって、家は残ったまま呆然としている。

「また風向きが変わったぞぅ!」

という声に蔵前の方へ逃げたヒナたちは、振り返り思わず叫び声を上げた。

「あっ、旦那さん!」

新しい蔵の屋根に立って、竿にくくりつけた真っ赤な腰巻きを旗のように振っているのは、元七であった。

「……やっぱり腰巻きの力はすげぇなぁ」

誰が呟くともなくそう言うと、見物していた人々は、呼応するように唸っている。

「あっ、隣の屋根の纏持ちが落っこちた！」

「えッ？　どこ？」

見物人の誰かがそう叫んだので、ヒナは目を凝らしたが、蔵の上の元七と赤い腰巻きが見えるばかりだ。

昔から、女の腰巻きには、風向きを変える力があると言われていた。火事があると、みな屋根や物干し台に女の腰巻きを旗のように立てたものだという。その腰巻きも若い女のものは効果がなく、中年女のものがいいというのである。火は不浄なものを嫌うという迷信からきたまじないなのだろう。

腰巻きの効用かどうかはわからないが、とにかくすんでのところでまた風向きが変わり、同時に亀吉の家の屋根に銀次が踏ん張って消し口を取ったこともあって、結果として〈駒形どぜう〉は焼け残った。

のちに〈雷門火事〉と呼ばれたこの火事では、浅草寺の雷門も焼け落ち、風神雷神の御首（みぐし）だけは運び出されて無事であったが、体は門と共に焼失した。浅草一帯のうち焼け残ったのは、わずかに駒形堂（こまんどう）と、このどぜう屋の周辺ばかりだったという。

この火事で、纏持ちの銀次は、纏もろとも屋根から転げ落ちて、すんでのところを組の仲間に引き揚げられた。

「濡れ筵の上に寝かされた時も、黒焦げの煤竹みたようになった纏を離さなかったっていうんだから、てぇしたもんじゃないか」

大火傷を負いながらも消し口を取った銀次は、一躍町の英雄になった。

そのあと、ひとつの噂が聞こえてきた。銀次の刺し子半纏は、半身は三枚の刺し子が狐色に焼け切って、左腕には「シナ命」と、〈命の彫り物〉が見えていたという。

「どうやら、岡惚れしていたうちのおヒナさんのことじゃねぇかと……」

「あいつ、女みたいなやつだったから、うちのシナは、気味悪がって、いつもつれなくしてたからなぁ」

人々が同情するともなく、元七とそんな話をしているのを、ヒナはむっつりと聞いている。

「まったく、勝手に人の名を入れて……」

ヒナはふくれている。

「シナよぅ……あいつ、女みてぇな声出してナヨナヨしていたけど、祭の時と、ケンカの時……それから火事の時ばかりは、別人のように男らしくなるんだぜ」

元七がそう言った途端、突然、ヒナは堰を切ったようにワーッと泣き出した。

「……あたいの名はシナじゃないのに」

「あっ。そうか」

ヒナは、三月三日の雛祭りの日に生まれたので……本当の名は〈雛〉というのであった。それが江戸っ子は、みな〈ひ〉が〈し〉になるから……だれも〈ひな〉とは呼ばずに、あるいははじめは〈ひな〉と呼んだつもりでいて〈シナ〉となり、今ではすっかりシナというのが通り名になってしまっていた。

「ちぇっ、どこまで間抜けなやつなんだろう」

その銀次は、火事の怪我がよほどひどいのか、それからふっつりと店に顔を出さなくなった。

「どうでぇ、銀次の按配は」

「へぇ……」

蔵の用心土の世話にしにくる〈と組〉の若い衆に聞いても、曖昧に答えるばかりである。どうやら怪我がひどく、ずっと伏せっているらしい。

「ちっと見舞いに行ってきてやるか」

と、元七は店の裏に住んでいる銀次を訪ねたが、すぐにすごすごと帰ってきた。

「どうだった?」

なんだかんだ言いながらも、ヒナは銀次の様子が気になるらしい。

「それがその……」

　会えなかったという。

　昼から戸締まりをして、誰も家の中に入れないというのだった。

「誰にも会いたくないそうだ。どうやら足が立たなくなっているらしい」

「……まぁ」

「たぶん、火傷もひどいんだろう、って組の者は言っていたよ。放っておいてやってくれって」

　火事の後は、あれほど人々の口の端に上っていた〈駒形の銀〉の噂も、日が経つにつれてみな忘れてゆくようだった。

　金七の元に嫁いだ伊代は、時々、七三郎に会うのが楽しみで遊びに来るが、あるとき、ヒナに、一緒に銀次を訪ねて欲しいと頼まれた。

「お伊代さん、すまないけど、あたいと一緒に、この鯨持って付いてきて。あたいじゃ会ってもらえないだろうから」

　実は、ヒナは、何度か銀次の家に出かけていっては拒絶されていた。

　ヒナが伊代と裏の家を訪ねると、案の定、家の中からは「ああ。ありがとうよ。そこに置いてってくんな」という銀次の声が聞こえた。

「……銀次さん、あたいだけど」

ヒナが大声で声をかけると、家の中はしんとしている。

「……帰ってくんな」

しょんぼりした細い声だった。伊代は、困ったように戸口の前に佇んでいるヒナの横顔を見つめている。

するとその時、いきなり、ヒナは戸口を叩くと大声でわめいた。

「馬鹿にすんなよ。あたいが、そんな見てくれに左右されるような女だとでも思っているのかい？　なんだよ、火傷くらいで！」

と、その瞬間、ガラリと戸が開いた。

這うように躄（いざ）って出てきた銀次は、焼けただれた顔をヒナにつきつけた。顔一面に、引きつった皮膚を隠すように無精髭（ぶしょうひげ）が伸びている。

「……帰れ」

これでもか、と見せつけるような銀次に、ヒナは、突然、わーっと叫ぶと、その銀次に飛びついた。

「わあっ」

やせ衰えた銀次は、どーんと仰向けに倒れてしまっている。

ヒナは、その胸にむしゃぶりついてオイオイ泣き出した。

伊代はあまりの急展開に、びっくりしてしまって、しばらくぼんやりとしていたが、我に返って、店に取って返した。

「……旦那さん」

ことの次第をシドロモドロになりながら説明しようとすると、気の早い元七は、もう飛び出していこうとする。

「旦那さん、旦那さん……あの、行かない方が」

伊代は、あわてて、元七の袖を摑んだ。

「だって……」

「たぶん、その……」

伊代は元七の袖を握りしめたまま、赤くなっている。

「……なんか、その……いいとこみたいです」

「えっ？　わかんねぇなぁ……あんなに嫌っていたのになぁ」

「命の彫り物に、惚れちゃったんじゃないですか？」

「名前間違ってた、って怒ってたんだぜ？」

「……よくわかりませんけど、とにかく、まぁ。……あッ！」

伊代は、びっくりして握った元七の袖を見た。

「……旦那さん、すみません。あんまりあわててたもんで、袖をもいでしまいました」

「まぁ、いいけどさ。シナのやつ……」

元七は、破れた袖をぶら下げたまま、棒立ちになっていた。

浅草一帯の焼け野原には、あっという間に仮設の家が雨後のタケノコのように建っていった。町ではこの頃「弁当屋」という調理した料理を重箱に詰めたものが流行りだし、急に商う店も増えはじめているという。

結局、ヒナは銀次の世話をすると言いだして、そのまま押しかけ女房のように銀次の家に通うようになってしまった。

「〈駒形の銀〉も、一途に思っていた甲斐があったなぁ」

と、人々はまた噂したが、実際、銀次は左手と左足が動かなくなっており、一人では起居もままならないため、だいぶ体も弱っていた。

なによりも嘆いたのは、母親のトメであった。

「こんな器量よしで働き者で……駒形小町と言われたヒナが、よりによってなんであんな男と」

トメは持って行き場のない怒りを、つい平蔵と元七にぶつけたくなるのだろう。

「だいたい、おまえさんたちが、しっかりしていないから……いつの間にかヒナのことを便利遣いして、結句、行き遅れにしちまって、こんなことに……」

「おっ母さん……」

ヒナは、自分を責めずに平蔵と元七を責めるトメの言葉を聞いていると悲しそうな顔になった。

「シナよ……みすみす苦労しにいくようなもんだよ。考え直せ」

と、平蔵は何度も意見したが、それでもヒナは聞く耳を持たなかった。

「なんかね……火事の後、あたいヘンになっちゃったの。あんな奴、別に何とも思っていなかったのに……あたいの名を刻んで火の中に命をさらした男がいるって……なんだか、あたいの娘時代も終わったような気がしたの。いつまでも娘のままじゃいられないしね」

トメは、その話を聞いてがっくりしながらも、何かと心配して娘と一緒に銀次の家に手伝いに行くようになっていった。

それから半月もしないうちに、銀次は亡くなった。

「後家になるために一緒になったようなもんだ」

と、また噂されて、さすがにヒナも、駒形の店に戻っても店に出るのがいやだと言いだした。

「しばらくブラブラしていたらどうだ」

と、平蔵は、いたわったが、店にいれば忙しく立ち働く人々の中で、そうのんびりもしていられない。

「兄さん、あたい、伏見に行こうかと思う」

「ええっ、おまえ、急にどうしたんだよ」

「……伏見の酒蔵のご隠居さんがね」

「ふ、伏見って……京の伏見か」

「そうよ。鮒屋っていって……伏見でも一、二を争う古くからある酒蔵なんだって。うちなんかまだ三代だけど……鮒屋の北川家はもう八代目ですって。その鮒屋のご隠居さんが、江戸に出ていらっしゃって」

　銀次が亡くなってから、駒形の店にも居づらくなったヒナは、堀田原の池田屋に入り浸っていた。池田屋でも、利き酒や、酒の調合ができるヒナを重宝がって、大事にしてくれるから居心地がよかったのだ。

　そこに、伏見の酒蔵〈鮒屋〉のご隠居が、物見遊山に江戸に出てきて、取引先の池田屋に立ち寄った際、ヒナのハキハキとした江戸娘ぶりと、なにより女ながらもその酒に対する勘の良さに、すっかり惚れ込んでしまったのであった。

「どうだ、しばらく京見物したり、伏見の酒蔵まわってみないか」

と、誘われるままにヒナは上方に行ってみようと思い立ったのである。

「おめぇ、そんな……妾にでもされるんじゃねぇか？」

元七は心配したが、ヒナは気に止める様子もない。

「それはそれでいいじゃないの」

「なに他人事みたいなこと言ってやがる」

元七は怒鳴ったり、平蔵とトメはオロオロと泣いて止めたが、ヒナは頑としてきかなかった。

「従順だった娘が、いきなりどうしてしまったんだろう」

そう言って、平蔵などは食事も喉を通らなくなってしまった。

日を置かず、鮒屋のご隠居、北川三右衛門（きたがわさんえもん）が挨拶にやってきた。福々しい顔の、酒屋の隠居というより、俳句の宗匠のような徳のある様子の物腰柔らかな初老の男である。

入れ込みの座敷に上げた鮒屋のご隠居を前に、平蔵は座布団を右に寄せ、三右衛門が頭を上げてもずっと頭を下げ続けていた。

翌朝早く……〈駒形どぜう〉の店先に到着した駕籠（かご）の見事さに、近所の人々も、往来をゆく人々も思わず目を見張った。町人でもよほど裕福な者でない限り用いることのない、屋根が春慶塗（しゅんけいぬり）の宝泉寺駕籠（ほうせんじかご）と呼ばれるものである。

「……兄さんの馬鹿がうつっちゃったのかな」

そんな軽口を叩きながら、ヒナは駕籠に乗り込んだ。

「シナちゃん……」

七三郎が泣きながら追いかけようとするのを、元七はあわてて止めて抱きしめた。

「……ちぇっ。『親の意見と冷や酒は、あとできく』って……シナの奴に教えてやりゃあよかったなぁ」

元七は、ポツリと独りごちている。

店の者も町の人も、誰もが声もなく、町を去ってゆくかつての駒形小町の駕籠をいつまでも見送っていた。

九、江戸の豚　都の狆に追い出され

黒船の来航により鎖国を解いたことを背景に、海外への金の流出、輸出超過による物資の不足などにより、慶応年間に入ると、江戸の物価はますます高騰した。

「父つぁん、どうする？　いくらドジョウが湧くようにとれるといっても、こうなんでもかんでも値上がりしちゃ、いまいましいが、うちも値上げしねぇわけにはいくめぇ」

このごろでは、元七も、さすがに音を上げて、隠居の平蔵に相談した。

ドジョウはともかく米の値段が急騰していたのである。

たとえば……嘉永六年（一八五三）には、百文で一升の米が買えたのに対して、安政三年（一八五六）は七合、文久二年（一八六二）には四合、慶応元年（一八六五）には二合二勺、この年、慶応三年（一八六七）に至っては百文で一合一勺しか買えなくなっていた。

二八の十六文と定められていた蕎麦も、最近では二十文、二十四文……と値上がりしている。

「元七よ、鍋や鯨は値上げしても、どぜう汁だけはもう少しそのままにしておけないか。うちはもともと汁と飯を食いにくる〈じょろ膳〉のお客さんを大事にしてきた店だ。そうしたお客さんを大事にしていれば、どうにかこれからも店のひとつくらい残していけるんじゃないだろうか」

隠居の平蔵は、養子であることもあって何ごとにも保守的である。

「そうだな……」

いつもは平蔵の消極的な態度をもどかしがって反発する元七が、珍しく従順に頷いたのには理由があった。

江戸のあちこちで、打ち毀しの騒動が起こり始めていたのである。物価の高騰、世情の不安、幕府への不満などがないまぜになって、町では集団的な略奪が頻発していた。

「打ち毀しは、必ず〈貧窮組〉という筵の旗を押し立ててやってくるんだそうで」

などと正どんが町の噂を聞き込んできた翌朝、その貧窮組が、雷門前の酒屋を襲ったあと、あろうことか駒形のどぜう屋めざして押し寄せてきたのである。

元七は事態に気付くとすぐに、店の中に向かってがなりたてた。

「正どん！　うちにあるありったけの米を、店の表に出せッ！」

早く、早くと急かしている間に、早くも店の前に到着した人々は、「飯を食わせろ」とわめき立てている。

「うるせぇ、わめくなッ！」

元七は、店の前に積み上げた米俵の上に乗って叫んだ。

「てめえら、米はあるだけくれてやる！　こんなところに屯されちゃ道っぷさぎだ、駒形堂で炊き出ししろ」

元七の怒鳴り声に、思わず貧窮組は歓声をあげた。

大釜が駒形堂の境内に据えられると、店の前の米俵は、アリの行列が運ぶようにあっという間に持ち去られていった。

「ああ、そんな薪のつぎ方じゃ火力が出ねぇ。そっちは……ちぇっ、そんなにこねまわしちゃ、粥が糊になっちまうぞ、かしてみろッ、粥ってぇのは、こうやって炊くんだよッ！」

駒形堂まで米を運ぶのを手伝った元七は、つい黙って見ていられなくて、気付けばいつのまにか貧窮組の親玉のようになって炊き出しを手伝いはじめている。

元七は、さらに店からタクアンを十樽、貧窮組に差しだした。

「白い粥だけじゃ、なんだ。うちのタクアン食ってみねぇ」

店では毎冬、店先に大根を干して、それから一年分のタクアンを糠と塩とで漬け込む。ちょうど今時分はいい漬かり頃であった。いつの間にか、元七は貧窮組の人気者になってしまって、当人は得意満面である。

「……おめえ、貧窮組に、あんなに威勢よく米をやっちまって、また押しかけられたらどうするんだい」

　青くなって見守っていた平蔵は、戻ってきた元七を見て思わず小言を並べた。

「へへん、あいつらは、けちな物持ちをいじめて鬱憤はらしたいだけさ。面白がって喜んで米を出すヤツをいじめても面白くなかろうから、もうたぶん来ねぇよ」

　たしかに元七の言うとおり、駒形町では次に狙われたのは鰻屋であった。ちなみに、襲撃を受けた鰻の前川では、ドジョウ屋の伝で同じように米俵を積み上げたところ、こちらも大評判になったという。思いがけないことに、あとになって、貧窮組の炊き出しで食べたあのタクアンの味が忘れられない、と店に客としてやってくる者もあり、結局は店の名を売ることになったから、タクアン十樽くらいは安いものであった。

　時代や世の中の空気が変わっても、相変わらず駒形どぜうは繁盛している。しかし、元七は、以前にも増して付き合いが増えて家を空けることが多くなり、実直に家を守る平蔵や、倅の七三郎との間で、何かとぶつかり合うようになっていた。

「お父っちゃんは、なんでそうフラフラ出歩いてばかりいるんだ」

　と、七三郎の方が親に向かって小言を言えば、

「ばかやろッ、客商売ってのは、そういうもんなんだよ。お客さんの相手がいやなら、とっととこの家を出て行け」

血の気の多い元七は、毎日のように頭ごなしに怒っている。

七三郎にしてみれば、ただ父親の思い描くような反応ができないだけで、毎日怒鳴られながら生きているのはつらいことだった。それでも反発し続けるのは、父親の思い通りになってしまったら自分がなくなってしまうような気持ちになっていたからだろう。

災害など困難が降りかかるたびに、店は一致団結して盤石になっていったが、気がつけばいつの間にか店の中のどこかがきしみ始めているようにもみえた。

伊代(いよ)は、嫁いでからも七三郎のことが心配でならず、何かと口実を作っては金七(きんしち)に様子を見に行かせている。

「……どうだい、元さん。七三郎さんを私のところで預からせてもらえないか。少しは、他人の家の飯を食って苦労させるのもいいことだよ」

幼い頃から七三郎には目をかけていた金七が、見かねて元七にそう申し入れた。

この頃、元七も七三郎のことだけは、どうやら持て余し気味であった。血がつながっているだけに、厳しくもなり、またお互いに甘える部分もあって、ぶつかり合うと、ことさらこじれてしまうのかもしれなかった。

「おまえ、浅蜊河岸に奉公に行くか」

「……うん」

父子というのは、面と向かうと急に無口になるものらしい。

元七がクシャミをすると、つられたように七三郎もクシャミをした。

店の看板娘のヒナがいなくなったあとで、今、店で客たちに可愛がられている女中は、煮方の巳之吉の連れ子のウンであった。

安政の大地震の時に生まれたウンは、髪結いの母の手ひとつで育てられていたが、母の佐久が巳之吉と一緒になったことから、巳之吉を「お父ちゃん」と呼んで実の親子のようになついている。

人懐っこくて愛嬌のある娘なので、時々店の手伝いに来ると客たちに可愛がられるのがうれしいらしく、「どぜう屋さんの女中になりたい」と言いだし、前の年から毎朝、父親と一緒に出勤してくるようになった。

店の者から畏れられているハツのことも、小さいときから溺愛されているから、「お初つぁん、お初つぁん」と無邪気に慕っていて、店の者からも客からも愛されている。

「巳之さん、どうだろう？　年回りもいいし、ゆくゆくは、おウンちゃんをうちの七三郎にもらえないか」

と、平蔵は気の早いことを言いだしている。

「ご隠居さん、そんな。ウンはまだ十三のねんねで、いまだにおっ母さんと寝てますよ」

巳之吉は、笑い飛ばしたが、赤圓子の息子の小圓子は、七三郎と同じ、今年十五で、どうもウンも淡い思いを寄せているようで、内心気が気ではないようだ。

年の瀬も押し迫った十二月二十五日、珍しく赤圓子の旦那と若様が親子揃って鍋を食べに来た。若様は、この十月から始まったイギリス人トレーシー中佐による英国式海軍伝習の第一期伝習生として、築地の伝習所寄宿舎で海軍の伝習を受けているのだという。

「……海軍？」

挨拶に出た元七は、聞き返した。

「この頃は、オランダ式ははやらなくて、海軍はイギリスなんだそうだ」

と赤圓子の旦那は成長した倅の姿に目を細めている。

「若様は、御城勤めでなく海軍にねぇ」

「うん。元七、今までの船は陸に沿ってゆくものだったけれど、蒸気船ならば沖へ沖へと漕ぎだしてゆけるのだよ」

若様は目をキラキラさせながら、元七にそんな話をした。少し見ないうちに、急に大人びた雰囲気になっている。

「本日は、クリストマスとかいう英国の休日だというので、久しぶりに父上の供をして……」

「吉原でござんすね」

元七は、やっと身近な話になって笑った。

「ははは。明日の朝も、どぜうだな」

若様は、ふと気付くと、気さくに、「おウンちゃん、手、出しな」と呼び止め、着物の袖から金柑の実をコロコロと取り出して、ウンの掌の上に乗せた。

「わぁ」

「うちの庭に金柑がたくさん実をつけた。お父つぁんに甘く煮てもらいな。喉にいいんだよ」

小圓子の若様は、下町育ちだから、ふだんはくだけた口をきく。ウンは、うれしそうににおいをかいで、すぐに「お父ちゃん、若様に金柑もらっちゃった」と大声ではしゃぎながら料理場の方に走っていった。

ちょうどその頃、芝では薩摩屋敷の焼き討ち騒動が持ち上がっていたというが、浅草あたりでは、「なんでも芝で戦があったらしいぜ」と、火事の話でもするように噂を聞くくらいで、町は相も変わらぬ年の瀬の慌ただしさ、人々は新しい年を迎える準備に余念がなかった。

慶応四年（一八六八）の正月は、真っ青な空の広がる快晴であった。くっきりと富士も凛々しく見える。

元日は、静かすぎてどこか物寂しいほどであった。羽根を突く音と、凧が空でうなる音くらいしか聞こえてこない。それが二日を過ぎると急に町中が浮き立って、賑やかな正月らしい気分になってくる。

ところがこの年は、小正月を迎えた頃から、妙な噂が巷間で囁かれはじめていた。

「……なんでも上方では、天朝様と公方様が戦をなさったらしい」

湯屋などでも、そんなことを小声で噂する人がいる。

「元さん、聞いたかい？　公方様が、戦に負けて逃げ帰ってきたそうだ」

そんなことを元七にこっそり教えてくれたのは、質屋をやっていて、ご公儀にも顔が利く井坂屋の朝吉であった。

「まさか……」

「瓦版屋が言っていたから、どこまで本当かわからないが、まず何か大事が出来したことだけは間違いないよ」

朝吉の言葉の通り、一月の二十日を過ぎると、実際に戦に負けた旗本御家人衆がぞくぞくと幕府の軍艦に乗って戻ってきた。戦場となったのは、伏見奉行所から御香宮のあたりと聞いて、平蔵も元七も色をなした。

「シナのやつ……無事だろうか」

〈戦争〉といっても、江戸の人々は実見していないだけに実感がわかない。武家方は誰もが、「次は雪辱をはらす」といきりたっていたが、その思いも、慶喜公の恭順により、あっという間にしぼんでいった。

戦はないと決まったものの、現実には官軍という名の東征軍が、東海道から、中山道から江戸へと攻め上って来るという。

徳川の禄をはんでいた者は、女子供を知行地へ避難させはじめたので、人足や駕籠屋は人手が足りず、駕籠賃などは、みるみる上がった。

「このままで済むわけがねぇ」

「いよいよ江戸で戦がおっ始まるのかねぇ」

町方は祭の前のような落ち着かない気分で天下の動静を見守っていた。

そんなところに、京に上っていたはずの伊代の兄、信太郎が、ひょっこりと店にやってきたのである。

元七が料理場から飛び出してくると、信太郎は、うまそうにどぜう汁で飯をかっ込んでいた。

「……ああ、江戸の味だなぁ」

「信さん、なに呑気にどぜう汁なんか食っているんでぇ……それでも、なんだ。新選組はずいぶん出世したんだってなぁ。幕臣に取り立てられたって？」

「さて。その徳川様がぐらぐらしているんだから、幕臣といったってあやしいものさ」

信太郎は、それ以上新選組については触れられたくないような口ぶりだった。

信太郎たちの新選組は、鳥羽伏見で戦った後、江戸に戻ってきていたが、これから甲陽鎮撫隊と名を変えて甲府で東征軍を迎え撃つという。新規加入の隊士も含めて二百名の大隊で、大砲二門、小銃五百丁を支給され、軍資金は五千両に及ぶという大がかりな話であった。

信太郎はすぐ詰め所に戻らなくてはならない様子で、多くを語らなかったが、あとでやってきた伊代の話によると、信太郎はいきなり十両もの金を置いていったという。

「……いったいどうなるんでしょう」

江戸城は明け渡しになるという噂もある中で、意気揚々と甲府へ向かった信太郎の姿は、どこかちぐはぐな感じがして、その違和感が、元七にも伊代にも、何か先行きに対する不安のように感じられた。

「お伊代さん、わっちらは、お上の言いなりであっち向いたりこっち向いたりして暮らしているが、信さんはもう昔と違う。何か世の中の流れを動かす方にいるんだろう」

そう言いながらも、江戸と京とで離れているうちに、信太郎との間には、何か隔たりができてしまったように元七には感じられたのだった。

江戸に残ったならず者の集まりのような歩兵たち……鳥羽伏見の激戦を経てきた者た

ちは、つまらない言いがかりをつけては町人を斬った。押し借り、強盗なども日常茶飯事である。治安を守る施政者はなく、まさに江戸は、無政府状態に陥っていた。

それでも、駒形どぜうは店を開けている。どぜう屋だけでなく、町方ではどこの店もふつうに商売をしていた。

店の雰囲気は、町の空気を反映して殺伐としている。武家の一団などは、さんざん飲み食いした挙げ句、

「長年の徳川の御恩顧を忘れたか」

などと言って、代金を踏み倒していくのである。

武士たちは、明日がない……という思いに自暴自棄になっているのだろう。町の人々は、何かビクビクして毎日をやり過ごさなければならなかった。

四月十一日が江戸城明け渡しと聞いて、人々は、その日は朝から戸を堅く閉めて固唾を呑んで状況を見つめていたが、呆気ないほど時が平穏に過ぎてゆくだけだった。

「……なんでぇ。徳川さまもだらしがない」

何も起こらないことに、何か物足りなさを感じながらも、人々はまた元の生活に戻ってゆく。

店を開けていても、ただ食いの武家がやって来るのが関の山なので、その日は店を閉めたまま、元七は浅草寺の方へ様子を見に行った。

おかしなことに講釈場も、湯屋も、人であふれ返っている。

いったい世の中どうなっているのだろう、と思ったとき、自然と情報を求めて集まるのが、こうした場所であるらしい。

やがて町には、〈錦ぎれ〉と呼ばれる官軍の兵士が姿を見せはじめた。官軍兵士は、肩のあたりに錦の布の切れ端をつけていたので、江戸の人たちは〈官軍〉と呼ばずに〈錦ぎれ〉と呼んだのである。

この〈錦ぎれ〉が増えるのと対比して、幕臣たちは、江戸で戦うという者がある一方、会津、仙台の列藩に呼応して戦うという者もあり、彼らは〈脱走〉と呼ばれた。

江戸っ子は、もともと徳川様贔屓である上に、薩摩、長州などの西軍の兵士たちの傍若無人の行いや、田舎者丸出しの野卑な態度に辟易して、〈錦ぎれ〉への不満は、いきおい徳川の侍に対する期待の高まりとなった。

その中で結成されたのが彰義隊であった。

集まったのは徳川の旗本御家人だけではない。町方でも血の気の多い者はぞくぞくと集結しはじめた。

「ちっと様子を見に行ってくらぁ」

小雨が降る中、元七も出かけて行こうとした。なんといっても駐屯しているのが店の裏手にある東本願寺なのである。

これには、平蔵も青くなった。

「馬鹿！　そんなところにノコノコ出かけて行って流れ弾にでもあたったらどうする」

元七を囲んで、店中でわあわあ押し問答しているところに、表の店の戸を叩く音がした。出て行ってみると、赤圓子の旦那が悄然と入ってきた。

「元さん……今日は折り入って頼みがあってきた」

後ろには、倅の若様がかしこまっている。

「知っての通り、彰義隊が結成されるというので、倅も参加することになった」

本当は行かせたくない気持ちは見て取れた。年を取ってからできた末っ子をむざむざ戦に巻き込ませたくないというのが親心だろう。

だが、〈脱走〉のひとつもしないと、「あすコンちは、脱走もしないで」と、出入りの魚屋にまで蔑まれ、世間に対して肩身の狭い思いをする、という妙な空気が世間には蔓延している。赤圓子の旦那の家でも、嫡男は〈朝臣願い〉を出して恭順の意を表していた。〈朝臣願い〉を出せば、今住んでいる家屋敷はそのままお咎めなしであった。そのようなわけで、下谷同朋町の家は残ったが、そのかわり末子の小圓子の若様は、彰義隊にでも入らないと世間に顔向けできないことになってしまっていたのであった。

若様は血気盛んな年頃だから、やる気満々である。

「元七……ついては、ここは屯所とも近いので、何かあったときは、くれぐれも頼む」

と、赤圓子の旦那は、深々と頭を垂れるのであった。

これから、若様は東本願寺に行くという。

「そいつぁ、わっちもお供せにゃなんめぇ……」

と、元七はにわか中間のような姿で、自分も蔵から出してきた刀を腰に一本差して付き従っていくことにした。

「……お初つぁん、一本、つけてもらおうか」

一人ぽつねんと残った赤圓子の旦那は、そう言ってどっかりと框に座り込むと、巳之吉が特別に作った小さいドジョウの飴煮を肴に飲み始めた。

「江戸は涙のあめだきか……」

赤圓子の旦那は、飴煮を箸でつまみ一杯やりながら、そんなことを呟いている。外はまだ小糠雨が降り続いていた。


信太郎は、甲府から敗走し、新選組の局長だった近藤勇たちとも袂を分って、また江戸に舞い戻ってきていた。

その後は、新選組の残党と共に靖兵隊に身を投じている。その靖兵隊は、幕府伝習隊に組み込まれ、最近はフランス式の調練なども受けているという。

「それがおかしなことに、おれたちの伝習第二大隊の隊長っていうのが……タメだっていうんだから、驚くじゃねぇか」

「タメって……あの浅蜊河岸にいたときのタメ公か？」

生まれつき病弱で、幕府に出生届も出さずにあちこちをたらいまわしにされていた為八は、叔父の養子立石斧次郎と名を変えて通詞見習いとしてアメリカに渡り、帰国した後、世の中がざわついてくると、今度は実家の兄の提出した〈弟丈夫届け〉によって実家の米田姓を名乗り、名も桂次郎と改めていた。

「まさか、タメの手下になろうとはなぁ」

信太郎は、人の良さそうな顔で笑った。元七は、その横顔を見つめていると、この穏和な男がどうして新選組のような殺伐とした組織にいられたのだろう、と不思議な気持ちになってくる。

「元七、彰義隊などと魚交じりして、錦ぎれに目をつけられたらどうするんだい」

平蔵は、小声で心配するが、元七は、気にする様子もない。

「父つぁん……こんな世の中が長く続くわけがない。じきに徳川様が盛り返すに決まっているじゃねぇか」

元七は、本気でそう信じていた。本願寺での彰義隊の熱気を見たら、このまま終わるとはとても思われなかった。

しかしその後、彰義隊は二つに分裂した。あくまでも徹底抗戦を叫んでいる者たちは、上野寛永寺に立て籠もり、会津や奥羽列藩とともに戦うという意向の者は、幕府諸隊と合流して各地へと散っていったのである。

「信さん、どうする？　上野の山に入るか？」

「元さん……おめえには店がある。もう、おれたちにかかわるな」

元七も実は、彰義隊に加わるつもりでいた。はっきりした理由などない。多少、腕に覚えがある者ならば誰もが、〈錦ぎれ〉に抵抗しなくては、江戸っ子として男がたたない……その一心で行動していたのである。

「信さんは、どうすんだよ？」

「元さん……」

信太郎は、ホッと小さく息をついた。

「……新選組は、京の町で憎まれすぎた」

「だけど、その新選組の中で、信さんは、斬ったはったの修羅場に出ていたわけではないんだろう？」

監察という事務方の部署にいた信太郎は、内勤が多く、あるいは町人、百姓上がりの隊士は、それぞれの素性に応じての密偵の仕事が多かった。

たしかに元七の言う通り、信太郎は、華々しい活躍もなかったので、古参の隊士でありながら、幕臣に取り立てられたときは、新参の隊士と同じ〈見廻組並御雇〉扱いであった。

「……だが、それでも新選組なんだ」

元七は、ふと、美濃屋の番頭が〈壬生浪(みぶろ)〉と言っていた言葉を思い出していた。幕臣と本人たちが胸を張ったところで、人々の目には単に壬生に屯(たむろ)する凶暴な浪士……〈壬生浪〉としか映っていなかったのだろう。一度、刻まれた記憶からは、もう逃れられないという……その現実に追われて、信太郎は官軍に抵抗し続けなくてはならなくなっているようであった。

たしかに妙な戦になりそうだった。上野の山に立て籠もる者たちを支えているのは、意地だけである。徳川家に対しての忠誠心というのは建前であって、内情は、西から天皇を担いでやって来る田舎者たちに、江戸を好きなようにされて悔しい……ただ、それだけなのであった。

この夏は、雨が多かった。

彰義隊は、上野の寛永寺に立て籠もっている。それでも、夜な夜な吉原に繰り出しては豪遊(ごうゆう)する。吉原で彰義隊といえば、おそろしいほどもてたという。

蕭々(しょうしょう)と雨が降り続く五月十五日の払暁(ふつぎょう)、いきなり大砲の音が江戸中に響き渡った。

「いよいよはじまったか？」

「も、元七！」

平蔵が叫んだときはもう遅かった。

元七は、平蔵が止める間もなく、刀を引っつかんで飛び出していった。

半刻もしないうちに、元七は、息を切らして帰ってきた。

「吾妻橋は官軍の槍衾が出来ていて、通れやしねぇ」

本所方面から御家人たちが加勢を駆けつけるのを分断するために、隅田川にかかる橋はほとんど封鎖されていた。

「馬鹿っ！」

平蔵は思わず一喝した。

「……店をどうする」

「そうだな」

町の様子を見て、元七は、やっと現実が想像以上にたいへんなことになっていると気付いたのだった。すでに浅草も戦場になりつつあったのである。

「女子供は、小梅のオヤジさんのところに逃がそう」

平蔵は、畳を上げて、大事なものは蔵に入れ、いつでも退避できるように準備し始めている。巳之吉夫婦とウンも、炊き出しの握り飯を背負ってやって来た。

畳を上げて、荷物をまとめていると、表の戸を叩く者がある。

開けると、正どんが転がり込んできた。

「旦那さん、大丈夫ですかい？」

「おぅ、これから父つぁんと女たちは、小梅に立ち退かせる。吾妻橋は、町人が逃げるのにはお咎めなしだ」

「店は？」

「わっちが残るさ。父つぁん、巳之さん、みんなを頼むよ」

「そんなことと思って、わっちも店が心配になってやって参り(めえ)やした」

尻っ端折りの正どんの後ろには、女房の花女(かめ)が付いてきていた。襷(たすき)に鉢巻き姿で、おっとりと薙刀(なぎなた)を抱えている。まるで芝居に見る大奥の火事場の〈お立ち退き〉のような姿だった。

「あれ、おかみさんまで。どうした？」

花女は、亭主と片時も離れたくない、と付いてきたのだという。

「かえって足手まといになるんじゃないかい？」

元七は困ったが、正どんいわく、「わっちのことが心配でならねぇ、って言うもんですから」と、こんな時まで素のろけを言って照れている。

結局、平蔵と巳之吉が女中たちを引率して小梅に避難することになり、店は、元七と正どん夫妻の三人で守ることになった。

　昼過ぎになると、ドドーンという大砲の音が凄まじく響くようになり、パチパチパチ……という妙な音もする。

「……なんだか、仲見世（なかみせ）のはじけ豆みたいな音ですね」

　相変わらず正どんは、呑気なことを呟いている。

「なんの音だろう？」

　などと言いながら、二階の物干し台に上がってみると、陰気な暗い空の向こう……上野の山の中から真っ黒な煙が立ち上り、その煙の割れ目から炎が見えた。

「どうなったんでしょうね」

「わからねぇ」

　元七は、見ているだけでウズウズしてきて、店の半纏（はんてん）を引っかけ表に飛び出すと、様子を見に行った。

　浅草広小路（あさくさひろこうじ）あたりまで行ったところで、もうだいたいのことは知れた。

　戦は終わっていたのである。

「どっちが勝ったんでぇ？」

「官軍に決まってらぁ」

　すごい数の人の流れが上野の方へ向かっている。なんと跡見物（あとけんぶつ）に行く群衆だという。

「跡見物？」

刺し子を着込んだ男をつかまえて尋ねると、分捕り品の糧米を見物衆に配分するという。

「……江戸っ子っていうのは、まったく物見高いものだ」

と、元七が自分のことは棚に上げて呆れて戻ってくると、店の戸ががっちり閉まって閉め出されていた。

「おおい、正どん、おれだー！」

恐る恐る出てきた正どんを「ばかっ」と叱りとばした元七は、奥を覗いてびっくりした。

「信さん……」

元七が様子を見に行っている間に、信太郎が逃げ込んできたので、正どんは、驚いて厳重に戸締まりをしてしまったのだった。

「無事だったか！」

「ああ。さんざんだった。裏切りがあったらしい」

この日、上野の山の彰義隊の人数は、平時の半分ほどしかいなかった。日和見をした者が相次いで脱落して山からどんどん逃げだしたという説もあるが、情報が交錯していたともいう。

はじめ上野総攻めは、十七日早朝になるだろう……と、彰義隊の内部では囁かれていた。あるいは、総攻めは二十日前後らしい、という噂がいったん流れて、それがにわかに十七日に変更になった……というので、隊士たちの多くは、暇乞い(いとまご)に帰宅したり色街に遊んだりしていて、兵端が開かれた時は、時すでに遅く、山に戻れなかったというのである。

元七は、花女に手伝わせて、信太郎を着替えさせた。

「お内儀、すまぬが髪も改めよう」

花女は頷いて、信太郎の髷(まげ)の元結(もっとい)を切り、町人髷に結い直した。

日が暮れても、どこからか、わめく声や小競り合いの物音が暗闇の中から響いてきた。

「彰義隊の残党狩りがあるのだろう」

元七は飯を炊いて握り飯を作っている。信太郎を落ち延びさせなければならなかった。

「……あんた。なんか裏で物音がするんだけど」

厠(かわや)へ行った花女が、握り飯を握っていた正どんを呼びに来た。

「うめき声がするんだけど……犬か何かかしら」

元七が裏に回ってみると、人影があった。

「誰だ」

と、灯りで照らした中に浮かび上がったのは、白鉢巻に股立ちの袴も泥だらけになった小圓子の若様であった。

「……若様！」

元七は驚いて駆け寄った。

泥だらけだと思ったのは、泥だけでなく血であった。

「よくご無事でここまで……」

と、元七が言った瞬間、ぐらりと若様は倒れかかった。支えた元七は、若様が肩を撃たれていることに気付いた。

「……軒を貸してくれ」

「えっ、何言ってるんです。早く中に」

と、元七が抱えようとするのに、若様は、ずるずると崩れ落ちてしまう。

「若様ッ、しっかりさっし。正どん、おーい、正どん！」

元七が家の中の正どんを呼ぶのに、応答がない。

「ちぇっ、正どん、手を貸してくれ。若様が撃たれた！」

元七が、灯りを持ったまま、若様から手を離し、家の中に駆け込み「正どん、来てくれ！」と叫んで、取って返したとき、「ウッ」という呻(うめ)き声が暗闇の中に響いた。

「若様？　……あっ」

一瞬、手を離して家の方に飛んでいった隙に、若様は、脇差しを腹に突き立てていた。

「早まるなッ！」

元七はあわてて若様に飛びついて刀を引き抜こうとするが、若様は呻くばかりである。

「元さん！」

灯りを持った正どんと信太郎が飛び出してきた。

若様は、刀を引き抜くとそのまま首に刀をあてようとしたが、元七が止めるので力尽きたままゼイゼイと荒い息をついている。

「……介錯(かいしゃく)してくれ……死にきれねぇ」

とぎれとぎれに言う若様を、元七は呆然として抱きしめている。

「馬鹿なこと……やめてくれ！」

「早く……苦しい」

若様は、ゼイゼイと荒い息をつきながら、刀を元七に押しつけてくる。

大量の血が吹きだしていた。

「早まるんじゃねぇ。若様ッ、気を確かに持ちねぇ」

と、元七が懸命に励ましているところに、

「元さん……」

という信太郎の声がした。

「信さん、手を借してくれ」

と、元七が振り返って立ち上ろうとした瞬間、エイッと踏み込んだ信太郎の刀でストンと若様の首は落ちていた。

「信さんッ！」

元七は骸となった若様の体を抱いたまま、一瞬、固まったようになっている。

「……何てことしてくれた。手当てすれば助かるものを」

「元さん……鉛の弾をくらっちゃァ、万に一つも助からねぇ。おれは鳥羽伏見のあとで、いやってほど見ている。体中が膿んでのたうって死ぬより、いっそ楽にしてやった方が本人のためだ」

信太郎は冷ややかに言った。

「信さん……」

元七は、別人を見る思いで信太郎を見つめた。

「それより元さん、表が騒がしいぜ……」

信太郎は、いつもと変わらず落ち着き払っている。

店の表の方から、ドンドンと戸を叩く音とものすごい音がした。

「旦那さん、表に官軍が……彰義隊の詮議といって。討ち入りみたいに、戸を壊しています」

花女の声に、元七は我に返って立ち上がった。若様の刀を持ったまま、店の方へ出た。

信太郎は、手早く着流しの裾を端折っている。

「……あんた、早く脱ぎなッ」

花女は、咄嗟に亭主の着ていた〈ど〉と背中にある半纏を引きはがすように脱がせ、信太郎に着せかけた。

「あんたは林さまと一緒に……」

「ど、どこ行くんでぇ」

「前のお芋屋さんだよ。あすこから、林さまを船にお乗せあそばして……」

おっとり見えた花女は、さすがに武家奉公していただけあって、こういうときになると、驚くほど沈着であった。

「林さま、刀は置いていらっしゃいまし。あとであたしがすぐに運びますから」

「うん……」

信太郎は、正どんと一緒に、ドジョウを入れた笊を担いで裏の木戸から出て行った。

店の表は、バリバリと叩き壊されようとしていた。

「……何の御用でございます」

眼光するどく薙刀を構え店先に出てきた花女の姿に、抜き身を引っさげ店を囲んでいた官軍兵たちは、ギョッとして身構えた。

「彰義隊の残党をかくまっちょい家は、焼き捨つっちゅう命令じゃっど。引っ出さんと、火をくぶっど」

　隊長らしき男が甲高い声で叫んだ。

「……まずは話を聞かっせぇ！」

と、元七は大声で叫びながら、戸板に乗せた若様の首のない死体を引きずるように表に出した。

　しんと官軍兵たちは沈黙している。

「軒を貸してくれって……しでえ怪我をしていなすってたうちのお客さんが、店に見えて腹を切ンなすった。ただ、それだけのことで、官軍は火をかけなさるんですかい？」

　隊長は、若様の死体と元七の顔を見比べている。

「……おはんが、首を落としたとな？　隠し立てしてん無駄(すだ)じゃっど。でっな遣い手がまだ中(なけ)におっとじゃろが。火をくべっせえ、いぶっ出してやいもんそ」

　元七は、黙って突っ立っている。訛りがひどくて、何を言っているのかよくわからなかった。

「聞こえんとかっ！　彰義隊の残党を引っ出せ！」

「……聞こえてるけどよう……もうちっと江戸の者にわかるよう言ってくんねぇ」

「なんちぃ！　彰義隊の一味がこけ逃げ込んだどが、隠してん、見た者(もん)がおっとじゃ。よか、火をくべっせえ、焼いてしまえ！」

元七は、ペッと唾を吐いた。

「おい……うちはな、めぇたちの親父さんが、そのまた爺さんの、まだ淫水だった頃から、この駒形でどぜう屋をやってるンだ。そう簡単に焼かれてたまるかよ」

官軍は、聞く耳を持たぬ態度で戸を打ち壊そうとする。

「よか、よか、火をくべっせぇ」と号令をかけようとした瞬間、元七は、ものすごいかけ声とともに、若様の刀を引き抜いて、隊長の鼻先にピタリと寸止めにした。

元七のただならぬ腕前に驚いて、官軍兵士は蜘蛛の子を散らすように飛び退った。

「……わっちァ、どぜう屋だからネ、ドジョウはしめても人斬りなんて野暮はやらねぇ」

その気魄に、兵士たちは硬直したまま棒立ちになっている。

「おお、何を騒いでおる？」

その時、突然、駆けつけた馬から下りて、官軍兵をかき分けるように出てきたのは、へんな毛のかぶり物をしたやけに頭の大きな男であった。

「おっ、ここは、どぜう屋じゃないか。おお、おぬし達者だったか！　わしじゃ、その昔、食い逃げして川に突き落とされた……ところで、ここの店は何という名だったかの」

元七は、黙って見つめている。実は、まったく覚えがなかった。

「名前なんかねぇや。駒形のどぜう屋だよ」

芋屋から取って返して来た正どんの方は思い出したらしく「あ、大頭のバケモノ……」と口の中で呟いている。

「おい、引け、引け！」

男は、官軍の頭に指示した。よほど偉いらしい。

「あっ！　練兵館の……」

男の顔に気付いて、花女はあわてて構えていた薙刀を下ろした。

「おやぁ？　おまえは……直心影流の花女さんじゃないか！」

男の方も花女の姿に驚いて、あわてて隊長らしき男に声をかけた。

「この女性は、回向院で行われた撃剣会の折に、わしが唯一負けた女性じゃ。いやもう風車の如く薙刀を扱って、とても近寄れんかった。いや、このどぜう屋の縁者であったか。懐しいのぅ。また、ゆっくりどぜう汁を食いにくるぞ」

呵々大笑すると、男は官軍兵を引き揚げさせた。

潮が引くように官軍が去ってゆくと、おそろしいほどの静寂に包まれた。

「旦那さん、練兵館の塾頭の渡辺昇様とご昵懇でしたか？」

花女は呆気に取られて見送っている。

「いちいち食い逃げのことなんか覚えていられるかよ」

元七は、若様の死体に羽織っていた半纏をかけてやった。

そのままぼんやりとその場に突っ立っている。

「……塩でもまいておくか」

暗闇からは、遠く男たちの呻くようないやな声がいつまでも響いていた。


信太郎が逃げ込んだのは、どぜう屋の前にある芋問屋の〈川小〉である。

官軍が去ったあと、元七がこっそり握り飯の包みと、信太郎が置いていった刀を携えて訪ねてゆくと、思いがけないことに、主の小平次(こへいじ)はもとより、信太郎まで寝ていた。

「おい、芋どん、何寝てンだよ。闇に乗じて船を出してくんねぇ」

「……どぜう屋、川船は、そう簡単に出せるもんでねぇ」

起きてきた芋どんは、眠そうに欠伸をしている。

「何呑気なこと言ってるんでぇ。早くしねぇと、おめえんとこに迷惑がかかるぜ」

「……かからねぇよ」

話は明日、お天道様がのぼってからだ、と言うので、元七は握り飯だけ置いて家に戻った。

翌日は、何日かぶりに晴れ間が覗いた。

明るくなるのを待ちかねたように、三好町(みよしちょう)の赤圓子の旦那の隠居所を訪ねていった正どんは、血相変えて戻ってきた。

「……それが、とんだことになっておりやした」

三好町の赤圓子の旦那の家は全焼していた。上野の山から逃げてきた若様は、まずは父の隠居所を訪ねていたのである。それを見とがめられて官軍兵に包囲され、見せしめもあって火をかけられた。

「赤圓子の旦那は自害されたそうです」

「……そんな」

逃げようとした母や妹たちは惨殺され、若様も撃たれた。その後、屋敷は火をかけられ、厩（うまや）の馬まで焼かれたという。

駒形の店まで来る様子を付けてきて、密告した者がいたのだろう、彰義隊一人に付一両、と首に値が付いているというのが、街中の噂であった。

「あんな腰に差した刀に千社札の振り出し竿を仕込んでいた旦那が……切腹なさるなんて」

どうやって切腹しなさったのだろうと、元七はやりきれない思いで胸がいっぱいになった。

考えてみたら、元七は、赤圓子の旦那の本当の名が何というのかさえ知らなかった。

一方で、信太郎のことも心配になり、もう船は出たかと川小の店を訪ねてみると、家の者は、「さぁて、あのお侍さんならば、朝から釣りに行っていますす」などと呑気な事を言っている。

元七が、びっくりして船を借りて大川に出てみると、待乳山の近くの川岸で、信太郎が、笠もかぶらず、片肌脱いで釣り糸を垂れながら、元七の握り飯を食べていた。

「……よく釣りなんかしていられるな」

元七が呆れて船に乗り込むと、信太郎も思わず苦笑した。

「うん。芋屋に夜まで釣りでもして待っていろと……船に乗せられちまった」

「たしかに、こんな詮議の激しいときにウロウロする方があぶないかもしれないな……」

しかし、大胆といえば大胆である。ツツッと釣り糸が引いていた。

「……おい、引いてるぜ」

「あ……」

ハゼが一匹釣れた。

「はは、さっきから馬鹿にかかるぜ」

見ると、桶がいっぱいになっている。

「ずっと馬鹿やって生きていけると思っていたのに」

ポツリと信太郎が呟いた。

「……今でも、馬鹿やってンじゃねぇか」

「ははは、そうだな」

二人の頭の上を、時鳥が、キーッとするどい声をたてながら頭上を渡ってゆく。川向うの本所、多田の薬師の藪のあたりから、上野の森へと行くのだろう。

時鳥が去ってゆくとあたりは奇妙に静かになった。船に寄せる単調な波の音を元七と信太郎は黙りこくったまましばらく聞いていた。

その晩、小平次は舫を解いて、船を出した。

〈川小〉は、川越から芋を運び、帰りは、藁灰を積んで戻る。灰は畑の肥しになるのだ。

船には、川小の半纏を着た腹掛け股引姿の信太郎も乗っていた。昼間、だいぶ日に焼けて、すっかり船頭らしくなっている。

「元さん、いろいろ世話になった」

元七が、また握り飯の包みを持って見送りに行くと、信太郎は、刀を差しだした。

「こういう長いのを持っていると、これからの道中はどうにもいけないようだ。命を守る刀がこれからは命取りになりかねない。刀なんて、このご時世、この先いくらでも手に入るだろう。また会うときまで、預かっておいてくれ」

「そうか……」

たしかに彰義隊の残党は、みな最後まで刀を手放そうとしなかったため、見破られて殺された者が多かったことを元七は昼間あちこちで聞いていた。

小平次は、船を岸からゆっくりと離してゆく。

「元さん……」

思い出したように、信太郎は、船から声をかけた。

「伏見で、ヒナちゃんに会ったよ」

「えっ？」

「……うまい酒を馳走(ちそう)になった」

「シナに？　あいつ達者だったか？」

「……ああ」

信太郎は、にっこり笑った。

「詳しい話は、また江戸に戻ったときにしよう！」

信太郎は、そう大声で言って手を振った。

船は、すべるように岸からどんどん離れてゆく。

不思議なことに、しばらくすると、江戸の町は元の活気を取り戻しはじめた。

六月八日の花火は、いつもより人が出て、橋の上も川に浮かぶ舟も見物人であふれかえっていたし、相変わらず浅草寺も参拝客で賑わっている。

新聞というものが、あちこちから発行されるようになったが、日光や会津の戦況は、幕府軍の連戦連勝を告げるものばかりだった。

「そのうちまた徳川様が盛り返して、江戸に押し返してくるに決まってらぁ」

新聞というものを物珍しそうに眺めながら、人々はそんなことを言い合った。

四万六千日のほおずき市もいつも通りの賑わいだった。

「元さん」

元七が、店の者を引き連れて夜店のほおずきの露店を眺めていると、井坂屋の朝吉に声をかけられた。

「おう、どうだい、官軍に強請られたりしてねぇか？」

このごろ、大店には、軒並み官軍側からの押し借りがやってくるという噂を元七は聞いていた。

「いや、それがひょんなことから官軍の土佐藩に口をきいてくれる人がいてね、うちはかかわりなしさ」

「へぇ」

井坂屋は、徳川様べったりだと思っていたので、元七には意外な気がした。

「それが……例の猫糞さんの恩返しでさ」

「猫糞？」

「ほら、オロシアの金時計」

「ああ、桃井の師範代」

昔、金時計を井坂屋に持ち込んで、切腹を申しつけられたものの井坂屋の親分の機転で越後の国の寄る辺に落ち延びた山本琢磨は、のちに新潟から箱館に行って、それが時代が変わったので江戸に舞い戻ってきたのだという。

「あいつ、生きてたのか。どうした？」

「それが、箱館で耶蘇坊主のようになって……それで、昔の恩を忘れず、今はいろいろよくしてくれるよ。まったくご一新なんて、みんなありがたがっていっているけれど、要するに大きなお家騒動みてぇなもんだったんだな」

朝吉は、淡々とそんなことを語っている。

切腹を申しつけた武市の方が切腹し、切腹を逃れて生き残った山本が耶蘇坊主になっているのも不思議なことだった。

「それより、狆屋の話は聞いたかい？」

「いや……あすこも徳川様がだめになって、狆たちゃ、どうなったんだろう？」

徳川家や大名家に納めた狆は、実家に戻される腰元たちが引き取ったりしたという。狆屋の商売がたちゆかなくなったのを見て、京都から公家についてきた出入りの〈上方筋〉の狆屋が、〈浅草筋〉の狆を引き取りたいと申し出たというが、狆屋はきっぱりと断り、すべて異国の商人に売り渡したというのだった。

「異国に……」

「イギリスで、ヴィクトリア女王の狆がいたく評判になって、ジャパニーズチンつって高値がついているらしい。いい商売にはなったろうが……浅草筋の狆は異国に渡ってしまったわけさ」

狆屋の女主人の安（やす）は、「うちの狆を、上方筋の狆とのブチになんかできるもんか」と同業の者たちの前で啖呵（たんか）をきったという。

徳川五代将軍綱吉（つなよし）の時代から続いていた狆の血筋……上方筋、名古屋筋と並んで、〈浅草筋〉と特に名を付けられて呼ばれていた浅草狆屋の血統は、ここに絶えた。

「元さん、この間、面白い落首があったよ。『江戸の豚、都の狆に追い出され』ってさ」

豚というのは、肉食を好んだ十五代将軍慶喜公の渾名（あだな）で、都の狆というのは、みずからのことを〈朕（ちん）〉という天皇のことだという。

このままじゃ豚だけでなく、江戸っ子が田舎者に追い出されるんじゃないか、と元七は一瞬思った。

七月十七日には、江戸を〈東京（トウケイ）〉と名を変えるというお触れが出たが、誰もピンとこなくて、「トウケイ」などと口にする者はいなかったが、以来官軍に付いて薩長から江戸にやって来た役人を〈トウケイ者〉と呼ぶようになった。

八月になると徳川の家臣は、みな駿府に移住してゆくことになり、ますますトウケイ者が幅をきかすようで、江戸っ子たちは歯痒がるばかりである。

新聞は、相変わらず幕府軍の勝利を伝えている。

「いったい、いつ徳川様は帰ってくるんだろう」

そんなことを囁いているうちに、元号は明治と改元された。そんなある晩、泣きはらした顔の伊代が、金七に伴われて店に来た。

「元さん、こんなものが……」

金七は、新聞を元七に渡した。

『明治紀元戊辰冬十月　太政官日誌　第百二十六』と書かれている。「久留米藩届書寫」とある文書の中に、「斥候ノ者ヨリ壬生浪士ノ賊一人討取、後軍ニテ六人召捕吟味ヲ遂ケ候処……」という記事を金七は無言で指さした。

討取　壬生浪士　林信太郎

「壬生浪士……」

信太郎の消息に間違いなかった。書面の日付は十月二十七日になっている。

「信さん……死んだのか」

わっと伊代は泣き崩れた。

「兄さんは……なぜ死ななければならなかったんでしょうか」

伊代は、懸命に兄の置かれた立場や、義に殉じた心を理解しようとはしたけれど……どこかでどうしても納得できないような気持ちになるのだった。

五月のあの晩が今生の別れになろうとは……。

新聞というものが幕軍の連勝を伝えていたのは、徳川が勝ったと書いた方がよく売れるためだったという。実際には会津は降伏し、東北の諸藩も恭順したという噂だった。

「……公方様はもう帰(けえ)ってこねえのかい？」

元七は、そんな噂を聞くたびに聞き返さずにはいられないのだった。


冬の朝は、ドジョウの水かえに、ざぁーっと樽の水をあけ、井戸水をかけると湯気が立つ。

冬になると井戸水は温かいため、外の冷たい空気に触れて、湯気がたつのである。

そんな師走(しわす)のある日の夕方……思いがけない男が店先に立っていた。

「……タメじゃねえか！」

日光方面に〈脱走〉したはずの為八だった。

「今、信太郎さんの妹の伊代さんのところへ行って……」

「よく無事だったなぁ。どこかの糾問所に入れられてたのか？」

「……いいえ」

元七は、あわてて母屋の方に招き入れた。

「十一月三日に、上海から横浜に戻りまして」

「上海？」

さすがに元七も目を丸くした。

「日光近くの今市の戦いで太股を貫通する銃創を負って……仙台に搬送されて、治療を受けて歩けるようになったところで、フランス人のスネルという商人が仙台に来ていましてね、武器弾薬の調達のために、スネルと一緒に上海に行って……そこで、パリ万博帰りの徳川昭武公一行とバッタリ出くわしまして……これはもう、昭武公を箱館にお連れして、榎本軍の首領にするしかない、と説いたのですが、逆に恭順するよう説得されてしまって……一行と一緒に帰ってきたんです」

最後の方は、だんだん声が小さくなった。

「……たいへんだったんだなぁ」

「それより……浅蜊河岸にいた信太郎さん、亡くなったそうですよ」

「うん……『太政官日誌』とかいうので見た。一時は、めぇの手下だったこともあるそうじゃねぇか」

「手下というのではないんですけど……日光まで一緒でした」

為八は、信太郎と最後まで行動を共にしていた条部（くめべ）という男を糾問所に訪ねて、信太郎の死までの行程を伝え聞いていた。

信太郎は、江戸を脱出した後、小山、宇都宮、今市、日光街道茶臼山、横川、大内峠、高田近くの宮下村……の各地で戦い、その後、会津落城を知り、水戸城を攻略しようとして敗走、銚子近くを転戦、千葉の八日市場（ようかいちば）付近に斥候（せっこう）に出たところを討たれたらしいという。

「そんなに、あちこちを……」

「条部たちは、銚子で投降して助かりましたが、信太郎さんは、とうとう最後まで降伏しようとはしなかったそうです」

元七が江戸でのんびりと過ごしていた頃、信太郎は、息をつく間もないような戦場の毎日に身をさらしていたのだ。

為八は、今は、長野桂次郎（ながのけいじろう）と名乗っているという。

「……また名を変えたのか」

「もうこれで最後にしますよ」

為八は、思わず苦笑した。

帰ろうとして店の前の〈売切御礼申上候〉の赤い暖簾に気付いた為八は、ふと笑った。

「この間、昔の町奉行所に代わる東京府の建物に……なんでも、『御政事売切申候』っていう落書きが大書してあったそうですよ」

元七も一緒に、乾いた笑い声をたてた。


年の暮れも近くなると、今年も店の向かいにある提灯屋の大嶋屋から、頼んでおいた大きな高張提灯が届く。

慶応四年……明治元年の大晦日、元七は、浅草寺に除夜の鐘を撞きに行った。金七と伊代の夫妻も来た。上野の戦争のあと、若様が亡くなったと聞いて、家に閉じこもってしまったウンも、巳之吉と佐久に両手をひかれるようにして連れだって一緒にきた。

ウンは、大きな白い犬を連れている。

「……〈若様〉も、ずいぶん大きくなったねぇ」

伊代は、白犬の頭を撫でた。

「もう半年になるんだ。でかくもなるさ」

と、元七は感慨深く見つめている。

上野の戦の翌日、朝吉の家の白犬が子を産んだというので、元七は数日後、一匹もらいにいった。もともとウンが犬を飼いたいと言っていたので、頼んであったのである。

「これも何かの巡り合わせかもしれないぜ」

隠しておけることでもないので、元七はウンに子犬を渡しながら小圓子の若様の最後を語った。

ウンは、白い子犬を抱きしめながら泣いた。

白い犬は、人の生まれ変わりであるという。小犬には〈若様〉という名が付いた。

「朝吉ンとこの親犬も馬鹿でかい犬だったが、おっ母さんに似て〈若様〉もズンと大きくなったもんだ」

〈若様〉はしゃがむと、小さなウンの腰のあたりまである。

「このでかい図体で、夜はウンと一緒の布団で寝ているんですよ」

佐久は、困ったように〈若様〉の頭を撫でた。

「おウンちゃんよ……めぇは、運が強い。それで、その名をつけてやったんだ」

元七たちは、寒さで足踏みしながら除夜の鐘を待っている。

「これからまたきっといいことがあるさ。これでお終えなんて思っちゃいけねぇよ」

「……いいことなんて、あるかしら」

ウンは、消えるような声で答えている。

「あるともさ。しゃあねぇことをくどくど思い出してふてくされて布団被って寝込んでいるより、いいことがこれからもまたあると思って楽しく暮らしていた方が、きっと福の神も近づきになりてぇと寄ってくるに違えねぇ」

〈若様〉は、白い息を吐きながら、ウンの体を温めてやるようにぴったりと寄り添っていた。

夜が明ければ新しい年が来る。

一年前の正月には、徳川が倒れるなどと誰が思っただろうか。

夢から覚めるように、いつか徳川の世が戻ってくると思っていたけれど、今になれば、誰もがわかっていた。もう徳川の世は……二度と来ないのだ。

もうすぐ春になる。新しい年になって、新しい世の中になる。

そう思いながら元七は万感の思いを込めて鐘を撞いた。

〈駒形のどぜう屋〉で通っているこの店が、〈越後屋〉とその屋号を表に出すのは、一年に一度……除夜の鐘がしじまに響く大晦日の夜を煌々と照らし出す、この高張提灯だけであった。

十、きんのに変わらぬけふの味

明治初年、駒形のどぜう屋〈越後屋〉は、創業からすでに七十年近い月日が経っていた。老舗としての風格が出てきたのは、「旧幕の頃から」という言葉が定着しはじめたこの頃からだったろう。

時代が慶応から明治と変わって、江戸が東京と変わっても、〈駒形どぜう〉には毎朝同じように、やっちゃ場帰りの百姓たちが牛や馬を連れてやって来る。朝湯で茹だった赤い顔の旦那衆も来る。吉原帰りの男たちも来るし、観音さまの参詣帰りの人も来る。

「漬け物は、天気をよくみて漬けるんだよ」

と、平蔵は〈お新香番〉に口うるさく言っている。天気を見て、糠床の塩加減を見て、漬け込む時間を計る……平蔵が、客の入りを予測して無駄なく漬け込む様子は、ほとんど名人芸となっていた。

「なぁに、毎日やっていれば、いやでもわかってくるさ。だが、口で説明しろ、って言われても、それができねぇんだ。そこが難しいところだが、まぁ、ものごとなんでもそうさね」

そう言って平蔵はいまだに糠床をかきまぜて、日に何度もどぜう汁を味見している。

しかし、こうして昔と何も変わらないように見えても、それでいてどこか街の〈人気〉は変わったようだ、と誰もが口を揃えて言うのだった。

元七は、床屋と湯屋は、毎日行く。昼過ぎになると、もう店を飛び出し、裏の寿湯に入ったあとは、髪結床へ行って、それからあちこちに遊びにゆくのである。

元七は、湯屋も床屋も子供の頃から町内の同じところに通っていた。江戸っ子というのは、肌に触れるものは頑なに変えないのだと自慢している。

ある朝、いつものように裏の寿湯の湯船に元七が浸っていると、外から正どんの大声が響いてきた。

「旦那さん！　旦那さんはいますかい？」

「なんでぇ、やかましい」

「おヒナさんが帰ってきましたよ！」

「ええっ！」

元七は、裸のまま体もよく拭かずに飛び出していった。

奥でドジョウ選りをしていた平蔵など、ヒナの姿が見えた途端、笊を投げ出して男泣きに泣いた。

「……ヒナよぅ」

ショボショボと目をしばたたかせる平蔵は、めっきり腰が曲がってしまっている。

「お父つぁん」

ヒナもちょっと泣きそうな顔になったが、いきなり、

「ああ、いいにおいーっ！」

と叫びながら、大きく息を吸い込んだ。

駆け戻った元七も、そのあっけらかんとした態度に言葉を失っている。

「めぇ、もう死んじまったかと思ったぜ」

「いやねぇ。それより兄さん……ねぇ、これ飲んでみて」

ヒナは帰ってくる早々、貧乏徳利に詰めた酒を、茶碗にあけて元七に勧めた。

「うん。だるっこくなくて、いい酒だな。やっぱり伏見は水がいいのかね」

元七は、酒の入った茶碗を平蔵にまわした。

「これは、もしかしたら鮒屋の〈ふり袖〉とかいう酒かい？」

鮒屋の酒の中でも、特に伏見奉行が来たときに飲ませる酒があり、その時に家の娘たちは振袖を着て献上することから、この酒のことを〈ふり袖〉と呼んでいた。

「さすがにお父つぁん……でも、〈ふり袖〉でもちょっと違うの。うちのどぜう料理に合うように、特別に仕込んでもらった〈ふり袖〉なんだ」

「ええ？」

「鮒屋には、本当に世話になったの。いろいろ修業させてもらったし……こんな特別な酒も仕込んでもらって。それでね、どうかしら……これをうちだけで専売にしたら、売れるんじゃないかと思って」

「シナよう……」

元七は、思わずヒナの肩を叩いた。

「たいしたもんだぜ。よし、これからは、うちの酒はこの〈ふり袖〉にしよう」

ヒナは、伏見でさまざまな酒の味を見て回ったり、酒造りを実見しているうちに、次の酒ができるまでは……と日を重ねて、あっという間に年月が経ってしまったのだという。

「それが、去年の正月に……信さんに会って」

「ああ、伏見で会ったんだってな」

「うん。新選組、ってたいへんな勢いで。でも、負けたあとはひどかったみたい……」

ヒナは、口をつぐんだ。

元七は、信太郎が各地を転戦した挙げ句死んだことを言いかねていた。

「あとね……伏見には、寺田屋っていう宿があるんだけど、そこの女将さんが……〈まっことさん〉のことを知っていたよ」

「あ、あいつ、どうしてた？」

「武市(たけち)先生が捕まってからは……あちこち京の町を逃げ回って、最後は無宿人として捕らえられ入墨者になって土佐に送られたんですって。追っていたのは、信さんのいる新選組だっていうの」

「……おかしなもんだな。知ってる者同士が敵味方になってたわけか」

「うん。でも、その信さんも死んだんでしょう？」

「なんだ、知ってたか」

「うん。追われた人も、追ってる人も死んじまって……誰が勝ったんだろうね？」

　ヒナは、納得のいかない顔で口の中で呟いている。

「〈まっことさん〉が可愛そうなのは、あんなに慕っていた武市先生に最後はたいそう嫌われてしまったらしいの。意外に弱虫で、拷問にもすぐ音を上げて、お仲間を裏切ってしまったんだって」

　同志が拷問に耐えて獄死してゆく中で、岡田は次々と自白し、そして最後は斬首に処されたのだという。

「……切腹もさせてもらえなかったのか」

　元七は、立派に切腹したという武市と、切腹を逃れて耶蘇坊主(やそぼうず)になったという山本(やまもと)のことを思い出していた。

「あいつ、お喋りだったんだもんな、おめえたちの前では」

「うん。なんかいろいろ聞いているうちに、急に江戸に帰りたくなっちゃったんだ」

「それにしても……」

と、元七は、半ば呆れて、ヒナの持ってきた酒を見ている。

「……これ、めぇが伏見からしょってきたのか？」

「やだなぁ。大坂から船だと十日もかかんないんだよ、兄さん、もう東海道中膝栗毛の時代じゃないって」

ヒナは、カラカラと笑った。どこかたくましくなったように見えた。


「なんだかヒナさんが戻ってから、お店の活気が違いますね」

一月十八日、まだ正月気分の抜けない浅草寺で行われる〈亡者送り〉の日は、たいへんな人出になる。

手伝いに来た伊代は、久しぶりに会ったヒナをまぶしそうに見つめた。

伊代は、このごろすっかりおかみさんらしくなっている。浅蜊河岸の道場は、主の桃井春蔵が、慶応の末年に幕府の遊撃隊頭取並に任じられ、将軍徳川慶喜の警護役として上洛したまま大坂に居を構えてしまったので閉鎖され、金七は刀預所を閉めて普請しなおし、鰻屋をはじめようと準備しているところであった。巳之吉の継子のウンは、やはりどぜう屋で働くのは若様を思い出してつらいというので、鰻屋が開店したら、今度は伊代と金七の店を手伝いに行くことになっていた。

「ヒナさんは、すっかりお酒に詳しくなられて……うちでも、今度は鰻に合うお酒を目利きしてもらわなくちゃ」

「うふふ。でもね、お伊代さん。本当のことを言うと、鰻屋の酒は何でもいいんだよ。昔っから、鰻屋は、ごく下戸の人が行くところ、って言うじゃない。鰻は味が強いでしょう？　ドジョウも同じ。酒そのものを味わうならば、やっぱり蕎麦屋なんだ」

「なるほどねぇ。蕎麦は、お酒の味をそこなわないんでしょうね」

「だからね、鰻屋は漬け物が美味しくないとだめだよ。お新香で一杯やりながら、鰻を裂いて焼き上がるのをのんびり待ってなきゃならないんだから」

伊代はすっかり感心しながら聞いている。

「それに時代も変わると、お酒の好みも変わるんだって。世並がいいときは辛口のお酒が好まれるし、世の中が乱れているときは甘口のお酒が飲まれるようになるって言うの」

ヒナは、気温によっても、店に出す酒の味を微妙に変えた。

寒い日には、酒の味を濃くするために古酒を多く入れる。また、夏を越した酒である〈冷やおろし〉の酒はヒキはいいが、ちょっと物足りなく寂しく感じるので、取っておいた古酒を混ぜて合酒にするのである。ヒナはその按配が絶妙なのであった。

「……鮒屋がめぇのこと、なかなか手放さなかった訳がよくわかったような気がする」

この頃では、駒形のどぜう屋は酒がうまいという評判が立ち、酒がどんどん出るようになっていた。

酒は樽酒から〈お燗番〉が片口に注ぎ、そこから銚子へと移してゆく。

駒形どぜうでは、〈正一合〉を自慢にしていた。

一合徳利に、一合の酒が入っている。ただそれだけのことだが、実は、ふつうは一合の徳利に一合は入っていないのだという。駒形どぜうでは、初代の頃から、一合徳利には、必ずきちっと一合入れる、というのが店の矜持であった。

「兄さん……うちはもともとは一膳飯屋でどぜうを食べてもらう店なんだから、お酒ばっかり売れるのも考えもんだわね」

あまりに酒が出るようになって、あれほど酒に熱心だったヒナは逆に心配するようになった。

酒をたくさん飲ませれば、喧嘩する人も出てくるし、みな長っ尻になる。

「これからは、お客さん一人につき、お銚子は三本までにしよう」

と、勝手に決めてしまった。もはや酒に関しては、元七も平蔵もヒナの言いなりである。

それからは、もっと飲みたいと客が言っても、「うちは、一人三本までしかお出しできないんです」とヒナは断ってしまう。さらに飲ませろという客には、「観音様にでも行って、酔いをさましてきて下さいよ」と、叩き出してしまうのであった。意外なことに客の方も聞き分けよく素直に出て行き、またしばらくすると戻ってきて、ふたたび鍋と酒を注文したりしている。

「そろそろいきますよ」

と、〈お燗番〉がヒナに囁くと、ヒナは、女中たちに「さぁ、さぁ、もう少しでなっ、たりだよッ！」とハッパをかけた。

〈なったり〉というのは、ヒナが伏見から帰ってから作った言葉であった。一日で〈一駄（いちだ）〉の酒が出ると、〈なったり〉と言って、店の者一同に祝儀を配ることにしたのである。

昔は、荷物を二つに振り分けて馬の背などに積んで運んだので、一駄というのは、四斗樽二つのことだ。

もうすぐ〈なったり〉……と聞けば、女中たちも張り切って客に酒を勧める。

「いったぁ！」

と、〈お燗番〉が叫べば、「なったり！」「なったりだって！」と小声で店の者たちの間に囁かれてゆく。給金をすべて積み立てていても、連日〈なったり〉が続くこともあったので、店の者は、この〈なったり〉の祝儀だけで日常の小遣いは十分まかなえるようになっていた。

伏見の酒を出すようになって、思いがけない効果もあった。

もともと駒形どぜうのドジョウが他のドジョウ屋に比べて柔らかいといわれたのには秘伝がある。生きたままのドジョウに酒を飲ませるのである。ドジョウを酒の中で泳がせて、酔ったドジョウがぐったりしたところで味噌で煮る。そうすると骨が柔らかくなるのだった。

酒が大量に出るようになると、当然のことながら燗冷ましの酒もたくさん出るようになるから、この酒を〈汁だね〉や〈鍋だね〉にするドジョウに飲ませてみたところ……やはりいい酒を飲まして煮た〈どぜう〉の方が、格段に味がよくなった。

「安いドジョウに高え酒飲ましてるとは、客は誰も知るめぇが……」

ドジョウに酒を飲ませることは店の秘伝で表には出さなかったから客は知るよしもなかったが、元七たち店の者は内心そのことに驚いていた。

明治三年（一八七〇）の花冷えの頃、その日は朝から花見の浮かれた客が「風流たぁ、寒いもんだ」などと押し寄せていたせいか、昼過ぎには、早くも「なったり！」とお燗番が叫んだ。

その瞬間、ヒナは元七の元にすっ飛んできた。

「兄さん……」

「おぅ、今日は馬鹿に酒が売れて、早いところなったりになったな」

「……千駄になったよ！」

と、言った瞬間、ヒナは、わっと泣き出した。

「千駄？」

ヒナは、江戸に戻ってから密かに願をかけて、毎日、銀次の墓を参っていた。

「……〈ふり袖〉を千駄売って、鮒屋に千駄祝い（せんだいわ）を贈ってせめてもの恩返しをしよう」

毎日コツコツと帳面に記入しているうちに、……とうとう千駄を達成したのだった。

「兄さん、〈と組〉の若い衆にお酒をふるまっていいかしら」

ヒナが聞くまでもなく、元七は、「おお、ふるまってやれ、ふるまってやれ」と、四斗樽の鏡を抜いて、茶碗に酒を注いでまわっている。

「……みなさん、おかげさまで、とうとう〈ふり袖〉を千駄売りました」

〈と組〉の連中は、ヒナが銀次の墓参りに日参しているのに気付いて、少しでも助けようとせっせと通ってきていたのであった。

「酒飲んで人助けなら、いくらでもやりてぇや」

と、今日あたりはそろそろと……思って来ていた〈と組〉の組頭の安五郎（やすごろう）は、いきなり板きれをヒナに差しだした。

「姐さん、前から言ってた〈千駄祝い〉だが、こいつを使ってくんねぇ」

ヒナは、受け取った板っきれを眺め回した。

「日本橋の橋板だよ」

日本橋は、掛け替えるたびに寄付をつのる。大口の寄進をした者には、日本橋の京に向かって上る三枚目と三十三枚目の橋板の古材が与えられた。何万という人々に踏みしめられた日本橋の橋板は珍重され、これで大黒を刻むと縁起がいいと言われていたのである。

「こいつぁ三好町の両替屋が貰い受けた橋板の残りだが、これを前の東雲師匠のところへ持ち込んで大黒様を彫ってもらいいな。正真正銘日本橋の橋板で作った大黒様だ。ますます商売繁盛、いい千駄祝いになるだろう」

ヒナは、板を抱きしめた。

「そんな貴重なものを……そうだ、これ、幸坊に彫らせよう」

東雲のところで修業を積んでいる幸吉は、今はだいぶ腕も上がっていた。

元七の方は、何か蔵に入ってゴソゴソ出してきた様子で、それを料理場で刻んでいる。

「……これ、銀次がさ」

ヒナと〈と組〉の連中は、元七が差しだした皿の上に並んだ黒いものを見つめた。

「これ、何？　……羊羹？」

「ただの羊羹じゃねぇ。本練(ほんね)りの羊羹さ。こいつァ、七三郎が蔵を建てたときに、銀次の奴が、本練りの羊羹を十本もくれてさ。蔵の中にぶち込んどけ、って」

「羊羹を蔵に？」

意味がわかって、安五郎は、笑ってヒナに「銀のおかみさん、まずは食ってみねぇ」と、羊羹を一切れ皿から取ってくれた。

「……もしかして、これ、その六年前の羊羹なの？　食べても大丈夫？」

〈と組〉の連中は、ニヤニヤ笑っている。

「本練りの羊羹は、五十年くらいは全然味が変わらねぇよ。蔵に入れておくと、いざってとき腹のたしになるのさ」

頭が言うので、ヒナはびっくりしながらも、恐る恐る一切れ口に頬張った。

「これ、あの人が……」

もぐもぐ食べているうちに、ヒナは急に嗚咽(おえつ)がこみ上げてきてしまった。亡くなった人の思い出の欠片(かけら)が、こんなふうに降って湧いて出てくると、懐かしさにやりきれなくなる。でもそれは、悲しいというのともちょっと違っているような気がするのだった。

「いやだねぇ。あいつ、いつまであたいのこと泣かせるつもりなんだろ」

ヒナは照れたようにそう言って、「さぁさ、今日は特別だ。お銚子三本なんて言いやしねぇから、みんなどんどん飲んでおくれ」と酌をしてまわった。

「いや、めでてぇや。いっちょ手締めをするか」

頭の音頭で、店にはさわやかな手締めの音が響いた。


元七の倅の七三郎は十九になって、〈駒形どぜう〉に戻ってきた。元七が平蔵から店を譲り受けたのが、ちょうど今の七三郎の年であったから、そろそろ次の世代に店を任せたら……ということであったのだが、まだまだ気の若い……稚気の抜けない元七にしてみればなんとなくピンとこない話であった。

七三郎は、駒形どぜうに戻ると、まず今こそ土地を買うべきだ、といって元七たちを驚かせた。当時、大名、旗本屋敷がどんどん明け渡され、明治の高官たちに下げ渡されていたが、あまりに広大で管理しきれないと、安価で民間に転売されていたのである。敷地に板囲いすれば、所有を認める……というほど大雑把な状況であった。

その中で、七三郎は、大森近辺の田畑を買い取り、小作農に野菜を作らせると言いだした。

「七三郎ッ、おまえいってぇ何考えてやがる！」

元七はいつものように激怒した。

「漬け物を作らせるんだ」

「漬け物ォ？」

元七にとっては訳がわからない。

「父さん、うちの下肥（しもごえ）は評判がいい」

「……ンなこと知ってらぁ」

駒形どぜうの下肥は良質と言われていて、他所より高い値がついていた。元七は、もちろんそのことは知っていたが、特に気にも留めていなかったのである。

「たしかにうちの下肥を使って作った大根は、出来がいいよ。それなら、うちの畑で、うちの下肥で、ネギと大根を作って、それを鍋のネギや、お新香にして、また店で出せばいい」

「そんな……」

元七は、絶句した。たしかに合理的ではあったが、今まで培ってきた近郊の農家との付き合いは断たれてしまうことになる。

「父さん、これからは世の中どうなるかわからないんだ。なるべく身内で固めて、自分のところだけで何でも廻していけるように心がけないと」

七三郎は、ゆくゆくは、米屋と炭屋も身内の誰かに任せて店を持たせたいという。

「……米と炭は、いくらでもごまかしがきくからね」

そう語る七三郎を見つめているうちに、元七は怒る気力もなくなっていた。

その昔……元七が若い頃は、やはり米屋と炭屋にごまかされないよう、いいものを吟（ぎん）

味する眼力を養おうと懸命になっていた。

　しかし今の七三郎の考え方は、そうした努力を根本的に覆すような説得力を持っていた。

　七三郎は、何ごとも理路整然と客観的に物事を進めようとするから、いきあたりばったりの、感覚的な思いつきで行動する元七とはぶつかってばかりいる。しかも、周囲の店の者の目には、七三郎の方が〈開けている〉ように見えるから、元七はどうも分が悪い。時代はなにごとも〈開化〉で、会話の中でも、時代に順応する人を「あの人は開けている」とか、旧弊なものは「開けぬ」などと言われるようになっていた。

「元七。親が子にしてやれる最後のことは……我慢することだよ」

　平蔵はそう言うが、元七はそうした人情とか、時代のせいにして引っ込むのは何か納得がいかないような気がするのだった。


「……この間、芝居を見に行ったら、その中にどぜう屋さんが出てきてびっくりしましたよ」

　吾妻橋の橋の上で、元七に声をかけてきたのは、〈狆屋〉の安であった。安は、狆を全部手放し、ひとり暮らしの気ままさで、毎日、芝居を見に行ったり、好き放題をしているらしい。

『慶安太平記』という左団次の芝居の中で……丸橋忠弥が、『けさ家を出るときに向い酒で三合呑み、それから角のどぜう屋で……』なんて言うんですよ」

明治三年三月の守田座は、この左団次の丸橋忠弥で大当たりを取っていた。

「へぇ……」

と頷いてから、元七はハタと気付いて安に尋ねた。

「慶安って、いつ頃ですかね？」

「さぁ……慶安といえば由井正雪の頃ですから、三代将軍家光公の時代でしょうか」

聞いていた元七は、思わず笑った。

「そんな乙姫時代の昔は、うちはまだやってねぇぜ」

思わず、安も噴きだした。

「新七師匠は、日頃から贔屓にしているどぜう屋さんを吹聴したかったのでしょう」

「ハハハ」と元七は屈託なく笑った。たしかにあからさまに越後屋という名を出されるより、〈角のどぜう屋〉と呼ばれた方が、いかにもぴったりな感じがした。

河竹新七は、「白浪五人男」や「三人吉三」などの白浪物の人気狂言で、どの小屋からも引っ張りだこの戯作者だ。

いつも店に来ると、新七師匠は決まって同じ場所でどぜう鍋をつついている。「放歌御遠慮申上候」と書かれた柱の前の席であった。

ハツが「おしとりさーん、宮下へどうぞーっ」と案内しようとしても、この自分の好きな席があくまで、いくらすいていても、ぼーっと戸口のところで待っているのである。

「こんなに混んでいて賑やかな店の中なのに、こう落ち着くのはなぜなんだろうねぇ。ここでこうして銚子を一、二本あけるときの心の静まりってぇのは、なかなか他の店ではないことだよ」

そんなことを呟きながら二本銚子をあけると、猪口をポンとひっくり返して金板の上に置き、そしてサッと帰ってゆく。なんとも、きれいに飲んでゆく客であった。

ああ、そういえば……と安はにっこりした。以前、駒形の店に勤めていたキヨという女中が、今、安の家の女中にあがっているという。

「へぇ、おキヨさん、元気かい」

「ええ。なんでもご亭主に先立たれて、実家に子供を預けて働いているそうで……気はしのきく人で。駒形のどぜう屋さんで仕込まれたって言ってましたよ」

「ははは、うちは、お初つぁんていう閻魔さまも逃げ出しそうなやかまし屋がいるからね」

「でも、やめてから、お店のよさがしみじみわかったって」

キヨもだいぶ年を取ったことだろう。元七も、来年で四十になる。

「ところで……お安さん、また、なにかはじめたらどうだい。おまえさんほどの才覚があれば、何をやったってうまくいくよ」

「〈角のどぜう屋〉さんを見習って、飯屋でもはじめようかしら」

狆屋は、浅草寺の仲見世の入口にあるので、食べ物屋としては好条件の立地である。

「いえね……こういう世の中ですから、いっそ今までないもの……たとえば、牛鍋屋なぞが当世好みなんじゃないかと思っているんですよ」

「えっ……牛鍋？」

「なんか〈開けてる〉感じがしますでしょ？」

元七は、安の思い切りの良さに内心舌を巻いた。

「ははは。牛鍋屋で〈狆屋〉っていう看板を出せばいいや」

「……狆屋？」

「せめて浅草筋の狆の名を残してやらなきゃ……な」

元七は、カラッと笑うと弥蔵でスタスタ歩きはじめた。

元七自身、この頃は過剰な忙しさであった。

客づきあいを大切にすれば、冠婚葬祭も増え、花見や月見などのさまざまなお呼びもかかる。それに元七は律儀に出かけていく。しかし、傍からは、ただ遊び歩いているだけのようにしか見えないのかもしれなかった。

「男は遊ばなきゃいけねぇや。遊んで人情の機微（きび）に触れて一人前になるんだぜ」

と、堅物（かたぶつ）の倅に言い聞かせているが、七三郎は冷ややかに聞き流している。

「道楽ならば、道楽らしく、ほどほどをわきまえてくれよ。父さんは、夢中になると、とことんやるから……」

「ちぇっ、何ごとも、とことんやらなくて、どうする？　ご一新からこっち、おまえみたいに、口の先、頭の先だけで暮らすような人間が多くなっちまって」

元七は、どぜう屋を七三郎に任せると、それに対抗するように、この頃は、駒形の店以外にも仲見世に掛け茶屋や菜飯屋を次々とやりはじめた。暖簾（のれん）分けするわけではなく、まったく別の食い物屋をはじめたのである。

「まったく、昔から、店に居着かない男だったが……」

と、隠居の平蔵は、ため息をついているが、妹のヒナは、別のことを考えていた。

「この頃の兄さん……なんだか店に居づらいんじゃないかしら」

元七がときどき家に戻ってくると、夜は入れ込みのガランとした広い座敷に一人ぽつねんと銭入れか何かを枕に、二つ折りにした小さな座布団を抱きかかえて、寝ころんでいる。手水（ちょうず）に起きたヒナは、そんな兄の姿を見ていると、妙に孤独な感じがする時があるのだった。それでも、相変わらず寝言で仕事の指示をしているくらいだから、本人はそんなことは一向に気にしていないのかもしれなかったが。

店では倅の七三郎が、料理場で味を見たり、帳場に座ったりで、かつての元七とは比べものにならぬほど地道な仕事をしている。平蔵も、いまだに追い回しの下僕の老人のように漬け物をつけたり洗い物をしたりしていた。

ご隠居さん、大旦那さん、旦那さん……と呼ばれる、三人の当主が店にひしめいている中で、いつの間にか元七だけが、居場所をなくしているようであった。その喪失感を埋めるように、外に出て行き、新しい知人と交わり、次から次へ店を作っては、店から店へと駆けずり回っている。

しかしその姿は、新たな目標に邁進することで、心の中の空白から目をそらしているようにもみえるのだった。

明治四年（一八七一）の五月は暑かった。「近年稀なる日照り」と記録されるような猛暑が続いた。

この五月には、シベリアより悪疫伝染の噂がある、との御布令も出ていた。それでも人々の生活に変わりはなく、「今年の夏は暑いですねぇ」などと言いながら日々は過ぎてゆく。

元七は、その日も炎天下を飛び歩いていた。この頃では肉食に入れ込んでいて、その日も牛鍋屋に偵察に行ったらしく、夕方になって帰ってくるなり、「暑いなぁ」と言いながら、「風邪引いたかな」と、いきなりゴロリと横になった。

　夜になっても起きてこないので、女中が「大旦那さん……」と呼んだが、何か様子がへんだと、店に出ていたヒナを呼びにいった。

「兄さん、どうしたの……だらしない」

と、ヒナが寝転がっている元七に声をかけてみると、元七は妙に赤い顔をしている。

「兄さん……」

　元七の額に手をあてたヒナは、びっくりした。頭がものすごく熱くなっていたのである。

「兄さん……すごい熱！　夏風邪かしら？　ちょっと、こんなところで寝ていないで、布団ちゃんと敷いて……兄さん、起きてほら」

　そう言っても、元七がうなるばかりなので、ヒナは七三郎と正どんを呼んだ。

　ヒナが床を延べると、七三郎と正どんが頭と足を抱えて元七を運んだ。

「医者を呼びますかね。なんかすごい汗かいてますよ」

と、正どんが心配すれば、七三郎は「まさか流行病じゃ……」と眉をひそめた。

「……ちっと風邪を引っ込んじまっただけだ。寝てりゃ治る」

　と、元七本人が言うので、そのままその夜は過ぎた。

　翌日、平蔵が井戸の水をくんで持ってゆくと、元七は、突然、「かんのんさま……」

と呟いた。

「なに？　熱でうなされているのか？」

と、平蔵が元七の耳元で言うと、「観音様の寺領がさ……薩長の新政府に……」と、小声で答えている。

「ああ、そのことか」

数日前、浅草寺の寺領が政府に取り上げられ、広大な〈公園〉というものになるという噂が、浅草一帯を駆けめぐっていた。

「……長年お世話になった観音様も、お気の毒になぁ」

そうポツリと呟いたかと思うと、元七の息が急に細くなった。

「……元七？」

元七は答えなかった。死んでいたのである。

渡辺家では、長く〈スペイン風邪で死亡した〉と言われていたが、のちに記された〈渡邉家沿革誌〉によれば、「明治四年五月二十四日午後十時より三代助七烈暑のため病気に罹り、翌二十五日午後二時遂に死亡す」とあるから、今でいう熱中症による突然死であろう。スペイン風邪というのは、その当時言われていたロシアの疫病が誤って伝わったものかもしれない。

とにかく三代目助七は、あっけなく亡くなった。時に三十九歳。おそらく……本人も自分の死を自覚しないままあの世に旅立ってしまったのではないだろうか。

周囲は大混乱に陥った。

訃報を聞きつけて、近隣の人々が飛んでくる。知人たちもあちこちから駆けつけてきた。

母親のトメは、家を出ようとしてその場で倒れ、すぐには来ることができないほどであった。

「なんでこんなことに……」

やってきた人々も、みな呆然とするばかりであった。

「暑さで倒れたって……てっきりご隠居かと思ったら……なんでまた元さんが。あんなピンピンしていた武芸達者の男が……」

飛んできた伝法院の宗圓僧都も、元七の亡骸の前にぼんやりへたり込んでいる。

「……いつも元気すぎるくらい飛び回っていたんで、まさか暑さにやられるなんて、夢にも思っていなかったんでしょうねぇ」

平蔵は、ガックリと肩を落としている。

金七たちが中心となって、通夜と葬儀の準備をはじめた。その間にも、弔問客はひっきりなしに店にやってくる。

臨時休業した店には、弔問客が押し寄せ、みな口々にお悔やみを述べ、そのまま帰すわけにも行かないので、結局、酒を振る舞い、簡単な料理も出すことになった。

そんな喧噪の中で、母屋では、元七の亡骸を囲んで、七三郎、ヒナ、平蔵とトメが沈黙のまま座り込んでいる。

「……まったく好き勝手なことをやるだけやって……」

平蔵は、ポツリと呟いた。

「本当に兄さんたら……残された者のことも考えないで……」

ヒナが泣きながら怒りをぶつけると、平蔵は、「これだけ好き勝手したんだから、本人も本望だろうよ」となだめた。

「いくら好き勝手したからって……四十前に死んじまうなんて……なんて親不孝者なんだろう」

トメは同じような繰り言を何度も呟いては泣いた。

みんな悲しみより、やりきれない思いに潰されそうになっていた。

ハツが思い出したように、「メザシのお百さんはどうしたろう」と言いだしたので、正どんと金七は八方手を尽くして聞いてまわったが、行方は杳として知れなかった。

あの火事の日、腰巻をはずして元七に渡していたのが人々の目にしたお百の最後の姿だった。

喪主である七三郎は、黙って弔問客たちのざわめきの中に座っている。

元七という男が、いかに世間に愛されていたかということは、家族の誰もが知っていた。だが、今、嘆き悲しむ人々の中で、その家族だけが、妙に白々とした思いでその亡骸を囲んでいる。

「あの……若旦那、長泉寺(ちょうせんじ)のご住職がお帰りになりますけど……」

正どんが、小声で言いに来た。正どんも煮方の巳之吉(みのきち)も悲しみに打ちひしがれていたが、ここでしっかりするのが奉公人のつとめ、と女中頭のハツに励まされて、みな涙を堪(こら)えて立ち働いている。ハツは、泣きはらした顔で、いつもよりさらに大きな声を張り上げていた。

「……七三郎」

黙りこくっている孫の姿に、見かねた平蔵が声をかけると、七三郎は返事もせずに、むっつりと立ち上がった。

七三郎は、呆然としている。こんな日が突然来るなんて……まだ、何も父親とは話をしていなかった。

それは残された者にとって、痛恨の思いであった。

元七の突然の死に休業していた店も、葬儀が終わればまたいつものように開けなければならない。

「ここの旦那は、なんだかふいにいなくなっちまったから、また、フラッと帰ってくるような気がしてならねぇ」

そう呟く客が多かった。

だが、いつも店にいない男だったのに、以前とはなぜか店の雰囲気は違っていた。料理場を預かる巳之吉も、店に出るヒナやハツたちも、数日前までと何も変わっていないのに、そう感じられるのは、あるいは客の目線の変化によるものだったのかもしれない。

「当主が変わったら、味が変わった」

そう言う客が多かった。

あまりに「味が変わった」という客が多いので、ある時、七三郎が客の前に出ようとするのを、平蔵は止めた。

「七三郎……いいんだよ。言わせておけばいい」

「おじいさん……」

それは、七三郎にとっても、料理場を預かる巳之吉にも、理不尽な言いがかりに聞こえた。当主が変わっても、料理を作る人間は変わりないのに、なぜか客はそういうことを言いたくなるものらしい。

七三郎は、味が変わった、と言う客には、平蔵に言い含められたとおりに挨拶した。

らして下さい」

「すみません。次はお口に合うようこれからも精進しますので、どうぞまた味を見にいらして下さい」

「以前とどこが違うんでしょうか？」などと、客と議論してはならない、と平蔵は念押しした。こうした客は、ただそんなことを言いたいだけなのだ。

「……そうだね」

七三郎は、祖父の言うことには従順だった。

「大事なのは、次にまた来てもらうことだ」

客をやりこめたって、逆に客を減らすことになるだけだ、と七三郎は、店の者に言った。それはまるで自分に言い聞かせているように店の者には映った。

「若旦那も懸命に耐えているんだ、わっちらも、せいぜい若旦那を盛り立ててやっていこう」

巳之吉も正どんも若い店の者にそう声をかけて励ました。

「背負うなよ、背負うなよ……」

と、平蔵は夕方になると煮方に声をかける。

売れ残りを出さないように……翌日に持ち越さないように、客足を見て、仕込みをしろという意味だった。

無駄を出さずに、丁寧に実直に仕事をする……祖父と孫は、もう一度原点に戻ってやっていこうとした。

ハツは、タレや割り下の味については、味見しなくても、小柄杓ですくって、その色などを見ればだいたいの見当がつく。ハツが時々、調理場に来て、小柄杓を握っただけで、煮方の若い衆は緊張した。

店の女中たちには、「すぐ鍋を食べたい客か、飲んでから食べる客なのか、機をよく見て料理を出すんだよ」と、ハツは口をすっぱくして言っている。

平蔵は、相変わらず、朝に昼に、一日に何度もどぜう汁を飲んで味を確認した。

「味噌が焼けているよ」

何度も火にかけすぎれば味噌の風味が飛んでしまう。

駒形のどぜう汁はいったん味噌を沸騰させる。それがうまくいかないと味噌が生臭くなるので、それを「坊主臭い」と言った。

「ちょっと坊主くさいぞ」

「昨日に変わらぬ今日の味。今日に変わらぬ明日の味」

そう言う平蔵は、五十年前にこの店に来た時と変わらず、いまだに継ぎのあたった着物を着て、ときどき料理場で味を見る以外は、追い廻しの下僕の老人のように裏で洗い物をしたり、漬け物の世話をしたり立ち働いている。平蔵の毎日は、その味を次の日に、次の世代に伝えてゆくこと……ただ、その一念で過ぎてゆくようだった。

一方で、七三郎は元七が手広くはじめたばかりの掛け茶屋から菜飯茶屋、汁粉屋まで惜しげもなく手放した。

「あれほど三代目が懸命にやっていたものを……」

と、古くから元七を知る人々は、七三郎を責め立てたが、七三郎は動じなかった。

「何をしたって、結局、何か言われるんだ」

表立っては強がってテキパキと対処してゆく七三郎であったが、まだ二十歳前の若さである……内心は、心細い思いにかられて、ときどきは金七に、そうこぼすこともあったという。

「変えるところと、変えないところ……それを見極めるのが、当主のむずかしいところだ」

金七は、そう七三郎を励ますのだった。

その七三郎が、元七の四十九日も過ぎて落ち着いてくると、頻繁に店を空けるようになった。

そして、正どんの他にもう一人番頭を置くと言いだして、後見役の隠居の平蔵を驚愕させた。

「おじいさん。ぼくは……」

七三郎は、最近、流行っている「ぼく」という言葉を使っている。

「ぼくは、これからは、土地を買って店子に貸したり、米の相場などを本格的にやろうと思う」

すでに七三郎は、諏訪町や田原町の一帯に土地を求め、長屋を建てて店子に貸していた。はからずも観音様へ自分の土地だけ踏んでお詣りに行きたいという夢は実現したのである。

「これからは、店よりも、土地を貸したり、小作を使ったり……そっちの方が忙しくなると思うから、そのための番頭を置くんだよ」

「そんな……店をないがしろにして。七三郎……店はどうする」

平蔵は、思いがけない孫の発言に、何か裏切られたような気持ちになっていた。

「もちろん続けるけれど……おじいさん。これからの世の中、もうどぜう屋だけじゃ、儲からないと思うんだ」

「も、儲からなくても……」

とにかく店を守っていくのが当主のつとめでないのか……と、平蔵は口ごもりながら言った。

平蔵は、すでに六十五歳になっている。まさか、子に先立たれ、この年まで店に立つことになろうとは、夢にも思わなかった。

「さぶちゃん。儲からなくても、とにかく七十年やってきたんだ。他の商売なんかに色気を出さずに、一生懸命やろうよ」

ヒナも諭すように言うと、七三郎は困ったように笑った。

「おじいさん、ヒナちゃん……そうじゃないんだ。僕は、どぜう屋は儲からないと言うのは……。金儲けは別のところでやって、どぜう屋は……なんていうかな、一種の道楽で、損をしてもいいように、安い値段で続けたい、っていうことなんだよ」

「そんな……」

それは、今までにない発想だった。

「だから、どぜう汁だけは、これからもなるべく値上げしない。世の中のために、安くてうまい店を続けたいんだ。そのためには、資金がいる。だから、それを別のところでがっちり手堅く稼ぐんだ」

元七は、どぜう屋の他に店を増やそうとはしたが、それはあくまでも食べ物屋であった。それを、七三郎は、まったく別の……もっと儲かる事業を興そうというのである。

「おじいさん……そうすれば、いいドジョウが入らなくても、気兼ねなく休めるよ」

平蔵は、一瞬沈黙した。

いいものを出したい、だが、値上げもできない……それは、どこか矛盾している。

「……だから、別のことで儲けるんだよ」

平蔵は、七三郎の言葉に、もうそれ以上何も言わなかった。時代が変わり、むずかしいことはよくわからなかったが、初代から続いている店の精神が変わらなければ、それでよしとしなければならないのだろう、と自分自身を納得させているようでもあった。

四代目助七となった七三郎は、祖父に誓ったとおり、どぜう屋の屋台骨を盤石に支えるために土地の管理収入、相場、株……などの稼業に邁進した。

その結果、駒形のどぜう屋は、明治以降も昔と変わらずに、庶民に愛される浅草を代表する店の一つとして繁盛した。

同時に七三郎はたいへんな土地持ちとなり、東京市の多額納税者の常連になった。七三郎は、生涯、自分の職業を〈どぜう屋の主〉とはせずに、〈不動産管理業〉としていたと言われている。

だからといって、どぜう屋の仕事をないがしろにしていたわけではなかった。七三郎は、表立っての華やかな付き合いをきらい、いつも地味な姿で店の中で煮方に立って働いていた。蓄財はしても吝嗇ではなく、たったひとつの趣味は、〈寄付〉だったという。

「七三郎よ……」

若い当主になった孫の経営方針について、隠居の平蔵は口を出さなかった。

「おめえの考えは、よくわかった。ただな……これだけは守ってくれ」

そう言って、平蔵は、次の三つのことを戒めとして孫に残した。

一、丸を商うべし
一、暖簾を外に出すべからず
一、武道すべからず

「丸を商うべし、というのは、骨ごと食べられるような柔らかいドジョウを吟味して使えということだ。暖簾を外に出すなというのは、暖簾分けすれば、どうしても店ごとに味が違ってくる、とにかくどぜうに関しては、この店だけを専一にして、目の届くところで商いをせよ、ということだよ。それから、武道すべからず、は……」

「おじいさん……」

七三郎は、祖父の言葉を遮るように笑った。

そんなことは、言われなくても骨身にしみてわかっていた。

「そうだな、でもまた父さんみたいなのが出てくると困るから、うちの家訓として子孫に残して、戒めにしよう」

この「渡辺家家訓」といわれるものは、現在に至るまで、文字で書き留められた形跡がない。

一子相伝（いっしそうでん）というほど秘密めいたものでもなく、どぜう屋の商売の基本を説きながら、そこに浮き上がってくるのは、三代目助七という男の生き方である。

この口伝によって、三代目助七である元七の姿は伝えられてきたといえるのかもしれない。

「粋前（いきまえ）の人（しと）だったねぇ」

のちに東京でも名代の鰻屋〈竹葉亭（ちくようてい）〉をはじめた金七は、ことあるごとに、元七のことをそう語ったという。江戸っ子の三徳として「粋で公道（こうと）で人柄で」という言葉がまだ廃（すた）れていなかった時代には、腕前とか、男前……というように、粋前などという言葉も残っていたらしい。

「長い浮世に短い命……ちぇっ、江戸っ子らしく、パッとこの世におさらばして行っちまいやがった」

明治を生きた人には、元七のような男は、江戸の残映のように折に触れて懐かしく思い出されたのだろう。

それからその先には別段にこうというものはありませんが、今日でも歴然と残っているのは越後屋という鰌屋（どじょうや）であります。

私がその鰌屋の近所におります時分には、日に二度や三度は客止めをしたのであります。たいへん安いもので、その昔はもっと安かったが、その盛りがまたたくさんですからなかなか評判であります。そういう風にどこまでも実用的に出来てました。

この家は今日でも繁盛しています。


東雲の弟子の幸吉は……そののち彫刻家の高村光雲(たかむらこううん)となり、昭和のはじめになって、かつての〈どぜう屋〉の姿を、このように語り残した。


駒形の朝は、早い。

時代が変わっても、昔と変わらずに、日の出前には、店の前に荷車が所狭しと並びはじめる。店の戸口の所には盛り塩が置かれている。ここの店では、一つは牛のために……というので、盛り塩は三つである。

店から、いつもの「へいーっ」という野太い声が響きはじめると、「じょろぜーん、おしとりまあえー」と、通しものの声も聞こえてくる。しばらくするともう、あわただしく一気に飯をかっ込んだ客が、「ごちそうさまあ」と大声で叫びながら、〈どぜう〉の暖簾を揺らして飛び出してゆく。

時代が変わっても、行き交う人々が変わっても、角の柳と店構え……そしてその周辺に漂うにおいに変わりはない。

ただ、その頃にはもう……この辺りで時鳥（ほととぎす）の鳴き声を聞くことは稀になったという。

あとがきにかえて――〈駒形どぜう〉余話

〈駒形どぜう〉は、今でも浅草駒形にある。いまだに店先には、「どぜう」という暖簾を掲げているだけだ。

創立百周年を迎えた明治の頃の写真を見ても、今の店構えとほとんど変わりがない。違いといえば、当時は店の前に牛や馬をつないでおくための柵があったり、現在は店の周囲が鉄筋の建物や蔵で囲まれているということくらいだ。

江戸の雰囲気を色濃く残している店なのである。

今は、日に六百人からお客さんが来るというが、ゴボウのささがきは、いまだに一本一本、作中にあるようなやり方で〈手搔き〉にしているという。

＊　＊　＊

〈ざぶけん〉は、本当は〈座布団点検〉で「ざぶてん」と店では呼ばれている。戦後、座布団からの火でボヤを出したことから実施するようになったそうだ。ついこの間までは、〈ざぶてん〉のあと、男子従業員たちは車座になって、腹筋と腕立て伏せをやっていた。

河竹黙阿弥は、『慶安太平記』にこのどぜう屋の名を出すほど贔屓にしていたというが、「放歌ご遠慮下さい」という紙が貼ってある柱の前の、お気に入りの席が空くまでぼーっと突っ立って待っていたのというのは……実は、永井荷風(ながいかふう)の逸話(いつわ)である。

＊　＊　＊

〈駒形どぜう〉は、江戸時代からさまざまな文献に、その名を残しているが、悪く書かれたものを見たことがない。だいたいどれも……安くて、うまくて、盛りがいっぱい……それに尽きる。

中でも私が一番好きなのは、獅子文六(ししぶんろく)が昭和三十六年に読売新聞に寄せた次の一文である。

ある雑誌から、〝東京の好きな一隅(いちぐう)〟という問いを出されて、私は駒形のどぜう屋か、神田のヤブの店内の一角という答えを書いたが、それは、青天の下に、東京の好きな一隅を失った悲しみを、訴えると同時に、両店の混雑する店さきが、不思議と、私に落ちつきを与える事実をいいたかったのだ。

私が最も愛するのは、店のフンイキである。庶民を対手(あいて)に、長い年月、良心的な商いをしている店というものは、おのずから風格を生ずるので、そのフンイキの中で、安心して、飲食できるのである。安心ということは、飲食に絶対に必要なものである。

この文章は〈駒形どぜう〉という店の二百年変わらない何か核の部分をよく伝えているように思う。

＊　＊　＊

駒形にある〈駒形堂〉は、浅草寺の発祥の地である。観音様が引き揚げられた地を記念して建てられたもので、元禄時代、この観音様示現の地では漁を禁じられ、その禁漁の掟は、〈戒殺碑〉に刻まれて駒形堂の境内に建立されていたが、天保年間の火事によって焼失したといわれていた。

この〈戒殺碑〉が、再度、世に出現したのは、昭和二年のことである。関東大震災後の区画整理の折に駒形堂を掘り返すことになり、駒形どぜう五代目の渡辺繁三氏が、向かいの提灯屋〈大嶋屋・恩田〉の主人と一緒に見に行った時、土塊の中に石碑らしきものを見つけた。工事をしていた作業員に、注意して掘り出してもらったところ、なんと元禄六年に建立した〈戒殺碑〉そのもので、火災で四つに割れたまま地中に埋められていたという。その後、駒形橋架橋のために駒形堂が移転、再建された昭和八年に、割れた石をセメントで継ぎ接ぎして設置したのが、現在も境内にある〈戒殺碑〉だといわれている。

＊　＊　＊

浅草で、この駒形堂のことを、「コマガタ堂」などと言うと笑われる。土地の人は、「コマン堂」というのだそうだ。

現在の当主、六代目渡辺孝之(たかゆき)氏は、堀田原は「ほったばら」と発音する。ヒはシになるから、飛行機は「シコーキ」、アサヒビールは「アサシビール」である。「昨日(きんの)」、「昨夜(ゆんべ)」……江戸言葉も方言のひとつなのだろう。本書のルビは辞書によるものではなく、土地っ子の六代目の言い回しに準拠(じゅんきょ)している。

＊　＊　＊

書き残されている店の歴史の中で齟齬(そご)が生じている場合も、六代目の記憶を優先した。たとえば、鯨(くじら)料理のはじまりは、四代目と五代目は「初代助七の頃より」としているが、六代目は「三代目助七が大坂の五十鯨屋(いさばや)まで買い付けに行った」と断固主張して譲らないので、作中では鯨料理は三代目の時代からということになっている。

文献や資料による史実……というより、人から人へと口伝(くちづた)えに語り継がれた店の歴史、町の歴史というものを書いてみたかった。

＊　＊　＊

その六代目の当主と、初代助七の故郷を訪ねたのは「ジェイ・ノベル」での連載も後半の頃のことであった。渡辺家では、四代目の頃から北葛飾郡松伏領広島村(きたかつしかぐんまつぶしりょうひろしま)（現在の埼玉県吉川市(よしかわし)南広島）との縁が切れており、私は初代助七のさらなる始祖を調べてみたかったのである。菩提寺もわからないことから、まずは南広島の共同墓地で〈渡邊〉と名のつく墓をしらみつぶしに探してみることにしたのだが……。

墓地には古い墓が多かった。無縁仏はまとめて祀られていたが……その数のあまりの多さに、一見しただけで、助七のルーツを探すのは困難と思われた。

ところが……ふと、ひとつの古い墓に目がいって、私は吸い寄せられるように近寄っていた。家紋が現在の渡辺家と同じだ。苔に覆われた墓の裏を見ると、〈駒形〉という字がおぼろげに見える。

私は、あわてて先を行く六代目を呼んだ。

「あっ、渡邊って書いてある！」

駆け戻った六代目と、指でなぞるように墓に刻まれた文字をたどってみると、

『……渡邊助七墓』

そう刻まれていたのである。こんなところに墓があるとは……。

どうやら、初代助七の墓は、現在、東上野の菩提寺にある渡辺家の墓とは別に、その故郷にも建立されていたらしい。ゴシゴシと墓を洗って苔を洗い落としてゆくと、墓の表には戒名と逝去の日付、裏には、「江戸　浅草　渡邊助七墓　駒形町　住居」という字が浮かび上がってきた。わざわざ「駒形町」と刻んだところに、初代の矜持が感じられる。初代助七も、まさか自分の一膳飯屋が二百年も「浅草・駒形町」に続くとは、夢

にも思わなかっただろうけれど……。

さらに洗っていくと、墓の台座には、〈越後屋〉という駒形どぜうの屋号も刻まれていたことが判明した。

それは天保四年に建立された墓であった。この日、初代助七は、約百八十年の歳月を経て、〈越後屋助七〉の後裔と再会したわけである。

ときに、遠い昔の人に「呼ばれた」ような気がするときがある。

イタコのように、遠い昔に生きていた人を今に甦らせたい、と、思うことはあるけれど……このときは本当に初代助七に呼ばれたような気がして、さすがにびっくりした。

私が見つけなければ、初代の墓はこのあと永遠に無縁仏のように朽ち果てていくところだったろうから……もしかしたら、初代の霊の方も必死だったのかもしれない。

＊　＊　＊

〈駒形どぜう〉二百十年の歴史の中で、六人の歴代当主はそれぞれ時代の荒波にさらされながら店を守ってきた。四代目の頃までは、最大の困難は火事であったが、火事というのは、火事に慣れている江戸の人にとっては、蔵を建て、建材を蓄えて備えれば意外とへっちゃらなものであったらしい。ところが五代目の時代になると、国を挙げての戦争と食糧難の時代で、ドジョウが入手できなくなっても、その中で五代目は、蛤鍋を出したり、果ては雑炊食堂までやりながら店を維持した。（しかしその時も〈駒形どぜ

う〉の暖簾はおろさなかったという〉

六代目は、戦災とも火事とも無縁であったが、農薬によりドジョウが入手できなくなるという前代未聞の危機を、独自ルートによる輸入と養殖という発想の転換によって乗り越えた。このことが火事より戦争よりたいへんだったことは……幾多の火事や戦争を生き延びてきた他のどぜう屋が、今はほとんど無くなってしまったことからもうかがわれる。江戸末期には、町のあちこちに、あまたの〈どぜう屋〉があったというが、今、ドジョウ専門の店は、東京では合羽橋の飯田屋、吾妻橋のひら井、両国橋の桔梗屋、そしてこの駒形……と数えるほどしかない。

＊　＊　＊

当然のことながら、養殖のドジョウは泥臭さがなく、骨が柔らかくて……しかも安全である。これに目をつけたのが、江戸城の鶴ならぬ、佐渡のトキ保護センターのトキで、人間は、どんなに頑張っても相撲取りがどぜう鍋を八枚くらい食べるのがせいぜいであるのに対して、トキは一羽が百匹くらいはペロリと食べてしまうという。〈駒形どぜう〉では「トキさま」と呼んでいるが、トキさまは現在二百羽近くまで増殖しており、まさに恐るべし、トキさま……である。

＊　＊　＊

基本的資料は、明治四十年、創立百周年を迎えたとき、時の当主四代目助七……渡辺七三郎氏によって書かれた『渡邉家沿革誌』と、その後の百年については、五代目渡辺繁三氏の『駒形どぜう噺』に拠った。この五代目繁三氏は、幼少時に関東大震災を……壮年期に戦争を経験しているだけに、たいへん慎重で用心深い人であったという。今回の執筆のために、三十年ぶりに土蔵を開けてもらったが、締切三日前に出てきたスクラップブック……五代目は、たいへんマメな人だったので、店やどぜうに関連する記事を丁寧にスクラップしておいてくれたおかげで、それらの資料に、ずいぶん助けられた。「きゅうりごしん、しんごしん」や「金明水」というのは、この五代目の口癖だ。火事が大好きで、実に江戸っ子らしい人だったという。「昨日に変わらぬ今日の味」というのは、この五代目が常に口にしていた言葉である。

＊　＊　＊

〈駒形どぜう〉の蔵は、震災では焼け落ちたが、戦災では落ちなかった。三十年ぶりの蔵開きでは、思いがけないものがいろいろと出てきた。「家宝　先祖伝来手燭」と箱書きされた桐の箱に収まっていたのはボロボロの手燭台であった。関東大震災の時、蔵も落ち、すべて灰燼に帰したとき、その焼け跡から掘り出したのが、この蔵で使っていた手燭台であったという。

＊　＊　＊

日本画家の中村岳陵氏は、四代目の娘婿にあたるので、岳陵氏の絵も蔵には多く残されていた。二代目、四代目の肖像を描いた掛け軸や、四代目の亡くなったときの死顔のスケッチまで出てきた。

四十年前の虎屋の羊羹が出てきたので、(それと知らずに)六代目に食べさせられたけど、なんともなかったから、本練りの羊羹というのはすごいものだ。

五代目繁三氏の〈遺書〉というのも蔵の箪笥の奥から出てきた。昭和二十年六月の日付のものである。本土決戦が叫ばれるようになり、繁三氏も死を身近に感じたのだろう。その文中ににじむのは、百年以上続いてきた店を自分の代で潰えさせてしまうことに対する無念さである。妻に幼い子供たちの養育を託し、ひとりひとりの子の名を記して、お家の再興ならぬ店の再興を願っているところが胸に迫る。

これは、〈昭和の遺書〉だなぁ……と思った。

それにしても、まだ四十半ばの働き盛りのどぜう屋の主に、こうした遺書を書かせた時代……日本というのは、いったいどういう国家だったのだろう。

＊　＊　＊

浅草近辺は、この三代目助七の幕末の頃から今に続いている店が多い。どぜう屋の前の提灯〈大嶋屋・恩田〉と、店の裏にある最中の皮屋〈種亀〉の若主人には、三社祭の時、いろいろお世話になった。〈大嶋屋〉の隣にある〈おいもやさん興伸〉の主は、六代目とは小学校の同級生で、いまだに「芋屋」と呼ばれている。

スキヤキの名店〈ちんや〉のルーツが狆であることは間違いないのだが、これが浅草筋の狆であったかどうかはさだかでない。ただ、浅草寺の伝法院が、昔は智楽院と呼ばれていたのに、その名を変えることになったのは、〈浅草筋の犬ども〉のせいであるというのは史実のようだ。

〈ちんや〉のお安さんにしても、京三条の〈美濃屋〉のおりせさんにしても……〈駒形どぜう〉初代妻のげん婆さんにしても、ほぼ事実に則している。昔も手強い女性はいたのだ。ちなみに若い頃の六代目が修業したのは、美濃屋の後身である京料理で有名な〈美濃吉〉であった。

＊　＊　＊

伝法院に関しては、浅草寺の大森和潮先生のお取りはからいで内部を見学させていただいた。それにしても伝法院を訪ね、名物の庭園には目もくれず、「伝法院さんの〈押し入れ〉を拝見したい」などと押し入ればかりを探していたのは私くらいのものであったかもしれない。

＊　＊　＊

小説の中では、井坂屋は質屋であるが、実際には、井坂屋が質屋になったのは戦後のことで、それまでは金物屋として大変有名な店であったという。高村光雲も次のように語っている。

それからちょうど、駒形に入ろうとする隅の所に伊阪（注・光雲は、この字をあてている）という金物屋があります。この伊阪というのは職人向きの金物屋でありましたが、そこにはちょっと綺麗なおかみさんが店に立膝をして坐っていて、このおかみさんの仇な姿を見に職人共が集まって来るという評判の金物屋でありました。

この井坂屋……本来ならば「井坂屋忠兵衛」の名を継いでいるはずの現在の御当主は、小学校から大学まで駒形の六代目の後輩である。「質屋の河合くん」と紹介されたその方は、あとで知ったところによると、美術界の重鎮、千葉市美術館館長の河合正朝氏であった。

＊　＊　＊

幕末明治の頃から、駒形どぜうと交流があった（かもしれない）店は、今も多く残っている。雷門前の菓子屋龍昇亭西むら、鍋釜の釜浅商店、豆腐の笹乃雪、染物の竺仙、当時は金鍔が人気だった菓子の榮太樓、秋色最中で知られた大坂屋、刃物のうぶけや、お茶の山本山、鰻の前川……。そして、今でも駒形どぜうで出す酒は伏見・北川本家の〈ふり袖〉、〈どぜう汁〉の味噌は〈ちくま味噌〉である。

その中でも、鰻で有名な〈竹葉亭〉は、実際、桃井道場の刀預所がはじまりであるという。三代目助七が剣術に入れ込んで、桃井道場に通っていたのは事実で、関東大震災で焼けてしまったものの、その焼け跡から発掘された火の入ったボロボロの刀は、〈三代目愛刀〉として蔵に残されていた。

その縁(ゆかり)の深い竹葉亭の現在の女将さんは、駒形どぜう六代目の実妹である。銀座の老舗の女将さんといえば、どんなに華やかなものだろうと思っていたら、実際には、昼と夜の間の店を閉めている時間は、着物を脱いで、モンぺみたいな作業着に着替えてせっせと立ち働いている。夕方になると、また着物に着替えてお客さまを迎えるのである。当然のことのように身惜(みお)しみせずに立ち働いているその姿からは、亡き五代目夫婦の勤勉な姿が透けて見えるような気がした。

私が歴史時代小説を書いているのは、きっと〈昔の日本人〉が好きだからだ。五代目夫妻のエピソードからは、どこかそうした〈昔の日本人〉の姿が彷彿(ほうふつ)としてくる。

この一年あまり、その五代目夫婦や六代目は、私にとって一番身近な人であった。六代目から昔の話を伺うときは、いつの間にか五代目のことを「お父さん」などと気安く呼び、よく考えてみたら、人のうちのお父さんなのに図々しいとは思ったけれど、早くに父を亡くした私にしてみれば、こうした心の中で「お父さん」や「お母さん」と慕(した)うことのできる人を得られたことは……素朴にうれしいことであった。

＊　　＊　　＊

駒形どぜうに足繁（あししげ）く通ったのも、仕事とはいえ楽しくて美味しいひとときだった。特に先代に育てられた煮方の須藤稔氏には、いろいろ貴重なお話を伺った。また、いつも入口で暖簾をくぐった時に（昔でいえば番頭さんというところか）依田正氏の顔が見えると、なぜかホッとしたものだ。六代目のご子息であり、現社長の渡辺隆史氏も、私にとっては励まされる存在だった。懸命に新しい店の在（あ）り方を模索している彼の姿を見ていると、何か次の世代に、店の匂いやざわめき……そういった形のないものを小説の中に語り残したい……そんな気持ちになった。

＊　＊　＊

最後に。

担当して下さった実業之日本社ジェイ・ノベル編集長の佐々木登氏、方言指導の棚野正士氏、細山田正人氏、佐々木清匡氏、そして雑誌連載時のイラスト及びこの本の表紙を担当して下さった杉井ギサブロー監督にお礼を申し上げます。

……そして。

この小説を執筆するにあたっては、六代目越後屋助七こと渡辺孝之氏に多大なお力添えをいただきました。心から感謝の気持ちを捧げます。本当にありがとうございました。

解説

末國善己
（文芸評論家）

浅草は、東京下町の観光スポットとして外国人にも人気が高く、新名所の東京スカイツリーにもほど近い。最寄りの浅草駅から少し歩いたところに、創業享和元年（一八〇一年）のドジョウ料理の老舗「駒形どぜう」がある。江戸の文人・大田南畝が「君は今駒形あたりどぜう汁」と詠んだ昔から、多くの文人墨客に愛された「駒形どぜう」は、永井荷風、川口松太郎、久保田万太郎、川端康成、池波正太郎らも贔屓にしていた。

名店の「駒形どぜう」は、嘉永元年（一八四八年）に刊行された『江戸名物酒飯手引草』を始め、何度もグルメガイドに取り上げられている。奥田優曇華『食行脚　東京の巻』（一九二五年）は、「通称駒形泥鰌は、屋号を越後屋」というが、「地名を冠せた駒形泥鰌の方が、市中に汎く」伝わっているとし、「昔から原料の泥鰌は、（中略）地廻りものばかりを使ひ、決して場違ひの品は仕入れない」、「民衆本位を徹底的に実行し、江戸時代から、終始一貫した営業は、小気味の宜い、痛快さを覚えしめる」と絶賛。また時事新報家庭部編『東京名物食べある記』（一九三〇年）は、当時のメニューを「どぜう鍋二十銭、同汁四銭、くじら鍋二十銭、同汁十銭、なまず鍋三十八銭、玉子汁、生玉子各十銭、御はん八銭」と紹介している。

本書『どぜう屋助七』は、「駒形どぜう」の名物「どぜう鍋」「くじら鍋」を考案し、ペリー来航から明治維新へと至る激動の幕末に店を支えた三代目助七（「駒形どぜう」の当主は代々「越後屋助七」を名乗り、三代目の本名は元七）の一代記である。

江戸風俗研究家の三谷一馬に師事した河治和香（かわじわか）は、浮世絵師の歌川国芳（くによし）の娘・登鯉（とり）の視点で、国芳一門と幕末の世相をとらえた〈国芳一門浮世絵草紙〉、抱かれた男の家紋の刺青（ほりもの）を入れることから「紋ちらし」の異名を持つ柳橋の芸者お玉を描いた〈紋ちらしのお玉〉など、綿密な江戸の時代・風俗考証をベースにしたオリジナリティあふれる市井人情ものを書き継いでおり、その手腕は本書でも遺憾なく発揮されている。

登場人物には「し」と「ひ」の発音が入れ替わったり、母音が連続すると発音が変化（「アイ」「アエ」「オイ」が「エー」、「ウイ」が「イー」など）したりする江戸っ子が多いので、会話の中では「おひとりさん」が「おしとりさん」、元七の妹の「ヒナ」が「シナ」と表記され、「大事」に「でえじ」のルビが付けられている。歯切れのいい江戸言葉が鮮やかに再現され、話好きの江戸っ子がテンポのよい会話で物語を進めていくので、江戸にタイムスリップしたような気分が味わえるのである。

当然ながら、江戸のグルメ事情、特にドジョウ料理の考証は詳細を極めている。

現代人がイメージするドジョウ料理は、牛蒡と骨、内臓を取り除いたドジョウを煮て卵とじにする柳川か、ドジョウを丸ごと煮て、その上にネギを乗せて食べるどぜう鍋ではないだろうか。ところが江戸時代に最も長く庶民に愛されたのは、ドジョウを味噌汁の具にするどぜう汁だったことは、本書で初めて知る読者も多いはずだ。どぜう汁と白米、お新香を出す「駒形どぜう」も、やっちゃ場（青果市場）に荷を運ぶ農民、吉原から朝帰りの客を運んだ駕籠かきなどを客にする一膳飯屋だったのである。

ドジョウを丸ごと使うどぜう汁は、小さく骨の柔らかいドジョウを仕入れる必要があるが、十分な数が揃うとは限らない。助七は、ドジョウを裂いて骨を抜く柳川なら、どんなドジョウでも作れると考えるが、先代の平蔵は、ドジョウを裂くのは骨の固いものを使っていると吹聴するようなものと反対。柳川を出すなら「わしが死んでからやれ」とまでいい切る。そこで助七が考案したのが、現代まで受け継がれるどぜう鍋なのだ。

助七は、鍋の具にすれば大きいドジョウも丸煮で食べられるようになると考えるが、そうすると、どのような形で客に提供するのか、新しい調理器具を買う資金はあるのかなどの問題が出てくる。それだけでなく、どぜう鍋は酒にあうので美味い酒を揃える必要もあった。このように新メニューを軸にして、助七が「駒形どぜう」をリノベーションしていくところが、中盤の読みどころとなっている。

あらゆる組織は、改革をしていかないと生き残れないが、その時に問題になるのは、どの部分を残し、どの部分を変えていくかのバランスである。助七が、流行を追って柳川を出すのではなく、「駒形どぜう」では絶対に柳川を出さないと主張する先代のいい分を飲んで頭を絞り、どぜう鍋に行き着く展開は、伝統を守りながら店を革新する企業小説としても、親子、世代間のギャップを描く人間ドラマとしても楽しめる。

ドジョウ料理には、鍋に豆腐と生きたドジョウを入れ火にかけると、熱さに堪えかねたドジョウが豆腐の中に入り、ドジョウの入った湯豆腐になる「地獄鍋」がある。この「地獄鍋」は、試してみたがドジョウは豆腐に入らなかったという料理人もいれば、実際に食べたことがあるという人もいて、真偽不明の都市伝説になっている。助七も「駒形どぜう」の新メニューとして「地獄鍋」を思いつき、旧知の豆腐屋・玉屋忠兵衛と試行錯誤を繰り返す。その結果は、実際に読んで確認してほしい。

ある事情から江戸を離れた助七は、上方で鯨料理を学び、「駒形どぜう」でくじら鍋を出すため大量の鯨肉も買い付ける。ここにも冷蔵、冷凍の技術がない江戸時代に、上方から江戸まで鯨肉を運ぶ方法やくじら鍋の作り方など、興味深い話題が満載だ。

ただ五代目越後屋助七『駒形どぜう噺』（一九九一年）は、「駒形どぜう」で初めて鯨を調理したのは三代目ではなく初代助七であり、「その起源はひょっとしたらどぜう料理より少しは古いかもしれないのです」としている。幕末に加藤雀庵（じゃくあん）が書いた随筆『さへずり草』には、「江戸の市中泥鰌（どじょう）を煮売る家には、必ず鯨のはなる、ことなし。されば鯨汁・鰌汁はあたかもむつましき妹背のごとし」とある。「駒形どぜう」もこれに倣ったとすれば、初代の頃からどぜう汁とくじら鍋を出していた可能性の方が高い。

著者は「あとがきにかえて」の中で、くじら鍋を考案したのが何代目かについては、話を聞いた六代目が「三代助七が大坂の五十鯨屋まで買い付けに行った」と「断固主張」するので、「書き残されている店の歴史」より「六代目の記憶を優先」し、三代目にしたとする。これには「文献や資料による史実」ではなく、「人から人へと口伝えに語り継がれた店の歴史、町の歴史」を書くという意図もあったようだ。

曖昧な「記憶」に頼って歴史を書くのは、考証無視と思えるかもしれない。ただ、幕末・維新の騒乱期を生きた人たちの体験談をまとめた「史談会速記録」（一八九二年～一九三八年）、東京日日新聞社会部編『戊辰物語』（一九二八年）、子母沢寛『新選組始末記』（一九二八年）のように、「記憶」が貴重な史料になることは珍しくない。

紙に書かれた歴史しか知らないと、将軍が大政奉還したものの、幕府を完全に滅ぼしたい新政府軍が戦端を開く機会をうかがっていた慶応四年＝明治元年（一八六八年）頃の江戸は、騒然となっていたと考えがちだ。しかし本書にも仏師・高村東雲の若き弟子として登場する高村光雲が、『戊辰物語』の中で「殊に町人などは呑ん気なもので、（中略）『近い中に公方様と天朝様との戦争があるんだつてなア』といふやうな話でも仕合ふ位のもの」と証言しているのを読むと、それほど切迫していなかったことが実感できる。本書でも言及されているが、江戸っ子が戊辰戦争の恐ろしさを知るのは、知人、隣人も参加した彰義隊が、官軍の前にわずか半日で敗走した上野戦争以降である。

確かに聞き書きには、語り手の勘違いや明らかな事実誤認もあるが、その一方で、庶民が何を考えていたのか、町の雰囲気はどのようなものだったのかなど、お上がまとめた政治と経済中心の史料では分からない部分を確実に後世に伝えている。おそらく『半七捕物帳』（一九一七年～一九三六年）が、新聞記者の「わたし」が、引退した半七老人から往年の手柄話を聞く体裁になっているのも、作者の岡本綺堂が、聞き書きこそが幕末の風俗と人情を描く手法として最も適していると判断したためだったと思われる。

著者も、幕末を生きた名も無き江戸っ子たちが、政治の混乱が引き起こす町の変化をどのように捉えていたのかに着目している。そのため本書には、安政の大地震で被災しながらも、助七たちがすぐに炊き出しをする心温まる人情話から、やくざの〈駒八〉一家を追い出したい助七たちが、三社祭で〈駒八〉一家と神輿を奪い合う乱闘を繰り広げる派手なアクションまで多彩なエピソードが描かれている。さらにヒナを始め「駒形どぜう」で働く男女の恋愛模様もあれば、徳川幕府の消滅で親しい武家が戦死や自刃で命を落とす悲劇もあるので、市井もののありとあらゆるエッセンスが満喫できるのである。

作中には、日米修好通商条約の批准書交換の使節団に通詞として参加し、高い英語力と社交性でアメリカ女性の人気を集め、幼名の為八からトミーの愛称で親しまれた立石斧次郎、新選組の隊士として池田屋事件の斬り合いにも参加した林信太郎、京で人斬りとして恐れられた土佐藩士の岡田以蔵といった有名人も登場する。ただ助七たちが知っているのは、まったく別の顔なのだ。小さいながらも侍の姿で、桃井道場で同門の助七のところに挨拶に来た為八少年。妾腹の子として生まれ、同じ母の妹・伊代と本宅で気兼ねしながら暮らしていた信太郎であり、ヒナに面疔を治してもらったことを切っ掛けに「駒形どぜう」に通うようになり、土佐言葉の「まっこと」を繰り返すことから〈まっことさん〉のニックネームで呼ばれていた朴訥な以蔵。このように庶民の目から見ることで、歴史上の人物に従来とは違う光をあてているのも本書の魅力なのである。

　江戸っ子らしく金を「蓄える」という概念がない元七は、「店が繁盛して少しずつ余剰金が出れば、店の者のために使うのが当然」と考え、従業員に習い事を推奨し、若い者は踊りや武芸、女中はお針の稽古に通うようになる。ここには明らかに、経済効率を最優先し社員を使い捨てにする企業が増えている現代への批判がある。また助七は、息子の七三郎が、桃井道場の隣で刀預所を営む金七の助言で、西洋から輸入された兎を掛け合わせ、珍しい模様の兎を作って高値で売りさばこうとしているのを知り「どぜう屋の倅が、兎なんかで金儲けして何になる！」と激怒する。これも本業より株や土地の投機に熱中した企業や個人が、一九九〇年代前半のバブル崩壊で痛い目に遭いながら、いまだに投機で一攫千金を狙っている現状への苦言に思えた。

松平定信が進めた文武奨励策を皮肉った恋川春町「鸚鵡返文武二道（おうむがえしぶんぶのふたみち）」（一七八九年）、室町将軍の妾腹の子・光氏（みつうじ）が、女性遍歴を繰り返す展開が、大奥に多数の側室を抱えた徳川十一代将軍家斉（いえなり）をモデルにしたとされた柳亭種彦（りゅうていたねひこ）『偐紫（にせむらさき）田舎源氏』（一八二九年～一八四二年）など、江戸の戯作（げさく）には社会風刺を織り込んだ作品が少なくない。本書が、この伝統を受け継いでいることも忘れてはならない。ちなみに、金七と七三郎が熱中した兎は、明治維新直後から投機熱が高まり、珍しい模様の兎は四百円くらいで取り引きされるようになる。だが明治六年（一八七三年）になると、政府が兎投機の規制に乗り出し、繁殖力の強い兎が供給過多になったこともあり、兎バブルは崩壊した。この事実を考えれば、助七は慧眼（けいがん）だったといえる。

本書は、幕末から明治へと移り変わる時代を舞台にしている。これは現代人から見ると動乱期にして大転換期のように思えるが、元七たちのように当時を生きている人から見れば、元号が慶応から明治へ、為政者が徳川幕府から新政府に変わったに過ぎない。時代が移り変わっても、真っ当に、それでいてしたたかに世を渡った助七の痛快な生きざまは、同じように厳しい時代を生きる現代人へのエールになっているのである。

二〇一三年十二月　実業之日本社刊
文庫化にあたり、加筆修正を行いました。

実業之日本社文庫　最新刊

佐川光晴
鉄道少年
国鉄が健在だった一九八一年。ひとりで電車に乗っている男の子がいた——。家族・青春小説の名手が贈る、謎と希望に満ちた感動物語。（解説・梯 久美子）
さ61

沢里裕二
処女刑事　横浜セクシーゾーン
カジノ法案成立により、利権の奪い合いが激しい横浜。性活安全課の真木洋子らは集団売春が行われるという花火大会へ。シリーズ最高のスリルと興奮！
さ34

鳥羽 亮
三狼鬼剣　剣客旗本奮闘記
深川佐賀町で、御小人目付が喉を突き刺された。連続殺人と強請り。非役の旗本・青井市之介は、悪党たちを追いかけ、死闘に挑む。シリーズ第一幕、最終巻！
と212

畑野智美
運転、見合わせ中
電車が止まった。人生、変わった？　朝のラッシュ時、予想外のアクシデントに見舞われた男女の〝今この瞬間〟を切り取る人生応援小説。（解説・西田藍）
は81

南 英男
特命警部　醜悪
闇ビジネスの黒幕を壊滅せよ！　犯罪ジャーナリストを殺したのは誰か。警視庁副総監直属の特命捜査官・畔上拳に極秘指令が下った。意外な巨悪の正体は？
み75

実業之日本社文庫　好評既刊

川端康成
乙女の港　少女の友コレクション
少女小説の原点といえる名作がついに文庫化！『少女の友』昭和12年連載当時の、中原淳一による挿し絵も全点収録。（解説・瀬戸内寂聴／内田静枝）
か21

門井慶喜
竹島
竹島問題の決定打となる和本が発見された!?　和本を握った男たちが、日韓外交機関を相手に大ばくちを打つサスペンス！（解説・末國善己）
か51

梶よう子
商い同心　千客万来事件帖
人情と算盤が事件を弾く——物の値段のお目付け役同心が金や物にまつわる事件を解決する新機軸の時代ミステリー！（解説・細谷正充）
か71

菊地秀行
真田十忍抄
真田幸村と配下の猿飛佐助は、家康に対し何を画策していたか？　大河ドラマで話題、大坂の陣前、幸村らの忍法戦を描く戦国時代活劇。（解説・縄田一男）
き15

倉阪鬼一郎
笑う七福神　大江戸隠密おもかげ堂
七福神の判じ物を現場に置く辻斬り。隠密同心を助ける人形師兄妹が、闇の辻斬り一味に迫る。人情味あふれる書き下ろしシリーズ。
く42

倉阪鬼一郎
からくり成敗　大江戸隠密おもかげ堂
人形屋を営む美しき兄妹が、異能の力をもって白昼に起きた奇妙な押し込み事件の謎と、遺された者の心を解きほぐす。人情味あふれる書き下ろし時代小説。
く43

実業之日本社文庫　好評既刊

佐藤雅美
戦国女人抄　おんなのみち
千世、お江、於長、満天姫、千姫ら戦国の世のならい、政略結婚により運命を転じた娘たちの、悲しくも強い生きざまを活写する作品集。（解説・末國善己）
さ11

桜木紫乃
星々たち
昭和から平成へ移りゆく時代、北の大地をさすらう女の数奇な性と生を研ぎ澄まされた筆致で炙り出す。桜木ワールドの魅力を凝縮した傑作！（解説・松田哲夫）
さ51

平 安寿子
こんなわたしで、ごめんなさい
婚活に悩むOL、対人恐怖症の美女、男性不信の巨乳……人生にあがく女たちの悲喜交々をシニカルに描いた名手の傑作コメディ7編。（解説・中江有里）
た81

知念実希人
仮面病棟
拳銃で撃たれた女を連れて、ピエロ男が病院に籠城。怒濤のドンデン返しの連続。一気読み必至の医療サスペンス、文庫書き下ろし！（解説・法月綸太郎）
ち11

知念実希人
時限病棟
目覚めると、ベッドで点滴を受けていた。なぜこんな場所にいるのか？ ピエロからのミッション、ふたつの死の謎…。『仮面病棟』を凌ぐ衝撃、書き下ろし！
ち12

出久根達郎
将軍家の秘宝　献上道中騒動記
山奥に眠る謎のお宝とは？ 読心術を心得た若僧、山女、幕府の密命を帯びた男たちが信州の山を駆ける、痛快アクション時代活劇。（解説・清原康正）
て12

実業之日本社文庫　好評既刊

鳥羽 亮
残照の辻 剣客旗本奮闘記
暇を持て余す非役の旗本・青井市之介が世の不正と悪を糾す！　秘剣「横雲」を破る策とは!?　等身大のヒーロー誕生。（解説・細谷正充）
と21

鳥羽 亮
茜色の橋 剣客旗本奮闘記
目付影働き・青井市之介が悪の豪剣「二段突き」と決死の対決！　花のお江戸の正義を守る剣と情。時代書き下ろし、待望の第2弾。
と22

鳥羽 亮
蒼天の坂 剣客旗本奮闘記
敵討ちの助太刀いたす！　槍の達人との凄絶なる決闘。目付影働き・青井市之介が悪を斬る時代書き下ろしシリーズ、絶好調第3弾。
と23

鳥羽 亮
遠雷の夕 剣客旗本奮闘記
目付影働き・青井市之介が剛剣〝飛猿〟に立ち向かう！　悪をズバっと斬り裂く稲妻の剣。時代書き下ろしシリーズ、怒涛の第4弾。
と24

鳥羽 亮
怨み河岸 剣客旗本奮闘記
浜町河岸で起こった殺しの背後に黒幕が!?　非役の旗本・青井市之介の正義の剣が冴えわたる、絶好調時代書き下ろしシリーズ第5弾！
と25

鳥羽 亮
稲妻を斬る 剣客旗本奮闘記
非役の旗本・青井市之介が廻船問屋を強請る巨悪の正体に迫る。草薙の剣を遣う強敵との対決の行方は!?　時代書き下ろしシリーズ第6弾！
と26

実業之日本社文庫 か81

どぜう屋助七（やすけしち）

2017年4月15日　初版第1刷発行

著　者　河治和香（かわじわか）

発行者　岩野裕一
発行所　株式会社実業之日本社
〒153-0044　東京都目黒区大橋 1-5-1
クロスエアタワー 8 階
電話 [編集]03(6809)0473 [販売]03(6809)0495
ホームページ　http://www.j-n.co.jp/
印刷所　大日本印刷株式会社
製本所　大日本印刷株式会社

フォーマットデザイン　鈴木正道（Suzuki Design）

ISBN978-4-408-55350-4（第二文芸）